고양이는 사라지지 않는다

고양이는 사라지지 않는다

정 선 임 소 설

차례

●

요
카
타

요카타

『에픽』 2022년 1/2/3월호

다다미 두 장 반짜리 방 구석구석 아슴푸레한 새벽빛이 스민다. 눈을 뜨자마자 보이는 것은 진이 선물해 준 달력. 한 장 한 장 뜯어 쓰는 일력이다. 한 면을 가득 채운 8이라는 숫자와 金이라는 한자 아래 '라디오 생방송 전화 인터뷰, 오후 5시 35분'이라고 적혀 있다. 제대로 읽을 수 있는 글자는 '라디오'와 숫자뿐이지만.

"옛날에는 이런 거 많이 썼죠? 요즘 다시 유행이래요."

새해 첫날, 진은 직접 벽에 못을 박고 일력을 걸어줬다. 진은 자신도 똑같은 것을 샀다며 한 장씩 뜯어내는 순간이 기다려진다고 했다. 심지어 뜯는 일이 즐거워 날짜가 며칠씩 앞서갈 때도 있다며 해맑게 웃었다. 그날, 진은 또 라면이냐며 핀잔을 주면서도 떡라면 한 그릇을 비우고 국물에 찬밥까지 말아 먹고 돌아갔다. 며칠은 진이 시키는 대로 잠들기 전에 혹은 잠에서 깨면 한 장을 뜯어냈다. 그러다 떼지 않고 그대로 두는 날들이 쌓이기 시작했다. 진에게는 잊어버렸다고 했지만 하루가 뜯겨 나갈 때마다 나는 소리에 매번 가슴이 철렁했다. 고작 얇은 습자지 한 장인데 말이다. 매주 목요일마다 집에 들르는 진은 어제도 그대로 있는 일력을 보고 한숨을 쉬더니 한꺼번에 잡아 뜯어냈다. 일주일이 한순간에 사라지며 남긴 자국은 개펄에서 조개를 캐려고 헤집어놓은 자리와 닮았다.

"잊으시면 안 돼요."

진은 오른손 검지로 자신의 이마를 가볍게 톡톡 두드렸다. 일력을 뜯어내는 일을 잊지 말라는 건지, 인터뷰를 잊지 말라는 건지 헷갈렸지만 고개를 끄덕였다.

머리맡을 더듬어 트랜지스터라디오를 찾아 켠다. 오전 중에는 서해상을 중심으로 해무가 짙게 끼는 곳이 있으니 항해나 조업 중인 선박은 주의하라는 기상정보를 듣다가 볼륨을 낮춘다. 음력 날짜를 헤아려 물때를 짐작해 본다. 사리*가 끝나고 조금**이 가까워지고 있다.

* 음력 보름과 그믐 무렵에 밀물이 가장 높은 때.
** 사리로부터 약 일주일 뒤, 조수 간만의 차가 가장 작아지는 때.

지난주 목요일, 진에게 한글을 배우고 있는데 전화가 걸려 왔다.

　"서연화 할머니, 맞으세요? 할머니, 올해 백 살 되신 거 맞죠?"

　익숙한 라디오 프로그램명을 말하며 자신을 담당 작가라고 소개한 목소리는 예의를 갖췄지만, 호기심을 숨기지 않았다.

　"그런데 할머니 성함이 너무 예쁘세요."

　서연화, 이름을 말하면 언젠가부터 항상 듣는 소리다. 백 살 할머니치고 이름이 세련됐다는 뜻이겠지. 어린 시절 이웃에 살던 순덕이도, 정순이도 이 이름을 부러워했다. 목포 미역국집 고 씨도 말순이라는 자신의 이름을 싫어했다. 일년 전 세례를 받더니 신이 나서 '안나'라고 불러달라고 부탁하는 말순을 보며 속으로 혀를 찼다. 어차피 우리 나이쯤 되면 이름으로 불릴 일이 없다. 이름이 말순이든 연화든 할머니였다. 시장에서 말순은 목포 할머니, 난 요카타 할머니로 불렸다. 이유는 단순했다. 그저 내가 입버릇처럼 말끝마다 '요카타'라는 말을 덧붙이기 때문이다. 요카타의 '요'를 발음한 후 한숨을 한 번 쉬고 '카'를 발음할 때는 'ㅏ' 모음을 길게 끌었다. 이런 게 중요한 이야기는 아니다. 나이가 들면 이렇다. 대화를 하다가 혹은 생각을 하다가도 자주 길을 잃는다. 중요한 사실은 미소 횟집의 백세 살 이 씨가 몇 달 전 잠을 자다 죽은 뒤 내가 이 시장 골목에서 제일 늙은이가 됐다는 거다. 올해 공식적으로, 공식적으로라는 표현이 어울리지 않을지도 모르지만, 백 살이 되자 많은 이들이 나를 찾아냈다.

새해 첫날에는 구청장과 노인복지과 직원들이 진과 함께 찾아와 사진을 찍고 갔다. 설날을 앞두고는 지역 신문사에서 찾아왔다. 기자는 사진을 여러 장 찍더니 평소에 무슨 음식을 즐겨 먹느냐고 물었다. 난 싱크대 옆에 잔뜩 쌓아놓은 상자를 가리켰다.

"햇반이랑 라면."

기자는 곤란한 듯 머리를 긁적이더니 수산물 많이 드시죠? 라고 다시 물었다.

"생선이라면 지긋지긋해서."

미간을 찌푸린 기자가 돌아가고 며칠 뒤 신문이 나왔다. 진이 한 부 가져다 읽어주었다. 젊은이들이 떠나고 노인만 남아 평균수명이 높은 우리 동네는 장수 마을로 둔갑했고, '싱싱한 해산물을 매일 먹어요, 100세 장수의 비결'이라는 타이틀 아래 내가 웃고 있었다.

"할머니, 아무리 봐도 백 살처럼은 안 나왔어요."

진은 몇 번이고 같은 얘기를 하며 기사를 곱게 잘라내 일력 옆에 나란히 붙였다. 작은 지역 신문이었지만 그 기사를 본 이는 꽤 많았다. 성당에 가면 알아보고 인사를 하는 사람이 늘었고, 계단이라도 오를라치면 부축해 주는 손이 많아졌다. 그 기사를 본 시장은 내 생일이 3월 1일이라는 것을 알고 삼일절 행사에 초대해 생일잔치까지 열어주었다.

전화를 걸어온 라디오 작가도 그 기사를 봤다고 했다. 작가는 3·1운동 백 주년을 맞은 올해, 여성의 날인 8일에 생방송 라디오 인터뷰를 하고 싶어서 전화 드렸다고 차분하게 설명했다. 3·1운동, 여성, 인터뷰. 이 중에 나와 연관이 있어 보이는 단어는 없었다. 진이 그동안 누누이 주의를 줬던 보이스 피싱인가 하는 의심까지 들었다. 나는 옆에서 궁금해하며 손을 내미는 진에게 전화를 넘겼다.

"저는 서연화 할머니 담당 사회복지사 유진입니다. 무슨 일이시죠?"

이제 일곱 시쯤 되었을까, 라는 생각이 들 무렵 라디오에서 시보를 전한다. 다시 눈을 감는다. 졸려서가 아니다. 그러니까 눈을 감는다는 것은 눈꺼풀 안을 들여다보는 일이다. 검붉은 배경 위로 흑점이 떠다닌다. 눈을 뜨고 있을 때도 날파리처럼 아른거리던 흑점들은 눈을 감으니 더 선명해졌다. 나이가 들면서 흑점의 개수도 늘고 있다. 눈을 감고 있어도 주위가 차츰 훤해지고 있음을 알 수 있다. 흑점을 둘러싼 배경이 검붉은 빛에서 노을빛으로, 그리고 복숭앗빛으로 점차 옅어진다.

외출복을 입은 채 이부자리도 없이 누워 있다. 두 시간 전 일어나 집에서 10분 거리에 있는 성당에 다녀왔다. 미사를 빼먹지 않고 기도도 오래 드리는 나를 보고 다들 신심이 깊다고 했지만, 엘리사벳 수녀의 끈질긴 권유에도 세례는 받지 않았다. 깨어 있어도 눈을 감을 수 있는 곳이어서 성당을 좋아했다. 그렇게 눈꺼풀 안쪽을 들여다보다 설핏 잠이 들기도 했다. 낱말 공부를 하다가도 앉은 채 눈을 감고 있으면 진이 나를 흔들어 깨우곤 했다. 눈꺼풀 안쪽의 색은 사람마다 다 똑같을까. 궁금했지만 물어본 적은 없다. 아버지, 순덕이와 정순이, 남편들, 그리고 진에게도. 동이 완전히 트자 흑점은 더 선명해진다. 가만히 들여다보고 있으면 점에서 시작되어 길게 늘어진 검은 실이 움직인다. 마치 붉게 물든 하늘을 향해 걸어가는 누군가의 그림자 같다.

엔진 소리에 눈을 뜬다. 집 앞에서 잠시 멈춘 트럭은 시동을 걸어둔 채 바닥에 상자를 털썩 내려놓고 이내 다시 출발한다. 현관문 겸 방문을 열고 나가면 바로 시장이다. 집은, 아니 이 방은 상가들이 다닥다닥 붙어 미로처럼 이어지는 시장 골목길 어귀에 있다. 문을 열고 나가 파라솔을 펼치고 목욕탕 의자와 커다란 고무 대야를 갖다놓으면 바로 일터가 된다. 트럭이 내려놓고 간 상자 안에는 손질하지 않은 미역 20킬로그램이 담겨 있다. 들고나온 라디오의 주파수를 돌려 흘러간 노래가 나오는 채널에 고정시키고 볼륨을 올린다.

본격적으로 목욕탕 의자에 앉아 미역 줄기를 찢어 커다란 고무 대야에 옮겨 담는다. 겨울에는 방 안에서 했는데 기온이 올라 며칠 전부터 다시 밖에서 작업하고 있다. 미역을 찢고 다듬어 고말순에게 넘기면 하루에 만 오천 원을 벌 수 있다. 기초생활수급비와 노인복지비가 나오니 더 욕심낼 이유는 없다.

미역 줄기를 찢을 때마다 스웨터 앞주머니에 접어서 넣어놓은 종이가 사각사각 소리를 낸다.

작가는 자세한 질문지를 보내준다며 주소를 알려달라고 했다. 내가 '인천광역시 남동구 논현동 31번지'라고 주소를 불러주자 당황한 작가는 다시 진을 바꿔달라 했다. 진은 골뱅이를 찾으면서 알아들을 수 없는 꼬부랑말을 전하더니, 다음 날 작가에게 받은 질문지를 가져왔다.

거의 일주일째 주머니에 넣고 다녔더니 가운데 접힌 부위에 작은 구멍이 나고 구깃구깃해졌다. 종이를 살살 펼쳐본다. 본래 숫자는 알았지만 진에게 한글을 배우기 시작한 건

지난가을부터다. 띄엄띄엄 아는 글자만으로는 내용을 파악하기 어렵다. 그래서 진이 몇 번이고 읽어줬던 것을 외우고 있다.

"할머니, 지금까지와는 세상이 다르게 보일 거예요."

한글을 가르쳐주며 진은 종종 말했다. 진은 이전에 찾아오던 사회복지사들과는 달랐다. 친절하지만 지쳐 보이는 얼굴이었던 그들의 목표이자 업무는 장례를 치를 때까지 나의 변함없는 생활이 유지되게끔 만들어주는 것이었다. 그러나 올해 스물네 살이라는 진은 이제 막 사회생활을 시작해서인지 의욕에 차 있었다. 내가 한글을 모른다는 사실을 알아챈 진은 한글 책과 낱말 카드를 들고 왔다. 귀찮았지만 얼마나 가겠냐는 생각에 순순히 따랐다. 기름한 얼굴에 화장기 없이도 뽀얀 피부의 진은 웃을 때면 눈이 둥글게 휘어졌다. 진은 내가 일부러 기운 없는 척하면 옆에 쭈그리고 앉아 미역 줄기를 같이 찢어줄 정도로 살가운 성격이었다. 글자를 배우니 '고 씨네 목포 미역국', '미소 횟집', '소래 슈퍼'와 같이 시장 골목에 걸린 간판들을 조금씩 읽을 수 있게 되었다. 하지만 그전에 글자를 모를 때도 가게 이름은 알았고 그리 불편하지 않았으니 세상이 달라질 정도의 큰 변화는 아니었다. 그래도 진이 찾아오면서 달라진 것이 있긴 했다. 낱말 카드 대신 진의 곱게 묶어 넘긴 머리카락을 보며 내 나이에서 진의 나이를 빼보기도 하고, 진의 나이 때 내가 무엇을 하고 있었는지 헤아려보는 일이 잦아졌다.

질문지를 다시 접어 주머니에 넣는다. 오전 중에 고말순에게 넘길 만큼의 미역을 확보했으니 이제 아침 겸 점심을 해결해야 한다. 냄비에 물을 담아 불에 올려놓고, 싱크대 아래 서랍장에서 라면을 하나 꺼낸다. 라디오를 들으며 라면을 먹는 일은 눈꺼풀 안쪽을 들여다보는 것만큼 좋아하는 일과다. 물이 보글보글 끓기 시작한다. 봉지에서 라면을 꺼내 반으로 쪼개 넣은 다음 분말 수프를 넣고, 계란을 깨서 노른자가 풀어지지 않도록 조심하며 통째로 국물에 빠트린다. 또 라면이냐며 고개를 가로젓는 진의 모습이 보이는 듯하다. 몇 년 전부터 나는 요리를 그만두고 데우면 바로 먹을 수 있는 즉석식품과 라면만으로 끼니를 때워왔다. 전자레인지에 햇반을 넣고 1분 30초가 지나가기를 기다리다 건강을 생각하란 진의 말이 떠올라 다듬어놓은 미역 몇 줄기를 라면에 넣는다.

고개를 돌리다 진이 오려서 벽에 붙여놓은 신문 기사를 본다. 모르는 글자를 건너뛰어 '서연화' 이름 석 자를 찾는다. 이름 옆 괄호 안 100이라는 숫자를 쳐다본다. 나는 엄지손가락을 추켜올리며 웃고 있다. 방 안에 거울을 두지 않은

지 오래였다. 내 모습을 볼 기회가 없어서인지 사진은 볼 때마다 낯설다. 작은 사진인데도 눈가와 입가의 주름이 선명하다. 바닷바람에 까맣게 탄 얼굴은 검버섯으로 뒤덮였다. 하얗게 센 머리, 허리를 꼿꼿하게 세웠다고 생각했는데 굽은 등. 정말 영락없이 백 살의 노파다.

백 살이나 아흔여섯 살이나 그게 그거지.

무심코 혼잣말을 하다가 깜짝 놀라 주위를 둘러본다. 머릿속으로 생각만 했는데 어느새 소리 내어 말하고 있는 일이 요즘 들어 잦아졌다. 조용한 미사 시간 내내 중얼중얼하는 바람에 엘리사벳 수녀가 달려와 내 팔을 꽉 잡고 검지를 입에 갖다 댔을 때야 비로소 깨달은 적도 있었다.

2~3분 정도 지나면 라면이 알맞게 익을 것이다. 라디오 전화 인터뷰 시간은 약 7분이라고 했으니 두 배 정도 되는 시간이다. 질문이 다섯 개니 대답을 1분 정도씩 준비하면 된다고 했다.

작가는 다시 전화를 걸어와 연습 삼아 질문을 할 테니 대답해 보라고 했다. 나는 내가 질문이 끝나면 바로 이어서 대답한 줄 알았는데, 답을 말하기 전에 꽤 뜸을 들인 모양이었다. 라디오 작가는 난감한 목소리로 생방송인데 방송 사고가 날 수도 있다고 했다. 진은 걱정하는 작가를 안심시키며 얘기했다.

"할머니 요즘 한글도 배우셔서 제법 읽을 줄 아세요. 귀도 잘 들리시고요."

'제법'이라는 표현이 걸렸다. 진이 읽어준 것을 그대로 외워서 그렇지 아는 글자는 몇 개 되지 않았다. 그러니까 '소'와 '슈', 두 글자만 알아도 '래'와 '퍼'를 짐작해 '소래 슈퍼'라고 읽는 식이었다. 선명하게 떠오르는 몇 장면으로 중간중간 기억나지 않는 과거를 유추하듯 말이다.

진도 걱정됐는지 인터뷰를 앞두고 매일 나를 찾아왔다. 그렇게 인터뷰 연습이 시작됐다. 진이 큰 소리로 질문지를 읽으면 내가 대답하는 식이었다.

"자, 전국 방방곡곡, 화제의 인물들을 만나보는 시간이죠. 올해는 3·1 운동 백 주년이고 오늘은 3·8 여성의 날입니다. 1919년 3월 1일 태어나 올해 백 세가 되신 분입니다. 역사적인 날 만세 소리와 함께 태어나 여성으로서 굴곡의 현대사를 몸소 겪어내신 분이라고 할 수 있죠. 오늘 초대석 시간에는 인천 소래포구에 거주하고 계신 서연화 할머니 만나봅니다. 할머니, 안녕하세요?"

내가 멀뚱멀뚱 쳐다만 보고 있자 진이 채근했다.

"할머니도 얼른 인사해야죠."

"안녕하세요, 서연화입니다."

인사를 하며 얼떨결에 고개를 숙이자 진이 웃음을 터트렸다. 머리로는 알고 있는데 안녕하세요, 라고 인사하면 저절로 허공에 고개가 숙여졌다. 몸은 점점 마음대로 움직여 주지 않는다. 하긴, 생각해 보면 젊었을 때도 내 의지대로 몸을 움직인 적이 있긴 했던가.

냄비 뚜껑이 숨을 쉬듯 들썩거린다. 소반 위에 냄비를 올려놓고 냉장고에서 김치를 꺼냈다가 너무 쉰 것 같아 그냥 라면만 먹기로 한다.

"오늘의 난센스 퀴즈입니다. 모래는 어떻게 울까요?"

진행자는 일 년에 한 번씩 바뀌는 것 같았지만 이 코너만은 그대로였다. 장난스러운 말투의 출연자가 등장해 말도 안 되는 퀴즈를 낸다. 모래가 소리를 내면서 울까. 모래의 울음소리는 어떨까. 파도 소리와 닮았을까. 정답을 생각하는 사이 출연자가 답을 말해버린다.

"흙흙."

어이없는 대답에 피식 웃으며 라면 한 젓가락을 입에 넣는다. 기억해 두었다가 진에게 말해주어야겠다고 생각한다. 분명 진의 눈이 둥글게 휘어질 것이다. 문을 두드리는 소리가 들린다. 목포 미역국집 사장 고말순이다. 신문 기사를 본 뒤부터 고말순은 나를 언니라고 부른다.

"난 처음 봤을 때 언니가 나보다 어린 줄 알았지. 왜 이리 동안이에요."

아흔여섯인 고말순이 나를 언니라고 부를 때마다 고민에 빠진다. 사실 나는 올해 백 살이 아니다. 주민등록상으로는 백 살이지만 실제로는 그렇지 않다. 그러니까 난 태어날 때부터 네 살이었다. 지금까지 밝힐 일도, 궁금해하는 사람도 없었지만. 학교에 가지 않았고, 취업도 하지 않고 살다 보니 생년월일이 필요한 일은 많지 않았다. 노인복지 혜택을 더 일찍 받게 됐을 때는 일부러 말하지 않았다. 서연화, 그러니까 백 살치고 세련된 내 이름은 본래 언니 것이다. 내가 태어나자마자 몇 달 뒤 죽었다는 언니, 서연화. 몸이 약했던 어머니도 일찍 돌아가시고 홀로 나를 키웠던 아버지는 그 사실을 굳이 감추지 않았다. 그 사실을 알게 된 뒤로 몇 년간은 누군가가 내 이름을 부를 때면 본 적도 없는 언니를 떠올리곤 했다. 한동안 네, 라고 대답하면 누군가가 같이 대답하는 소리가 들리는 듯했다. 나이가 들수록 이름으로 불릴 일이 많지 않았고, 살다 보니 이름은 그리 중요한 것이 아니어서 언니의 나이에도, 이름에도 익숙해졌다.

"언니, 미역 줄기 한 거 얼마나 있어?"

고말순은 내 대답을 기다리지 않고 눈대중으로 미역의 양을 살핀다.

"됐네. 그 정도만 줘요. 그리고 이거 라면이랑 먹어요."

고말순이 들고 온 오이소박이를 접시에 덜어 상에 올린다. 향긋한 오이 향에 저절로 군침이 돈다.

"나도 라면 한 입만."

고말순이 작은 그릇과 젓가락까지 찾아 들고 바싹 다가앉는다. 말순은 매번 내가 라면을 먹고 있을 때쯤 나타나 한 젓가락을 뺏어 먹곤 했다. 조금 얄밉지만 국자로 국물을 덜어 준다.

"그나저나 언니 완전 스타네. 돈은 많이 준대요?"

진이 말하고 다녔는지 시장 일대에 소문이 퍼진 모양이다. 라디오에서 열두 시를 알리는 시보를 듣더니 말순은 그리운 듯 말을 이어간다.

"내가 살던 데에는 오포라는 게 있었어요. 정오가 되면 대포를 쏘는 거예요. 퍼엉 퍼엉 이 소리가 들리면 '오포 분다' 하면서 밥 묵으러 집으로 갔죠."

하필이면 왜 사람을 죽이는 무기로 밥때를 알려줬을까. 이상하다는 생각이 들었지만 굳이 말하지 않고 아직 덜 익은 오이소박이를 부지런히 아삭아삭 씹는다.

"어느 순간 사이렌 소리로 바뀌었는데, 그게 그 오포까지 가져다가 전쟁에 써서 그랬대요. 나이가 드니 어릴 때 기억만 자꾸 나네. 그러면 우리 고향에서 오포 분다는 말은 이제

안 쓰겠죠?"

내가 알 리도 없지만 대답을 원하는 질문이 아니라는 것을 안다. 진이라면 대뜸 왜 고향으로 돌아가지 않았어요, 할머니? 하고 물었겠지. 나이가 들면 묻지 않아도 짐작되는 일들이 있다. 그저 고향과 닮아서 이 포구에 자리 잡았다고 했던 고말순은 이곳에 간척지가 만들어지고 염전이 사라지는 것을 보면서 우리 고향도 그럴까요? 라고 묻곤 했다.

"바다는 똑같겠지. 바다는 변하질 않으니까. 그죠?"

이 말에도 굳이 대꾸하지 않는다. 라면을 다 먹고 고말순이 돌아간 뒤 다시 목욕탕 의자에 앉아 미역 줄기를 찢는다. 난센스 퀴즈 코너가 끝나면 진행자는 상식이나 역사 문제를 내곤 했다.

"3월 8일 여성의 날을 맞이해 준비한 퀴즈입니다. 대표적인 신여성이죠. 나혜석 거리는 어디에 있을까요? 1번 수원, 2번 부산, 3번 인천, 4번 밀양. 정답을 아시는 분은 지금 문자를 보내주세요."

본래는 별 관심 없이 흘려들었지만 인천과 여성이라는 말에 귀를 기울인다. 정답은 1번 수원이었다. 진행자는 답에 대한 설명과 함께 나혜석의 생애를 들려준다. 나보다 먼저 태어난 나혜석은 행려병자로 죽었지만 파리며 독일이며 세계 곳곳을 자유롭게 다녔다.

후지타의 서재 한쪽 벽면에 붙어 있던, 다다미 넉 장 반 정도 크기의 커다란 세계지도가 떠오른다. 후지타는 자신의 고향이 나가사키라고 알려주며 그 위치에 붉은 동그라미를 그렸다. 그 뒤로 나는 서재에 들어갈 때면 한반도와 나가사키 사이에 놓인 한 뼘 정도의 바다를 바라보곤 했다. 그리고 그 너머의 끝도 없는 바다들을.

전화 인터뷰를 요청해 온 라디오 작가는 백 년을 살아온 평범한 여성, 할머니의 목소리를 전하고 싶다고 했다. 그 많은 바다를 건넜을 나혜석의 삶은 분명 평범하지 않았다. 그렇다면 나는 작가의 말대로 지극히 평범한 여성이자 할머니가 맞을 것이다.

"슬하에 자녀는 어떻게 되시나요? 할머니, 이 질문 빼달라고 할까요?"

진은 질문을 크게 소리 내어 읽다가 내 눈치를 보며 물었다.

"아니야. 하나 있어. 아들이었어."

진이 놀랐는지 눈을 동그랗게 떴다.

"지금 어디 있어요?"

글쎄, 죽었을까. 어쨌든 하나였다, 죽지 않았다면. 죽었다 해도 하나가 있었다는 건 사실이다. 옛날에는 아이가 태어났다 죽는 일도 평범한 일에 속했으니까.

첫 번째 남편은 후지타 토모히데. 아버지가 일하던 염전의 주인이었다. 아버지와 비슷한 나이로 보였다. 서연화의 나이로는 스무 살이었던 나는 막 초경을 시작한 열여섯 살이었다. 일본군들이 동네 소녀들을 잡아가고 있었다. 순덕이와 정순이도 하룻밤 사이 사라졌다. 아버지가 식도 올리지 않은 채 후지타 방에 들여보냈다는 얘기를 들려주면 진은 뭐라고 할까.

진이 듣고 고개를 끄덕일 만한, 그리고 방송에서 원하는 평범한 여성의 삶은 무엇일까. 지금까지 들었던 라디오 방송을 떠올려 본다. 역시 첫 번째 남편 얘기는 하지 않는 게 좋겠다. 질문지에는 생방송이라 진행자가 대화의 흐름에 따라 추가 질문을 할 수도 있다는 주의 사항이 적혀 있었다. 진은 돌발 상황을 대비해야 한다며 질문지에 없는 질문을 수시로 했다.

"왜 헤어졌어요?"

"바람을 피웠어. 남편이."

두 번째 남편이 바람을 피운 건 거짓이 아닌데도 순간 거짓말한 기분이 들었다. 내가 웃으며 말해서인지 진은 백 살이 되면 원래 그렇게 담담해지는 거냐고 물었다.

"더 이상 놀랄 일은 없지."

미역 줄기 20킬로그램을 다 찢으면 오후 네 시가 된다. 일을 마치면 걸어서 20분쯤 되는 거리에 있는 카페로 원두커피 한잔을 마시러 간다.

"할머니 멋있어요."

진은 자기 할머니와 다르다며 내게 멋있다고 했다. 후지타 덕분에 일찍 원두커피 맛을 알게 됐다. 후지타는 점심을 먹은 뒤 직접 커피 한 잔을 내려주곤 했다. 처음에는 썼지만 점차 익숙해졌다. 해방 이후에는 그 맛도 잊었다가 어느 날 익숙한 향기에 끌려 카페에 들어간 뒤로 다시 마시게 되었다.

카페로 가려면 바다를 가로지르는 보행로를 건너야 한다. 보행로는 본래 철교였다. 침목과 레일은 그대로 살리고 투명한 발판과 난간을 설치해 육교처럼 건널 수 있게 만들었다. 그 위를 오가며 소금을 항구로 실어 나르던 기차는 멈추고 철교만 남은 것이다. 개펄에서 캔 조개와 굴을 팔러 송도로 가기 위해 그 기차를 자주 탔었다. 나를 비롯해 대부분의 승객들에게서 비린내가 났다. 누구보다 강한 비린내를 풍기던 두 번째 남편을 만난 것도, 마주 앉으면 무릎이 부딪히는 좁은 기차 안에서였다. 건너편 철교에는 날렵하게 생긴 현대식 전철이 지나가고 있었다. 바다는 땅이 되어 아파트가 들어섰고, 염전은 생태공원이 되었다. 생태공원에서는 주로 가족 단위의 관광객들이 한가롭게 산책을 한다.

"아니야, 많이 변했어."

바다는 변함없이 똑같을 거라던 말순의 말이 떠올라 혼잣말로 뒤늦은 반박을 하고 보행로를 건넌다. 카페에 들어가 메뉴판을 보니 확실히 아는 글자가 늘어 있다. 얼마 전 아이스 아메리카노는 '아아', 따뜻한 아메리카노는 '따아'라고 진이 가르쳐주었다. 고민 끝에 "따아 하나"라고 말하자 점원이 재밌어하며 웃는다. 반나절 꼬박 미역 줄기를 다듬고 찢어 번 돈 만 오천 원 중에 이천오백 원으로 커피값을 계산한다. 커피를 받아 들고 나와 벤치에 앉는다. 염전을, 아니 본래는 염전이었던 곳을 내려다볼 수 있는 곳이다.

물기를 잃은 마른땅 안에는 아직 소금기가 남아 있을까. 마른 흙에서도 비린내와 곰삭은 냄새가 날까. 뜨거운 커피를 후후 불어 마시며 "요카타, 요카타"라고 중얼거리다 버릇처럼 눈을 감는다. 공기 중의 짭짜름한 소금기와 비린내를 맡으며 눈꺼풀 안쪽에서 누군가의 뒷모습, 걸어가는 그림자 같은 흑점을 찾아낸다. 그 뒤를 따라가며 커피를 한 모금, 한 모금 아껴 마신다. 방 안에 있을 때보다 자연광 아래서 눈을 감을 때 흑점은 더 선명하다. 흑점이, 그림자가 천천히 움직인다. 금방이라도 고개를 돌려 나를 쳐다볼 것만 같아 두려워진다.

"아무래도 광복절이 제일 기쁘셨죠?"

라디오 인터뷰 약속이 잡힌 뒤로 진은 매일같이 찾아와 앞뒤 없이 불쑥 질문을 던졌다.

"기뻤지. 좋았어."

진은 내 대답이 만족스럽지 않은지 재차 물었지만 난 백 살이나 살면 생각이 잘 안 난다고 둘러댔다. 일본인과 살았고 아이까지 낳았다. 그리고 그 일본인은 소금을 약탈해 자신의 나라에 보냈다. 해방 후에도 소금 맛은 똑같았지만 모든 것이 달라졌다.

"얼마 안 돼 전쟁이 일어나서 많이 안타까웠겠어요. 할머니 그때 몇 살이었죠?"

나는 연도를 계산해서 나이를 헤아렸다. 그러다 내 원래 나이와 언니의 나이가 헷갈리기도 했다. 어떤 날은 내가 잘못 말하면 진이 바로잡아 줬다.

"할머니는 서른두 살이었잖아요. 할머니도 참."

그렇지. 아무렇지 않다는 듯 고개를 끄덕였다. 나이가 많아지면 이렇다고 말하며 웃었다. 언니의 나이에 익숙해져 내 진짜 나이를 헤아리는 일을 잊은 지 오래였다. 그런데 진이 던지는 질문 때문에 자꾸만 내 나이를 생각하게 되었다. 해방이 되던 해, 난 언니의 나이로는 스물일곱, 내 나이로는 스물셋이었다. 아버지는 나를 방 안에 숨겨두고 멀리 시집 보낼 궁리를 하고 있었다.

"가장 슬펐을 때는 언제예요? 부모님이랑 헤어졌을 때 아니에요?"

그렇게 몇 해를 숨어 살다 스물여덟 살이 되던 해 전쟁이 일어났다. 아버지는 해방 이후 황해도 연백군에 조성된 염전에서 일하느라 닷새마다 한 번씩 집으로 돌아왔다. 아버지는 그곳에서 만난 여자와 살림을 차렸고, 얼굴 한번 보지 못한 남동생이 태어난 뒤로는 집에 오지 않는 날이 점점 길어졌다. 전쟁이 일어나기 나흘 전, 오랜만에 집에 들렀던 아버지는 곧 나를 데리러 오겠다고 다짐하듯 말했다. 그리고 영영 돌아오지 못했다. 포성이 완전히 멈추고 땅과 바다가 반으로 나뉜 뒤에야 이제 정말 혼자라는 사실을 깨달았다. 두려움이 사라진 자리에 밀려들었던 그 해방감에 대해 어떻게 설명해야 할지 몰라 난 그냥 진을 쳐다봤다.

미역을 다듬듯, 내 삶에서 불편한 부분을 걷어내고 보기 좋은 부분만 남도록 다듬어 들려주었다. 진은 내 얘기를 듣다 가끔 눈물을 흘렸다. 때때로 진의 눈물이 당황스러웠다. 대체 어디쯤에서, 무엇 때문에 운 건지 내가 했던 이야기를 되짚어 볼 때도 있었다. 내 진짜 삶을 들으면 진은 어떤 반응을 보일까.

"남편이 후처한테서 애를 낳았어."

"저런, 어떻게 하셨어요?"

"어떻게 하긴. 위자료 받고 내쫓았지."

"할머니, 멋있어요."

진이 오른손 엄지를 추켜올렸다. 엄지 하나를 들어 보이면 숫자 6을 뜻했다. 검지를 펴면 1, 주먹을 쥐면 10. 이 같은 수신호를 알려준 것은 두 번째 남편이었다. 활어 위판장의 경매사였던 남편은 집으로 온갖 생선들을 가져왔다. 생선들은 눈을 홉뜬 채 죽어 있거나 아가미를 움직이며 가쁜 숨을 쉬고 있었다. 눈을 감을 수 없다는 건 얼마나 무서운 일인가. 나는 아직 숨이 끊어지지 않은 생선들의 눈을 상추나 미나리로 덮어주곤 했다. 남편은 같이 산 지 오 년이 지나도 아이가 생기지 않자 어딘가에서 아이를 데려왔다. 몇 해가 지나자 아이를 데리고 아이 엄마 집으로 가겠다고 했다. 이제 날제법 따르게 된 아이와 헤어지는 일이 아쉬웠지만 홀가분하기도 했다. 진이 슬하의 자녀를 물었을 때 둘이라고 했어야 맞는 걸지도 모른다. 그 아이도 나를 엄마라 불렀으니까.

진의 질문에 대답하며 이런 이야기들은 하지 않았다. 대신 그동안 라디오에서 들은 남의 인생들을 주워섬겼고 진은 가끔 어디서 들어본 얘기 같다며 고개를 갸웃거렸다. 그럴 때면 난 아무렇지 않게 답했다.

"사람 사는 게 다 거기서 거기니까."

스웨터 주머니 안쪽에서 종이가 사각거리자 그제야 정신이 든다. 생방송 시간이 얼마 남지 않았다. 나이가 드니 아무리 기억하려 해도 무언가를 종종 잊었다.

잊으면 안 돼.

진이 했던 것처럼 검지로 이마를 톡톡 두드리고 보행로를 다시 건너 어시장 쪽으로 걸어간다. 그런데 이상하게도 다시 카페가 나타났다. 수십 년을 오갔던 길인데 기억이 나질 않았다. 방향이 가물가물하다. 기우뚱 몸이 기운다. 재빨리 난간을 잡았다. 이상한 일이다. 나이가 드니 똑바로 걷고 있다고 생각해도 비틀거리는 일이 잦아졌다. 마치 개펄 위를 걷는 것처럼 다리가 무겁다. 숨이 차고 무릎이 저려와 주저앉는다. 맞은편에서 한 여자아이가 달려오고 있다. 보행로에 진입한 여자아이는 나를 지나쳐 달려가다 잠시 멈춰 뒤를 돌아보더니 다시 속도를 내어 뛰어간다. 두 갈래로 나눠 묶은 머리가 춤을 추듯 흔들거린다. 보행로 끝에는 부모가 손을 흔들며 기다리고 있다.

아주 오래전 어디선가 본 장면 같다. 철교의 침목 위를 아슬아슬하게 걸어가던 한 여자아이. 안전한 발판도 난간도 없었다. 만조여서 침목과 침목 사이로 바닷물이 마치 발에 닿을 듯 출렁거렸다. 아이는 아래를 보지 않았다. 어깨가 들썩였고, 볼에서 눈물이 반짝였다. 그 아이를 기억해 내려고 애쓰자 몸이 와들와들 떨려온다. 두려움 때문이 아니다. 서러움과 분노의 감정이다. 철교 건너편에 그 아이를 기다리는 이는 아무도 없었는데 왜 굳이 위험한 철교를 건넜을까.

휴대전화가 울리고 있는지도 몰랐다. 전화를 받자 진이 소리친다.

"할머니, 어디예요? 어디 계세요?"

생방송 인터뷰 전에 진이 집으로 오기로 한 약속이 떠올랐다.

"10분보다 더 걸려요?"

"그냥 여기서 할까?"

"안 돼요. 할머니, 조용한 데서 전화 받아야 해요. 일단 어디든 조용한 데로 들어가세요."

난간을 잡고 몸을 일으켜 주위를 둘러보다 '소래역사관'이라고 쓰인 건물 안으로 들어간다. 폐관 시간이 다가오는 역사관에는 구경하는 사람이 많지 않다. 적당한 곳을 찾으려고 둘러보다 마주친 풍경에 머리끝이 쭈뼛 선다. 정말 치매에라도 걸린 걸까. 전쟁이 나기 직전 옛날 어시장과 포구, 염전의 모습이 있었다. 소금 창고에서는 아버지가 동료와 얘기를 나누고, 특유의 느린 걸음을 걸으며 후지타가 나타

날 것 같았다. 피란 간 줄 알았던 사람들이 돌아와 좌판을 펼쳐놓고 젓갈과 새우, 건어물을 팔고 있었다.

다들 여기 있었구나.

옛사람들 사이에 서서 잠시 눈을 감고 숨을 골랐다. 전쟁이 끝난 후 동인천 중앙시장에서 양키 물건을 팔며 지내다가 다시 이 포구로 돌아왔을 때, 고향 사람들은 떠나고 모여든 피란민들이 자리 잡고 있었다. 나를 아는 사람도, 아버지의 소식을 아는 이도 없었다.

서둘러 시장을 빠져나오자 옛 기차역 대합실을 재현해 놓은 공간이 나타났다. 기차 시간표와 매표소, 그리고 땔감을 넣어 불을 때던 난로. 그 앞에 놓인 긴 의자에 한 할머니 인형이 보따리를 옆에 두고 앉아 있었다. 저고리와 치마를 입고 하얗게 센 머리를 틀어 올려 쪽을 진 할머니 인형은 기차를 기다린 지가 한참 되었는지 지쳐 보인다. 할머니 인형 옆에 앉는다. 휴대전화의 진동음이 울린다.

"할머니, 대체 어디 계셨어요?"

이번에는 라디오 작가다. 다급한 말투로 묻는다. 진에게는 미처 하지 못했던 하소연을 하고 싶다.

"잠깐 나갔다 온다는 게, 자꾸 걸어도 도무지 집이 나오질 않고……."

그러나 작가는 상냥하지만 단호하게 말꼬리를 자르며 나

를 달렸다.

"할머니, 5분 뒤 생방송이에요. 지금 연결할 거니까 끊으시면 안 돼요."

작가는 몇 번이고 다짐을 받더니 전화를 연결한다. 흘러간 옛 노래가 들려온다.

"잘 들리세요? 노래 끝나면 할머니 차례예요. 부르면 대답하셔야 해요."

못 미더운지 작가는 몇 번이나 확인한다. 전화기를 꼭 쥔 손에 땀이 난다. 진행자는 소개 멘트를 끝낸 후 인사를 건넨다.

"서연화 할머니, 안녕하세요?"

나는 또 나도 모르게 고개를 숙여 인사를 한다. 곁에 앉아 있는 할머니 인형에게 인사한 모양새가 되었다. 진행자는 능숙하게 인터뷰를 이끌어갔고, 생각보다 편하게 얘기할 수 있었다. 진과 연습한 대로 라디오에서 들어온 남의 인생들을 늘어놓자 진행자가 만족해한다.

"그런데 할머니 별명이 요카타라고요. 요카타는 일본어로 다행이다, 라는 뜻이죠? 뭐가 그렇게 다행이셨어요?"

요카타, 라고 말하면 마음이 놓였다. 요카타는 다행이란 말보다 더 다행 같았다. 다행스러운 일이 아니어도 요카타라고 말하면 안심이 되었다. 어쩌면 내 의지와 상관없이 흘러가는 하루하루를 요카타, 라는 말로 체념하고 요카타, 라는 말로 달래왔는지도 모른다. 그래야 오늘을, 다시 내일을 살아갈 수 있었으니까. 잠시 생각에 잠겼다가 나도 모르게 화들짝 놀랐다. 뜸을 들이지 말고 얼른 대답해야 한다.

"지금도 다행이죠. 전화가 무사히 연결됐잖아요."

진행자가 기분 좋은 웃음을 터뜨린다.

"그렇군요. 역시 한 세기를 살아내셔서 그런지 삶의 지혜와 여유가 느껴지네요."

"백 년을 살았으니 말을 더 잘하겠죠."

진행자는 내 대답이 마음에 들었는지 웃음기가 담긴 어조로 묻는다.

"아쉽게도 마지막 질문입니다. 그 오랜 세월을 사셨는데, 지금은 볼 수 없지만 제일 보고 싶은 사람이 있으신가요?"

보고 싶은 사람? 나는 당황한다. 아버지, 후지타, 두 번째 남편, 일본으로 간 아이를 차례로 떠올린다. 나는 아무 대답도 하지 못한다. 진행자의 목소리에서 처음으로 긴장감이 느껴진다.

"할머니, 보고 싶은 사람이 너무 많으신 거죠?"

옆에 있는 할머니 인형이 물끄러미 나를 쳐다보는 것 같아 나도 모르게 그 손을 잡는다. 차갑다. 하지만 놓지 않고 더 힘주어 잡는다.

"있어요. 동생이요. 네 살 터울인 여동생이 있었어요."

"동생분이 계셨군요. 서연화 할머니만큼 성함이 예쁜가요? 이름 한번 불러보세요."

"이름은 없어요. 태어나자마자 죽었거든요."

물 흐르듯 대화를 이어가던 진행자는 잠시 침묵한다. 침묵마저 대화의 흐름상 자연스러운 수순 같다. 곧이어 진행자가 말한다.

"죄송합니다."

내가 아무 말도 하지 않자 진행자는 더 이상 묻지 않고 화제를 전환한다.

서연화. 언니의 사망신고도, 내 출생 신고도 하지 않은 이유를 그저 아버지가 언니를 그리워했기 때문이라고 생각한 적도 있다. 점심 도시락을 싸서 염전에서 일하는 아버지를 찾아갔었다. 소금 창고에서 아버지는 동료와 이야기를 나누고 있었다.

"딸아이가 이제 열여섯이야."

"후지타는 스무 살로 알던데?"

"그거는 죽은 애 나이고 호적은 지 언니 거야."

"왜 안 바꿨는데?"

"귀찮아서 그랬지. 사는 게 바빠서."

과거의 기억은 짙은 해무가 긴 것처럼 부옇다. 머릿속에서는 인화가 제대로 되지 않은 사진처럼 윤곽만이 희미하게 떠오르지만 촉감으로, 냄새로, 통증 같은 것으로 몸이 선명하게 기억하는 순간이 있다. 아버지에게 어떻게 도시락을 건네줬는지는 기억나지 않지만 부른 배를 안고 집으로 돌아가던 길, 발갛게 달아올라 있던 볼의 열기만은 또렷이 기억난다. 낮이었고 주위가 너무 환해 빨리 땅거미가 져 어두워졌으면 하던 마음도. 갑자기 뺨이 불타듯 뜨거워져 손을 대본다. 다듬지 않은 미역처럼 거칠고 해삼처럼 흐물흐물하다.

"시간이 얼마 남지 않아 인터뷰는 여기까지 하겠습니다. 감사합니다. 오래오래 사십시오."

그 말에도 난 대답하지 않는다. 진행자는 자연스럽게 말을 이어간다.

"평범한 삶이지만 이런 분들이 있기 때문에 우리가 이렇게……."

진행자의 목소리가 끊기고 작가의 목소리가 불쑥 튀어나온다.

"할머니, 고생 많으셨어요. 인터뷰 잘 끝났어요. 출연료는 세금 떼고 사만 칠천 원입니다. 계좌번호랑 주민등록번호 나중에 문자로 보내주세요."

통화가 끝난 후에도 휴대전화를 귀에서 떼지 못한다. 마치 할 말이라도 남아 있는 사람처럼, 할머니 인형의 손을 여전히 꼭 잡은 채로.

"5분 후에 우리 역사관은 문을 닫습니다. 방문객 여러분은 관람을 마무리하시고 퇴장해 주십시오."

안내 방송 소리에 꿈에서 깨어나듯 벌떡 일어난다. 그때 아이의 새된 목소리가 들린다.

"엄마, 할머니가 움직였어."

여덟 살 정도로 보이는 아이가 울먹인다. 엉거주춤 서 있던 내가 웃어 보이자 더 놀랐는지 본격적으로 울 기세다. 아이 엄마가 원망 섞인 눈으로 쳐다보더니 아이를 데리고 간다. 할머니 인형의 차가운 손을 한 번 더 꼭 쥐었다 놓고 허겁지겁 역사관에서 걸어 나오는데, 기차 모형이 눈에 들어온다. 들어갈 때는 미처 보지 못했다. 안내문에 적힌 글자를 띄엄띄엄 읽는다. 기차는 1927년에 제작됐고 1937년부터 철교 위를 달렸으며 1995년에 운행을 멈췄다.

1927년이면 언니의 나이로는 아홉 살, 실제의 나는 다섯 살이던 때였다. 일본은 철도를 건설하는 동시에 바다를 막아 염전을 만들었고, 어부였던 아버지는 염전 인부가 되었다. 1937년에는 언니의 나이로 열아홉, 나는 열다섯. 동네 친구들과 달리는 기차를 향해 손을 흔들기도 했다. 그렇게 연도와 나이를 헤아려 보다 문득 깨닫는다. 기억 속에 침목 위를 위태롭게 걸어가던 여자아이. 서러움과 분노를 몸으로 기억하고 있는 그 여자아이가 누구였는지를. 아버지가 나를 후지타의 방으로 들여보내기로 한 날이었다. 염전에서 생산된 소금을 싣고 인천항으로 달려가는 기차를 하염없이 바라봤다. 기차를 타고 멀리 떠나고 싶었다. 바다를 건너고 싶었다. 하지만 어디에도 가지 못했다.

진에게 전화가 오고 있지만 받지 않는다. 아마도 염전이었을 자리를 눈으로 더듬으며 걸어간다. 그 위에 기억하는 풍경을 덧입혀 본다. 기차가 지나간 선로 위에서 아이들이 놀고 있고, 너른 염전은 해 질 무렵 붉게 물든 하늘을 거울처럼 그대로 담아냈다. 후지타는 염전을 바라보며 에도 시대 시인의 하이쿠를 즐겨 읽었다.

입하를 며칠 앞두고 있을 무렵, 후지타는 하이쿠 하나를 읽어준 뒤 나가사키에 있는 본처가 아이를 보고 싶어 한다며 초여름 소금 수확이 끝나는 대로 고향에 다녀오겠다고 했다. 돌아오면 나가사키에 같이 가자고 했다. 그리고 덧붙였다. 본처의 병세가 위중하다고. 나는 그때도 요카타, 라고 작게 중얼거렸다. 후지타가 아이를 데리고 간 뒤 얼마 되지 않아 히로시마와 나가사키에 원자폭탄이 투하되었다.

어느덧 햇빛이 이울고 있다. 후지타가 서 있었던 자리에는 망원경이 설치되어 있다. 오백 원을 넣으면 작동된다. 아이 하나가 망원경을 들여다보고 있다.

"세상이 달라 보일 거예요."

진은 글자를 가르쳐주며 말했다. 다르게 본다는 것은 망원경처럼 멀리 있는 것을 확대해서 보는 것과 비슷한 일일까. 그동안 보이지 않던 것까지 보게 된다는 뜻이었을까. 그렇다면 그대로 있고 싶다. 다르게 보고 싶지 않다.

"해방이 되던 날, 할머니는 어디 있었어요?"

진이 몇 번이나 했던 질문이지만 다행히 인터뷰에서는 물어오지 않았다. 나이가 들어 더 이상 놀랄 일은 없다고 했지만 사실은 진이 말간 얼굴로 물어올 때마다, 얇은 습자지 한 장에 불과한 일력을 뜯어낼 때처럼 가슴이 철렁했다.

그날, 난 후지타의 서재를 뒤지고 있었다. 후지타는 장마가 끝나면 눅눅해진 책을 모두 마당에 꺼내놓고 바람과 햇볕에 말렸다. 그는 한 장 한 장 잘 말린 책들을 서가에 순서대로 다시 꽂아두었다. 난 가지런히 꽂혀 있는 책들 사이를 개펄을 파헤치듯 마구마구 헤집었다. 후지타가 읽어준 하이쿠를 내내 중얼거리며.

이상하다
이렇게 살아 있는 것이

석 줄짜리 시였다. 가운데 한 줄이 기억나질 않았다. 유독 손때가 묻어 반질반질 닳아 있는 책 한 권을 찾아내 펼쳤다. 후지타가 자주 읽던 시집이었다. 종이 위에 검은 점과 선의 행렬로만 보이는 그것들의 의미를 끝내 알지 못했다. 몰래 성경을 숨겨놨던 후지타는 전쟁이 길어질 무렵, 걱정스러운 얼굴로 자주 기도했다. 후지타가 재산을 처분하고 있다는 소문이 이미 동네에 퍼져 있었다. 그의 기도가 어떤 내용인지 모르면서 그를 따라 눈을 감았다.

그날은 조금이었고 낙지를 잡기에 좋은 물때였다. 서재를 엉망으로 만들어놓고는 양동이를 들고 개펄로 나갔다. 개펄을 마구 헤집으며 바지락을 캤고, 낙지나 게와 같이 살아 있는 것들로 양동이를 가득 채웠다. 그러다 모두 쏟아버리고, 꿈틀거리는 낙지와 도망가는 게들을 지켜봤다.

이상했다. 살아서 자꾸만 움직이는 것이.

양동이를 던지고 개펄에 털썩 주저앉아 기도하듯 눈을 감았다. 노을빛을 닮은 눈꺼풀 안을 들여다보면서 흑점의 뒤를 쫓았다. 그러다 눈을 떠보니 어느새 물이 들어오고 있었다. 서둘러 개펄에서 걸어 나오다 뒤를 돌아보니 푹푹 빠지며 걸어왔던 발자국도, 흉하게 파헤쳐진 자리와 들쑤셔진 자국도 사라져 있었다. 밀물이 밀려와 모든 것을 원래대로 되돌려 놓았다. 죽은 것들도, 살아 있는 것들도 바다는 휩쓸

어 갔다. 서재에 있던 책들은 남김없이 내다 팔았고, 그 후로
는 뒤를 돌아보지 않고 살았다. 바다가 데려간 것은 잊었고
다시 내어준 것을 팔아서 살았다. 가끔 이름이 불릴 때마다
구멍에 숨어 있다 잡혀 나온 게들처럼 당황했다. 하지만 또
다시 구멍 속으로 돌아갈 수 있었다. 아무도 나를 궁금해하
지 않았으니까.

다행이었지. 요카타, 요카타.

만조다. 물이 들어오고 있다. 보행로 위에서 관광객 하나
가 새우깡 봉지를 뜯어 마구 뿌리자 갈매기 떼가 몰려온다.
새우깡은 바닷물로 낙하하기 전에 갈매기 입 안으로 들어갈
것이다. 얇은 습자지 한 장 같은 오늘을 서둘러 뜯어내고 아
침을 기다리고 싶다. 내일이면 오이소박이는 좀 더 익어 맛
있을 것이다. 해가 지기 전에, 푸르스름한 어둠이 찾아오기
전에, 다시 눈을 감고 그림자를 쫓기 전에 집으로 돌아가야
하는데. 나는 지금 어디로 가야 하는지 모른다.

* 소설에 나오는 하이쿠는 고바야시 잇사의 작품입니다.
* 소래 관련 정보는 소래역사관 자료를 참고했습니다.

- 무슨 말인지 알죠

무슨 말인지 알죠

미발표작

안나는 동인천역까지 걸어갔다. 양손 가득 짐을 들고 있어서 다섯 살 율리아의 손을 잡아줄 수 없었다. 율리아는 개의치 않고 안나보다 두 발짝 정도 앞장서서 걸어갔다.

안나는 그 모습이 기특했다. 율리아의 부모는 서울로 이사할 준비를 하면서 막내인 율리아를 안나의 집에 맡겼다. 율리아는 그 과정에서 자신이 제외된 사실이 꽤 서운했던 모양이다. 엄마, 아빠가 보고 싶다는 이야기도 세 살 위인 오빠 이야기도 꺼내지 않았다. 투정도 부리지 않고 이모들과 잘 어울려 지냈다. 그러면서도 달력에 안나가 표시해 둔 날짜를 몰래 눈여겨보는 듯했다. 가끔 설거지하거나 음식을 만드느라 주방에 있다 돌아보면, 달력 앞에 서서 작은 손가락을 꼽아보는 율리아를 발견할 수 있었다.

거의 달려가듯 걸어가던 율리아가 멈췄다. 역 앞에 미영이

서 있었다. 양산과 작은 손가방 하나만 달랑 들고.

목소리가 들려주는 이야기는 어딘가 익숙하다. 하지만 내가 예전에 읽었던 이야기는 아니다. 내가 평생 읽었던 이야기책은 몇 권 되지 않으니까. 침을 삼키는 소리에 이어 책장을 넘기는 소리가 들린다. 목소리는 계속 이야기를 이어간다.

율리아는 안나에게 하듯 미영에게 달려가 안기지 않았다. 미영도 안나처럼 두 팔을 벌려 "내 새끼"라고 하지 않았다. 미영과 율리아는 안나가 가까이 갈 때까지 대치하듯 마주 보고 서 있었다. 둘은 닮았다. 심지어 화가 나 있다는 것도, 그 분노의 대상까지도 같았다. 율리아는 자기 부모에게. 미영은 자기 아들과 며느리, 그러니까 안나의 사위와 딸에게.

다음 문장을 기다리다 잠이 들었던 걸까. 눈을 뜨니 그 목소리가 더 이상 들리지 않는다. 보이는 것은 하얀 천장과 형광등의 불빛. 가습기에서 뿜어져 나오는 희뿌연 수증기. 약품 냄새. 안방 침대에서 올려다보던 천장과 다르다. 형광등 두 개 중 하나가 수명을 다해 주변이 어두침침했고, 전등 커버 안에 쌓인 먼지들은 벌레들의 사체처럼 보였다. 그런데 이곳은 너무 환하다. 여느 때처럼 손톱이 반쯤 남아 있는 오

른손 중지 끝을 만지작거리며 안정을 찾고 싶다. 그런데 손
가락 하나 까딱하기 어렵다.

문을 열고 누군가가 들어온다. 고개를 돌릴 수 없다. 기척
으로 두 사람이라는 것을 알아차린다. 이내 왼쪽 팔에 느껴
지는 따끔함과 차가움. 코를 찌르는 소독약 냄새. 깨닫는다.
여기는 집이 아니구나. 병원이다. 생각을 더듬는다. 쑥떡을
쪘다. 쑥떡을 소분해서 냉동실에 넣어두려고 했던 것까지는
기억이 난다. 그 뒤에 어떻게 됐더라. 냉동실에 넣어두었다
면 다행이지만 넣지 않았다면 다 상해버렸을 텐데.

"들으실 수는 있어요."

둘 중 하나가 속삭인다. 하나는 나가고, 하나는 남는다. 남
은 하나가 가까이 다가앉는다. 눈이 마주친다. 하늘색 가운
을 입고 마스크를 쓴 사람. 눈빛이 낯익다. 설마 당신인가.
그럴 리 없는데. 내 손을 잡는다. 차갑다. 곧 오월이다. 아마
도 그럴 것이다. 그런데 아직 찬 바람이 부는 걸까. 그 차가
운 손으로 내 오른손 중지에 반쯤 남아 있는 손톱을 만지작
거린다.

"할머니."

당신이 아니었다. 율리아다. 나의 외손녀이자 당신의 친손
녀. 내가 착각을 했다는 사실이 어이없다. 율리아는 나이가
들수록 당신을 닮아간다. 율리아를 본 건 오랜만이다. 전에는

일 년에 한두 번은 볼 수 있었는데 언젠가부터 명절에도 오지 않았다. 아무리 그렇다고 해도 당신과 착각하다니. 율리아는 내 중지 끝에 남아 있는 손톱을 만지작거리며 말한다.

"할머니한테 진작에 물어볼걸. 남은 시간이 많은 줄 알았어."

원래 그런 거라고 말해주고 싶다. 인생은 원래 뭐든지 늦게 알게 되는 거라고. 백 살이 가까워져 와도 인생은 이렇게 한 치 앞을 모르는 거라고. 어떻게 다 대비하면서 살 수 있겠느냐고. 그러니까 괜찮다고. 그나저나 율리아의 손은 왜 이리 차가울까. 쑥은 몸이 냉한 사람에게 좋다던데. 쑥떡을 좀 더 일찍 만들었어야 했다.

"할머니, 무슨 말인지 알지?"

쑥떡 생각을 하느라 율리아의 말을 제대로 듣지 못했다. 율리아는 태어났을 때만 해도 외탁했다는 말을 들었는데 나이가 들수록 당신을 닮아갔다. 긴 코와 쌍꺼풀 없이 큰 눈, 넓은 이마, 말버릇까지도.

무슨 말인지 알죠? 당신은 차분차분하게 설명하지 않고, 하던 말을 중간에 잘라먹고는 이렇게 묻곤 했다. 게다가 올린 건지 내린 건지 알 수 없는 어조로 말끝을 맺었다. 그래서 나에게 묻고 있는 건지, 자신에게 하는 혼잣말인지 종종 헷갈렸다.

당신의 그런 말버릇은 함께 여행을 떠난 날 알게 됐다. 그런데 그것을 여행이라고 해도 될까. 여행이라고 하면 자식들이 부부 동반으로 보내줬던 유럽 성지순례와 온 가족이 다녀온 필리핀이 아니라, 이상하게도 그날이 떠오른다.

부스럭거리며 종이를 펼치는 소리가 들린다. 그 목소리가 다시 들린다. 율리아의 목소리 같으면서도 다르다. 하지만 익숙하다. 어디선가 들어본 것 같은 목소리다.

셋은 일렬로 줄을 서서 걸었다. 맨 앞에 미영이, 중간에 율리아가, 그리고 맨 뒤에 안나가. 미영이 뒤를 돌아보더니 안나에게 물었다.

전철 타본 적 있어요?

그럼요.

안나는 기어들어가는 목소리로 말했다. 사실 안나가 타본 것은 경인선 열차였다. 지하철역은 기차역과는 사뭇 달라 괜히 주눅이 들었다. 매표소에서 미리 사둔 표를 건네며 미영이 덤덤하게 말했다.

신발 잘 벗고 타야 해요. 무슨 말인지 알죠?

안나는 고개를 끄덕였다. 율리아는 사이로 빠져나갔고 안나는 미영을 따라 지하철표를 개찰구 투입구에 집어넣었다. 표가 순식간에 작은 틈 사이로 빨려 들어갔다. 이내 표는 다시 불쑥 솟아올랐고 안나는 당황하지 않은 척 표를 집어 들었다. 미영이 쳐다보며 웃는 것 같아 최대한 아무렇지 않게 계단을 내려갔다. 전철이 들어오고 있었다. 신발을 어디에 벗어두어야 할까, 이리저리 둘러보다 미영에게 속은 것을 알았다.

성큼성큼 안으로 들어간 미영은 재빨리 자리를 잡고 손을 들었다. 안나는 율리아를 먼저 앉히고 그 옆에 앉았다. 그들은 걸어올 때처럼 율리아를 사이에 두고 나란히 앉았다.

우리 동갑이죠?

뽀로통해진 안나에게 미영이 말을 걸었다. 안나와 미영은 이제 쉰이었다. 안나는 자신과 똑같이 머리를 짧게 잘라 볶은 미영을 바라보다 고개를 끄덕였다. 안나의 사위가 미영에게는 유일한 아들이었다. 딸 셋, 아들 하나. 안나도 같았다. 달거리를 시작하자마자 시집을 온 것도. 안나는 소학교를 다니던 시절 이후로는 또래를 만날 일이 없었다. 그것은 미영도 마찬가지였다.

율리아는 신발을 벗고 의자에 올라가 창문에 코를 박았다.

할머니, 저거 봐. 할머니, 저건 뭐야.

1분마다 할머니를 불러대는 율리아의 말에 응답해 주느라 정신없는 안나와 달리 미영은 창밖으로 흘러가는 풍경을 여유롭게 감상했다. 안나는 율리아에게 검은 비닐봉지를 건넸다. 노란 귤이 담겨 있었다. 율리아는 비닐봉지를 받아 안더니 야무지게 귤을 까먹기 시작했다. 조그만 손에는 이내 노란 물이 들었다. 미영이 가방을 뒤적이더니 초콜릿을 꺼내 율리아에게 주며 말했다.

미제라 더 달단다.

"단맛과 신맛은 어울리지 않잖아. 감귤초콜릿은 맛있지만. 근데 할머니, 그때 봄 아니었나. 어떻게 귤이 있었지?"

목소리가 멈추고 율리아가 묻는다. 나는 대답할 수 없다. 귤이 아니었나, 혼잣말로 중얼거리던 율리아는 종이 위에 무엇인가를 적는 모양이다. 연필이 사각거리는 소리가 들린다. 율리아가 자리에서 일어난다.

"또 올게."

나는 더 있으라는 말도 할 수 없다. 그저 하얀 천장만을 응시하며 율리아가 나가는 소리를 듣는다. 율리아는 몇 년 전 동화책을 썼다며 선물했다. 그 이후에도 글을 쓴다고 들었다. 하지만 어떤 이야기를 쓰는지는 알지 못한다. 뭐든지 말해주던 율리아가 언제부터 무엇 때문에 나에게 입을 닫아버렸는지, 왜 명절 때도 집에 오지 않는지 모른다. 지지하는 대통령 때문에, 지하철역에서 벌어진 일들 때문에, 아이를 지우는 법 때문에 사위와 언쟁을 벌였다는 것은 알고 있었다. 집에 찾아오는 일이 뜸해질 무렵, 율리아는 무엇을 믿어야 할지 모르겠고 자신이 믿어왔던 일에 배신당하는 일이 힘겹다며 물었다.

"할머니는 어떻게 그렇게 지치지 않고 계속 믿을 수 있었어?"

실은 그렇지 않다. 나도 묵주 알을 놓은 적이 있다. 율리아는 모르지만 도로 묵주를 손에 쥐기까지는 시간이 걸렸다. 십 대 때의 율리아를 떠올린다. 율리아는 자신이 좋아하던 가수가 사고를 쳤을 때도 계속해서 사랑하려고 했다. 우리 오빠 욕하지 마. 주먹을 꼭 쥐었던 율리아를 기억한다. 그래서 그의 말이 모두 거짓말이었음이 드러났을 때 율리아는 누구보다 더 참담해했다. 실망감으로 마음은 정리되었으나 감정의 잔재들을 어떻게 처리해야 할지 몰라 오래 당황했다.

가끔 발소리가 들리다 내 앞에서 멈춘다. 때로는 나를 지나쳐 가기도 한다. 이 방에 다른 사람들이 있는 걸까. 집으로 돌아가야 하는데. 쑥떡을 냉동실에 넣었던가. 기억을 더듬는다. 그런데 쑥떡을 쪘는지조차도 헷갈리기 시작한다. 해마다 이맘때면 쑥떡을 했으니 이 기억은 올해가 아니라 지난해 것인지도 모른다.

내가 아는 사람들은 모두 병원의 침대 위에서 죽었다. 어쩌면 모두는 아닐지도 모른다. 다음에 눈을 떴을 때는 저 하안 천장과 마주치지 않기를 바라며 눈을 감는다.

*

굴과 초콜릿을 양손에 들고 있던 율리아. 초콜릿을 한 입 먹고 나서, 굴을 입에 넣다가 얼굴을 찡그렸다. 미영도 그 모습이 귀여운지 웃다 안나와 눈이 마주쳤다. 안나는 미영이 웃을 때면 율리아의 얼굴과 똑같아지는 게 신기했다. 자신의 어느 일부분과 미영의 어느 일부분이 율리아에게 동시에 존재한다는 사실도.

미영의 남편은 안나의 사위가 고등학생일 때 세상을 떴다. 그전부터 몸이 좋지 않아 오랫동안 병원에 있었다고 했다. 그래서 미영은 일찍부터 가장 노릇을 했다. 미군 부대로부터 나오는 물건을 떼어다 양키 시장에서 팔았다.

할머니.

마주 보고 있던 안나와 미영이 동시에 율리아를 쳐다봤다.

"할머니, 내가 물 주고 왔으니까 걱정하지 마."

눈을 뜨니 작은 율리아는 사라지고 홀쩍 커버린 율리아가 앞에 있다. 율리아의 머리에 드문드문 보이는 새치. 율리아의 나이를 헤아린다. 무슨 요일이길래 어제도 왔던 율리아가 오늘도 찾아왔을까. 회사에는 가지 않아도 괜찮은 걸까.

"잘들 있더라."

식물들 얘기였다. 거실과 베란다에는 늘 식물이 가득했다. 몇몇은 이름이 없었다. 본래는 모두 이름이 없었다. 어느날 집에 찾아온 율리아가 식물 하나하나를 가리키면서 이름을 물었고 나는 고개를 저었다.

"할머니는 이름도 모르면서 키워?"

"들었는데 까먹었지."

율리아의 물음에 그제야 이름들이 궁금해졌다. 율리아는 화분마다 자신의 전화기를 대보더니 식물들의 이름을 알려줬다. 행운목, 홍콩야자, 금전수, 베고니아, 고무나무, 달리아, 몬스테라 등등. 그중 몇몇은 끝내 찾지 못했다. 율리아가 알려준 이름들은 견출지에 적어 화분에 붙였다. 성경 공부 책과 묵주 함에 '서은희 안나'라고 정성스레 적어놓을 때처럼.

지금 침대 앞에는 내 이름과 나이가 걸려 있을 것이다. 병원에 입원하면 늘 그랬듯.

서은희/90세/몸무게 45kg/키 155cm

병원 밥은 맛이 없지만 그것이나마 입으로 먹고 마실 수 있었을 때가 그립다. 지금은 주사로 영양분이 공급된다. 이제 식물들과 같은 신세가 되었구나. 아니다. 다르다. 그 물을 마시고 식물들은 쑥쑥 자랐지만 나는 노랗게 시들어가고 있다.

하긴 죽어가는 화분에도 물은 준다. 달리 방법이 없으니까 물만 줬다. 그중에는 다음 해 봄이 되자 살아난 것들도 있었다.

다시 낮은 목소리가 이야기를 읽기 시작한다. 내용은 잘 들어오지 않는다. 속삭임과도 같은 리듬이 듣기 좋아 귀를 기울인다. 소학교를 이 년 다닌 게 전부지만 어릴 때 나는 이야기책을 좋아했다. 아들의 방에도 책이 많았다. 밑줄을 그어놓거나 책장을 접어놓고 여백에는 무언가를 잔뜩 적어두었다. 자유, 혁명, 시대의 어둠, 죽음, 해방 등등. 입대한 후에는 휴가를 나올 때마다 허기를 채우듯, 목마름을 달래듯 책을 읽었다. 아들이 죽은 뒤 모두 버렸다. 이미 이 땅은 해방된 지 오래고 전쟁이 끝난 건 아니긴 해도 자유가 있었다. 대체 아들이 원하는 자유는 무엇이었는지 이해할 수 없었다.

안나와 미영, 율리아는 아파트 단지 앞에 서 있었다. 셋은 아파트를 올려다보았다.

할머니, 우리 집은 어디야?

율리아가 말했다. 안나는 딸이 적어준 숫자를 들여다봤다. 5동 807호. 어디쯤인지 알 수 없었다. 안나는 길을 잃기 딱 좋겠다고 생각했다. 미영의 얼굴을 슬쩍 보니 못마땅해 보였다.

뭐 이렇게 찾기도 어려운 데서 살아.

미영이 투덜거리는 사이 안나의 딸이자 미영의 며느리가 내려왔다. 서러웠다는 티를 내지 않고 율리아는 엄마 품에 달려가 안겼다. 율리아의 오빠는 쪼르르 달려와 미영에게 안겼다. 미영은 그제야 굳었던 표정을 풀고 환하게 웃었다. 그리고는 율리아의 오빠 손에 천 원짜리 한 장을 들려줬다. 율리아는 오빠와 함께 놀이터로 달려갔다.

저녁이 되자 안나의 사위이자 미영의 아들이 퇴근하고 돌아왔다. 중국집 짜장면과 탕수육을 시켜줘서 둘러앉아 먹었다. 짐 정리가 덜 끝난 집 안은 어수선했다. 아직 풀지 않은 박스가 쌓여 있는 작은방에 요와 이불을 깔고 안나와 미영은 나란히 누웠다. 눕자마자 미영은 이내 작게 코를 골았다.

누군가 코를 고는 소리가 들린다. 눈을 떴지만 주위는 캄캄하다. 내 심장이 아직 뛰고 있다는 것을 알려주는 기계음만이 들린다. 내가 코를 곤 걸까.

어둠을 바라보다 당신이 들려준 이야기를 떠올린다. 개구리를 향해 입을 크게 벌리면 캄캄한 목구멍 안이 동굴인 줄 알고 뛰어든다고 했다. 그렇게 꿀꺽 삼켜버린 개구리가 몇 마리인지 모른다고 당신은 눈을 빛내며 말했다. 전철에 신을 벗고 타야 한다고 말할 때의 눈빛과 닮았었지. 의심스러웠지만 지금까지도 정말인지 거짓말인지 알지 못한다. 당신은 그 이야기를 율리아에게도 해줬다. 그 얘기를 들은 밤, 율리아가 악몽까지 꿨다는 걸 당신은 알까. TV에서 외계인이 살아 있는 쥐를 삼키는 장면을 본 뒤로는 당신이 얼굴 가죽을 뜯어내고 변신이라도 할까 봐 무서워했다.

어둠이 옅어진다. 어둠에 익숙해져서일까. 아니면 동이 트고 있기 때문일까. 다가왔다 멀어지는 발걸음 소리에 귀를 기울인다. 아직 이르다는 것을 알면서도 그중에서 율리아의 발걸음 소리를 가려내려 애쓴다. 율리아가 오면 목소리도 함께 온다.

*

어버이날 내려갈게요.

안나와 미영은 고개를 끄덕였다. 이제는 자식들이 찾아오기를 바라면서 늙어가는 날이 그들을 기다리고 있었다. 미영과 안나는 흰머리도 아직 많지 않은데 기대할 것이 그것밖에 없었다.

안나의 사위이자 미영의 아들이 미영에게 속삭였다.

엄마, 싫다고만 하지 말고 생각해 봐.

미영은 듣기 싫다는 듯 고개를 홱 돌렸다. 역까지 데려다주지 못해서 미안하다며 아이들이 택시를 잡아줬다. 택시는

지하철역 앞에서 멈춰 그들을 내려줬다. 앞장서서 걷던 미영이 걸음을 멈추고 안나에게 말했다.

우리 서울 구경 더 하다 갑시다. 가보고 싶은 데 있어요?

안나가 생각하는 사이 미영은 주위를 둘러보다 손을 들어 어딘가를 가리키며 말했다.

우리 저기 가볼까요?

미영이 손으로 가리킨 것은 회수권과 담배, 복권, 신문 따위를 파는 가판대. 1984년 5월 1일 자 조간신문에는 '서울대공원 오늘 개장!'이라는 글자가 큼지막하게 적혀 있었다.

미영은 안나의 손을 잡아끌었다. 반찬이며 쑥떡이며 율리아의 옷가지를 내려놓아 이제 가벼워진 안나의 손을.

택시!

미영은 번쩍 손을 들며 외쳤다.

날카로운 알림음. 율리아의 휴대전화 소리다.

"죄송합니다."

율리아는 어딘가를 향해 고개를 숙이며 연신 사과한다. 사실 당신을 떠올리게 된 지는 몇 년 되지 않았어. 감염병 확진자를 알려주는 긴급 알림과 함께 실종자 알림이 오면서부터였으니까.

당신의 캄캄한 목구멍. 그 안으로 뛰어들어 갔다는 개구리처럼 당신은 사라졌다. 우리가 여행을 갔던 그날은 아니었다. 그 뒤로 십 년이라는 세월이 흐른 후였다. 하지만 나는 그날 당신이 언젠가 사라질 수도 있다고 예감했던 것 같다.

이름: 오미영/성별: 여/나이: 60세/키: 160cm/몸무게: 52kg/인상착의: 짧은 파마머리, 호피 무늬 원피스에 하얀 카디건, 꽃무늬 양산/특이 사항: 우울증 약 복용 중, 치매 의심됨

나는 당신의 말버릇을 언급하며 세월이 흘러도 변하지 않을 특징을 적어야 하지 않겠냐고 했지만 당신의 아들은 고개를 끄덕여 놓고 적지 않았어. 실종된 사람들을 찾는 알림 문자를 볼 때면 생각한다. 이 사람들은 분홍색 후드티를 입고, 갈색 잠바를 걸치고, 슬리퍼만 신은 채 어디로 사라진 걸까. 여름인데 밤색 코트는, 자줏빛 패딩은 덥지 않을까. 겨울에 민소매 원피스는 춥지 않을까. 구두보다는, 슬리퍼보다는 운동화가 나았을 텐데. 비가 오는 날에는 그래도 당신에게 양산이 있으니 다행이라고 생각하다가도 당신이 계절에 맞는 옷으로 갈아입었기를 바랐다. 어쩌면 당신의 말투도 변했을지도 모른다. 무슨 말인지 알죠? 라고 물을 필요 없는 인생을 살아가고 있을 수도 있으니까.

안나와 미영은 동물원으로 가는 버스에 올랐다.

왜 서울대공원인데 과천에 있지. 과천이 서울인가. 인천이
서울에서 더 가깝지 않나. 인천은 왜 서울이 아니지.

안나와 나란히 앉은 미영은 투덜거리다 안나에게 속삭였다.

오늘 안에만 집에 돌아가면 되지.

버스 안은 사람들로 가득했다. 아이의 손을 잡은 부부와 서
로의 손을 꼭 잡은 연인, 무리를 지어 놀러 온 듯한 대학생들.

살아 있는 사람들이 많네.

안나는 무심코 말하다 아차 싶었다. 젊은 사람들이 많네,
라고 말하려 했는데 왜 살아 있는 사람들이라고 했는지 모
르겠다고 생각하며. 미영은 신경 쓰지 않는 듯 고개를 끄덕
였다.

아들이 군대에 있어서 다행이라고 생각했었다. 안나는 책
의 내용은 몰랐지만 아들이 그 책들을 읽어선 안 된다는 것
은 알았다. 서점 가판대에 자랑스럽게 전시해 놓거나 라디오
광고에서 남녀노소 누구든 읽어야 한다고 선전하는 책과 거
리가 멀다는 것을 알았다. 몰래 해야 하는 일들은 불법이었
다. 그래서 입영 통지서가 빨리 나왔을 때 반가웠다. 아들이
이런 시절에 군대에 있어서, 다행이라고. 하지만 어디에 있
든 젊은 사람들은 죽었다.

서울대공원 입구에 내렸다. 열차를 기다리는 줄이 길게
서 있었다. 운전석 앞쪽에 웃고 있는 코끼리 얼굴을 달고 열

차가 다가왔다. 열차가 가까이 오자 코끼리 얼굴 위에 달린 '축! 개원'이라는 세 글자가 또렷하게 보였다.

하지만 어디에 있든 젊은 사람들은 죽었다. 목소리가 읽어 준 문장 중 한 구절을 되뇐다. 손을 움직일 수 있다면 밑줄을 긋고 싶다. 아들은 색연필로 밑줄을 그어놓았다. 문장에 따라 각기 다른 색으로. 노란색, 초록색, 빨간색 그리고 검은색도 간혹 등장했다. 이 문장의 밑줄로는 어떤 색을 골라야 할까.

안나는 점심때가 지났음을 깨달았다. 미영에게 물었다.

점심은 어떡할까요?

안에 먹을 만한 게 있을 거예요.

대공원 안에는 식당이 몇 개 없었고 가는 곳마다 만원이었다. 도시락을 싸 온 사람들은 잔디밭에 돗자리를 펼치고 앉았다. 미영이 어디에선가 솜사탕 두 개를 들고 나타났다. 입 안에 넣자마자 솜사탕은 사라졌다. 손이 끈끈해졌다.

안나와 미영은 나란히 걸으며 동물들을 구경하고 그것보다 더 많은 사람들을 바라봤다.

저 울타리가 평생 자신의 땅이라고 생각하면서 살겠죠.

평생 초원이나 바다를 그리워하면서 사는 것보다는 낫지 않아요?

어느 쪽이 더 불쌍할까요.

대체 저 사람들 몇 명이나 될까요.

안나와 미영은 이런저런 얘기들을 두서없이 주고받았다. 솜사탕 때문에 손과 입가가 끈끈했지만 화장실 앞 길게 늘어진 줄 끝에 설 엄두가 나지 않았다. 식수대로 가서 입을 헹구고 손을 씻었다. 미영은 그사이 아이스크림 두 개를 사 들고 와서 안나에게 내밀며 말했다.

여기서 누구 하나 죽어도 모르겠어요.

백만 명. 나중에 신문 기사를 보고 그렇게 많은 사람이 그날 하루에 다녀갔다는 것을 알았지. 나는 들떠 있었다. 내가 싸준 도시락을 가방에 넣고 신이 나서 버스에 오르던 아이들의 마음도 그랬을까. 시내버스를 타고 코끼리 열차를 타고. 마치 또래 친구와 수학여행이나 소풍을 가는 것처럼.

딸과 사위에게는 말하지 않았지만 율리아에게는 그날 일을 말해주었다. 율리아의 색칠 공부 책에 마침 코끼리와 사자 그림이 그려져 있었다. 함께 색칠하며 동물원에서 봤던 동물들을 얘기해 줬다. 율리아는 언젠가 자랑스레 그 색칠 공부 책을 펼치고 당신에게 말했지.

"할머니, '우리 할머니'가 칠했어."

당신은 '우리 할머니'라는 말에는 신경 쓰지 않고 유심히 들여다보다 말했다.

"화가가 되지 그랬어."

나는 어이가 없어 한참을 웃었다. 화가라는 말이 그렇게 우스운 거였을까. 그 말을 들은 날, 집에 가다가 문방구에 들러 색연필을 샀다. 묻지도 않았는데 손녀에게 필요한 거라고 둘러대면서 색칠 공부 책도 함께. 그리고 몰래 칠했지. 그러다 알게 됐다. 새벽부터 성당에 나가 기도하다 동이 터서 스테인드글라스를 통과한 아침 햇빛이 하얀 벽과 바닥을 물들일 때와는 또 다른 아름다움을, 만들어준 음식을 자식들이 맛있게 먹을 때와는 또 다른 뿌듯함을.

이곳의 천장은 너무 하얗다. 다른 색으로 칠해보고 싶어. 무슨 색이 좋을까.

*

솜사탕과 아이스크림.

그날 먹은 전부였다. 뜨끈한 걸 먹고 싶었지만 서둘러 인천으로 돌아가야 했다. 전철이 끊기기 전에. 남편은 딸의 집에 계속해서 전화해 댔을 것이다. 안나는 난처한 표정으로 전화를 받았을 딸이 떠올라 마음이 조급했다. 공중전화부터 찾았다. 아니나 다를까. 저녁도 차리지 않고 어딜 갔냐며 소리를 질러대는 남편을 달랬다. 길을 잃어서 늦는다고 그만 자라고 했다. 딸에게도 전화했다. 딸도 속상했는지 짜증을 냈다. 왜 진작에 전화를 하지 않았느냐고. 수화기를 통해 율리아 남매의 웃음소리가 TV 소리와 함께 들려와 안나는 자신도 모르게 웃었다. 미영은 안나가 통화를 마칠 때까지 멀뚱멀뚱 서 있었다.

동인천역에 내렸을 때 이미 버스는 끊겨 있었다. 택시를 잡으려고 하는데 미영이 안나를 불러 세웠다.

내 가게에 가보지 않겠어? 이 근처야.

미영은 언제부터 안나에게 말을 놓았을까. 안나는 힘없이 답했다.

너무 늦었어.

이미 늦었어.

미영이 웃으며 말했다. 안나는 미영을 따라 어두컴컴한 시장 골목으로 들어섰다. 모든 가게에 불이 꺼지고 셔터가 내려가 있었다. 희미한 가로등에 의지해 미영의 점포 앞에 섰다. 작은 간판에는 '미영이네'라는 굵은 글씨 아래 조금 작은 글씨로 '수입 상품 코너'라고 적혀 있었다. 셔터에는 종이가 붙어 있었다. 빨간 매직으로 쓴 글자.

'서울 나들이. 오늘 쉽니다.'

미영은 종이를 뜯어내고 셔터를 올렸다. 가게 문을 열더니 불을 켰다. 반 평짜리 가게 안에는 양주와 담배, 초콜릿, 통조림이 진열되어 있었고, 엠알이*가 들어 있는 박스가 잔뜩 쌓여 있었다. 가게 안쪽에는 한 사람이 누울 만한 공간이 있었다. 노란 장판 위에 군용 담요가 깔려 있고 그 위에 화투장이 흩어져 있었다. 비키니 옷장과 작은 TV도 보였다. 밤공기가 쌀쌀했던 탓에 몸이 얼어 있던 안나는 담요를 덮고 몸을 녹였다. 그사이 미영은 꽃무늬가 화려한 몸뻬 바지로 갈아입다가 무릎의 꿰맨 자국을 보여줬다.

가게도 없이 바닥에서 장사할 때 물건 숨기고 달아나다가 넘어졌어.

미영은 가게로 나가 엠알이 하나를 들고 왔다. 그리고 비키니 옷장 안에서는 소주 한 병을 꺼냈다. 미영이 엠알이 봉지 안에 뜨끈한 물을 붓고 흔들더니 양은 냄비에 부었다. 미국식 고기 찌개 같은 거라고 했다. 한 숟가락 뜬 다음 소주를 한 모금 넘기자 뜨끈한 기운이 퍼졌다.

미영은 이 가게가 좋다고 했다. 이 안에 있으면 찾는 사람도 많고 살아 있는 것 같다고. 전에는 자식들이 자기를 찾는 게 지겨웠는데 요즘은 혼자 있으니까 그 소리가 그립기도 하다고. 미영이 눈을 빛내며 물었다.

* Meal, Ready-to-Eat. 미군용 전투식량으로, 조리가 필요하지 않은 레토르트 식품이다.

무슨 말인지 알지?

안나는 고개를 끄덕이다 방 한구석에 있는 십자고상을 발견했다. 반쯤 키가 줄어든 초도. 안나가 의아한 얼굴로 그것을 바라보자 미영은 장난스레 성호를 그은 후 말했다.

나도 안나야.

안나가 누구를 위해서 기도하냐고 묻자 미영이 말했다.

나의 안녕과 건강을 바라지. 이 작은 방을 잃지 않게 해달라고.

*

"나는 할머니 그림이 좋아."

몇 년 전 율리아가 컬러링 북 몇 권을 사다 주었다. 주어진 그림에 색을 입혔을 뿐인데 그것을 내 그림이라고 할 수 있을까. 당신도 물어본 적이 있다.

"왜 직접 그리지 않아?"

아무것도 없는 백지보다는 주어진 것에 색을 입히는 게 좋았다. 다르게 칠하면 되니까. 주어진 틀이야 어쨌든. 당신이 그 작은 방 안에서 자유를 느꼈듯 나는 작은 종이 안에서 자유로웠다. 주어진 그림을 내게 주어진 색으로 다르게 색칠하는 것. 24색이면 충분했다. 48색도 필요 없었다. 그것이

내가 생각하는 자유였다.

감염병 확산으로 외출이 어려워진 삼 년 전 봄, 안나는 남편을 보냈다.

혼자 살게 된 뒤 안나는 매일 만 보를 걸었다. 의사가 두 시간 이상 걸으라고 했기 때문이다. 해가 지기 두 시간 전쯤 집에서 가까운 천변으로 나와 걸었다. 가로등이 켜지는 순간을 만나고 싶어서였다. 일부러 시간에 맞춰 걸었지만 의식하지 않는 사이 가로등이 켜져 있곤 했다. 그래서 그 순간을 목격하기란 쉽지 않았다. 아무리 단단히 대비하고 있어도. 우연히, 정말 우연히 고개를 들었을 때 동시에 가로등에 불이 들어오는 것을 목격했던 순간을 다시 만나길 기대하며 안나는 매일 걸었다. 허리에 두른 작은 가방에는 따뜻한 물을 담은 텀블러와 요실금 패드가 들어 있었다. 봄이면 과도와 비닐봉지를 넣어 다녔다. 무성한 풀새들 사이에 숨어 있는 쑥을 캐기 위해서였다.

"우리 할머니는 할머니 같아서 좋아."

어린 율리아는 내 손톱을 만지작거리며 종종 당신의 흉을 보듯 말했다. 할머니는 맛있는 것도 못 만들고, 예쁜 옷만 좋아한다고. 나는 할머니 같은 게 어떤 건지 생각하지 않았다.

율리아의 입에 음식이 들어가면 기뻤다. 할머니 냄새가 좋다고 파고드는 율리아의 땀 냄새가 고소했다. 귤을 좋아하는 율리아를 위해 하귤을 구해 냉장고에 채워놓았다. 쑥떡에 콩으로 눈과 코를 만들어 붙여 냉동실에 넣어두고. 율리아가 좋아하니까. 요즘은 뜸해졌지만 율리아가 언젠가 찾아올지 모르니까. 이런 것도 할머니 같은 거겠지. 좋은 할머니가 뭔지는 몰라도 할머니 같은 할머니가 되어주고 싶었다.

율리아가 뜨겁게 덥힌 물수건으로 내 손을 조심스럽게 닦아준다. 당신이 내 손에 쥐여주었던 돌처럼 따뜻하다.

*

안나와 미영은 아이스크림을 들고 나무 그늘 아래 벤치에 앉았다. 이가 시려 혀로 조심조심 핥아먹는 안나와 달리 미영은 순식간에 아이스크림을 해치웠다. 그런데 사람들이 갑자기 뛰듯이 어디론가 몰려가기 시작했다. 미영이 벌떡 일어나 따라가며 말했다.

내가 보고 올게요.

안나가 아이스크림의 손잡이 과자를 먹을 때쯤 미영이 다시 돌아왔다.

저쪽에 당신이 미워하는 사람이 와 있어요.

미영은 안나의 손을 잡아끌며 사람들이 몰려 서 있는 쪽으로 데려갔다. 검은 옷을 입은 사람들이 둘러싸고 있는 그 사람. 아들이 믿고 충성하길 바랐던 사람이었다. 안나는 놀랐다. 미영이 말하기 전에는 몰랐다. 자신이 미워할 수 있다고 생각지 않았다.

이거 한번 던져봐.

그때가 미영이 안나에게 처음으로 말을 놓은 순간이었지만 안나는 알아채지 못했다. 안나는 미영이 자신의 손바닥을 펼쳐 그 위에 놓은 것을 바라봤다. 까맣고 단단해 보이는 돌. 햇빛 아래 달구어져 따뜻했다.

차라리 이거라도 던져보지 그래. 그렇게 노려보지만 말고.

미영은 재차 말하면서 안나의 펼친 손을 접어 돌을 쥐게 했다. 말도 안 된다고 생각하면서도 안나는 돌을 꼭 쥐었다. 팔을 높이 치켜들어 조준했다.

*

이곳에서는 시간이 흐르지 않는 것 같다. 율리아가 오지 않는 날에는 냉동실에 있을, 아니 꼭 냉동실에 있었으면 하는 쑥떡을 떠올린다. 그러다 율리아가 물을 줬다는 화분들로 생각을 이어간다. 가지치기도 해주고 비료도 줘야 하는데.

"할머니, 이건 대체 뭐야?"

집에 있는 식물 중 가장 큰 화분 앞에서 율리아가 놀란 표정으로 물었다. 친척 집에 놀러 갔다가 얻어 왔을 때는 손가락만 했는데, 율리아의 키만큼 훌쩍 자랐다. 율리아가 전화기를 열심히 갖다 댔지만 끝내 이름을 알 수 없었다. 그래서인지 더 마음이 쓰였다. 휘어질까 봐 커튼 봉으로 지지대를 만들어줬지. 그나저나 율리아는 아직 결혼하지 않아서인지, 아기를 낳지 않아서인지 애 같다. 몇 년 전까지만 해도 매번 나이를 물어봤다. 믿기지 않아서. 결혼을 안 하면 애야. 애. 그렇게 말하면 율리아는 정색하고 반박을 했다. 할머니가 존경하는 신부님이랑 수녀님도 결혼도 하지 않았으니 애냐고. 율리아가 발끈해서 대들 때는 더 당신을 닮았다. 또다시 당신을 생각한다. 내 딸의 시어머니였던 사람. 집안일에는 도통 관심이 없던 사람. 할머니 같지 않았던 사람.

미영은 담배를 피우며 텔레비전을 틀었다. 가요 프로그램에서 가수 현철이 반짝거리는 의상을 입고 「앉으나 서나 당신 생각」을 구성지게 부르고 있었다. 미영은 몸을 흔들며 노래를 따라 흥얼거렸다. 안나의 어깨도 따라서 들썩거렸다. 이어 '오늘도 터벅터벅 홀로 걷는 테헤란로'라는 노랫말이 흘러나왔다.

다음에는 테헤란로에 가볼까. 방송국에도 가보고.

미영이 다짐하듯 소주잔을 내밀었다.

다음에 가자.

안나는 이번에는 망설이지 않았다. 소주잔을 마주 부딪치며 대답했다.

그래.

친구가 된 것 같았다. 당신을 볼 때면 철없다고 여기면서도 오늘은 어떤 말로 나를 놀라게 할지 기대가 됐다고 할까. 기대가 된다는 건 신기한 일이었어. 기대하는 나날은 지나간 지 오래였으니까. 기대하기보다는 큰일이 생기질 않길 바라며 살아왔지. 하지만 당신과 나는 테헤란로에도, 방송국에도 가지 못했다. 딸과 사위는 몇 달 뒤 당신을 서울로 데려갔다. 가게는 임대를 주었다. 당신과는 가족 행사 때나 마주쳤다. 당신은 그날의 미영과 달랐다. 원망만 남아 있는 늙은이가 되어 있었다. 정말 늙은 사람, 전형적인 시어머니의 역할을 충실히 해내고 있었다. 치매까지 온 거 같다고 딸이 하소연할 때마다 당신이 원망스러웠다.

미영의 환갑날. 안나의 딸이 힘들게 차린 잔칫상에 손도 대지 않고 미영은 안방으로 들어가 누워버렸다. 미영이 안방을 차지해 딸과 사위는 작은방을 쓴다고 했다. 안나가 따라 들어갔다. 미영은 이불 속에서 눈만 내놓고 있었다. 화장대 위에 최근에 찍은 듯한 가족사진이 보였다. 율리아 남매를 사이에 두고 미영이 가운데 앉아 있었다. 미영의 어깨에 손을 얹고 있는 딸과 사위. 환하게 웃고 있다. 아직 젊다.

복에 겨워서.

안나는 하마터면 튀어나올 뻔한 그 말을 삼켰다. 가까이 다가가 앉아 성호를 긋고 기도를 드렸다. 일어서서 나가려는데 미영이 불렀다.

나 만 원만.

사위는 미영에게 용돈을 주지 않았다. 미영이 종종 사라져버렸기 때문이다. 버스 정류장이나 택시 정거장, 지하철 역사 안을 배회하다 발견되고는 했다.

집에 가고 싶어. 만 원만.

안나는 미영의 정신이 제대로인지 알고 싶지 않았다. 전보다 수척해진 딸의 얼굴만 아른거렸다. 안나는 지갑에서 집히는 대로 만 원짜리 몇 장을 꺼내 미영의 손에 꼭 쥐여주었다. 그리고 미영의 귀에 속삭였다.

자유롭게 살아.

내 손에 돌을 쥐여주었던 당신에게 나는 만 원짜리 몇 장을 쥐여주었지. 내가 팔을 번쩍 치켜들었을 때 대통령 내외와 눈이 마주쳤다. 대통령은 환하게 웃으며 팔을 흔들었다. 나도 따라 팔을 흔들며 고개를 숙였다. 고개를 깊이 숙이며 조아렸다. 그러고 나서 우리는 패잔병처럼 힘없이 코끼리 열차에 올랐다. 울고 싶었던 건 나였는데 정작 울음을 터트린 건 당신이었다.

내가 열여섯 살 때였는데 혼자 서울에 왔다가 길을 잃어버렸어. 그때 누군가 다가와서 민정이 아니냐고 물었어. 다른 사람이 되어볼까. 순간 생각했었지.
울음 끝에 미영이 답답한 듯 덧붙였다.
무슨 말인지 알죠?
안나는 오른손 중지에 반쯤 남아 있는 손톱을 만지작거리며 그 이야기를 들었다. 안나도 그 나이 때 서울에 혼자 간 적이 있었다. 집을 나와 미싱 공장에 취직했다. 사흘 만에 미싱 바늘이 손가락을 꿰뚫었다. 집으로 돌아왔다. 안나의 형제들이 고작 사흘 만에 돌아왔다고 놀릴 때마다 안나는 남아 있는 손톱을 만지작거렸다. 미영이 무슨 말을 하는지 안나는 확실히 알았다.

당신이 사라지고 난 뒤 가게로 찾아간 적이 있다. 낮의 시장은 밤과 달리 활기찼다. 모든 가게가 문을 활짝 열고 손님을 기다리고 있었다. 당신 가게에서 봤던 통조림과 초콜릿, 스낵, 미군부대에서 나온 물품들이 빽빽하게 진열되어 있었다. 도색잡지 앞에 쭈그리고 앉아 있거나 구제 청바지를 고르는 젊은이들도 보였다. 반 평짜리 가게 안에서 화투를 치거나 TV를 보며 졸고 있는 이도 있었다. 미영이네. 당신의 가게만 셔터가 내려져 있었다. 하얀 종이에는 '매매'라는 글자가 커다랗게 적혀 있었다. '서울 나들이. 오늘 쉽니다.'라고 붙어 있길 내심 바랐다.

*

안나는 여느 때처럼 천변을 걷고 있었다. 휴대전화가 울렸다. 안나는 멈춰 서서 전화를 받았다. 율리아다.

할머니는 뭐 해? 안 심심해?

심심하긴. 하루가 얼마나 빨리 가는데.

율리아가 안심한 듯 웃으며 말했다.

할머니, 오늘 하지야. 낮이 가장 긴 날.

안나는 그제야 깨달았다. 꽤 걸었는데도 지금까지 날이 환한 이유를. 안나는 불이 들어오지 않은 가로등을 쳐다봤다. 율리아가 또 물었다.

할머니 또 이름도 모르는 화분에 물 주고 있어?

율리아의 엉뚱한 말에 안나는 웃었다. 아직 높이 떠 있는 해를 바라보며 율리아의 다음 말을 기다렸다.

할머니, 할머니가 말이야. 춤을 추고 있었어.

안나는 율리아가 미영의 얘기를 하고 있다는 것을 알았다. 율리아가 막 중학생이 된 무렵이었다고 했다. 미영은 몸이 아프다며 안방을 차지하고 누워 있었다. 율리아가 학교에서 일찍 돌아오니 안방에서 음악 소리와 함께 쿵쿵거리는 소리가 들렸다. 율리아는 문을 열고 들여다봤다. 미영이 토끼처럼 뛰고 있었다. TV 화면에는 가수 나미가 춤을 추고 있었다.

워워워워워 까만 외로움에 타버렸나 봐. 오 마이 베이비.

상기된 얼굴로 노래와 춤을 따라 하고 있던 미영은 율리아와 눈이 마주쳤다. 그러자 아무 일이 없었다는 듯 도로 침대로 가서 누웠다. 율리아는 조용히 문을 닫았다.

율리아는 이야기를 마친 뒤 웃었다. 안나도 따라 웃었다.

"할머니를 계속 사랑하고 싶었어."

어제, 어쩌면 며칠 전인지도 모른다. 목소리가 들려주던 이야기가 멈추더니 율리아가 말했다.

"할머니, 나는 할머니를 더 좋아했어. 할머니를 미워했고. 그런데 이상하지. 할머니를 생각하면 가슴이 아프고, 할머니를 생각하면 웃음이 나. 그리고 나는 둘 다 닮고 싶지 않아."

율리아가 수수께끼처럼 남겨놓은 말들을 떠올리며 천장을 올려다본다.

나는 율리아가 더 좋아했던 할머니일까, 미워했던 할머니일까. 가슴을 아프게 하는 할머니가 나라면 웃게 만든 할머니는 당신인 걸까. 하지만 그게 다 무슨 소용인가. 우리를 닮은 얼굴로 율리아는 우리가 되지 않겠다고 했는데.

내가 여자들이, 여자가, 라는 말을 할 때마다 나를 바라보던 율리아의 표정을 떠올리며 그저 천장만을 바라본다. 그러다 알게 된다. 천장이 하얗기만 한 것은 아니었다. 가느다란 실금이 보인다. 그때 그 돌멩이를 던졌다면 어떻게 되었을까. 저 천장의 실금처럼 작은 흠이라도 남길 수 있었을까. 비록 이렇게 오래오래 자세히 보아야 발견할 수 있는 흔적일지라도.

율리아를, 아니 목소리를 기다린다. 나지막하게 속삭이다 쳇소리가 섞이기도 하고 목이 멘 것 같다가도 흥분해서 속도가 빨라지기도 하고 갑자기 어조가 높아져 흠칫 놀라게 하는 목소리. 이제 누구의 목소리인지는 중요하지 않다. 그 목소리가 들려주는 이야기의 끝이 궁금하다. 그래서 이야기가 멈추지 않기를 바랄 뿐.

*

할머니, 할머니, 할머니, 할머니. 그 애가 정신없이 나를 불러. 1분마다 할머니를 불러대던 어린 시절보다 더 많이, 더 다급하게. 아직 떠나지 않을 거라고 얘기해 주고 싶은데 그러니 너무 울지 말라고 말해줘야 하는데. 말이 나오질 않아.

앞장서서 인파 속으로 걸어 들어가는 당신이 보여. 호피 무늬 민소매 원피스, 레이스로 된 화이트 카디건, 꽃무늬가 화려했던 양산과 조그마한 손가방까지 모두 기억이 나. 당신이 마음을 표현할 수 있는 단어들을 더 많이 알았다면 무슨 말인지 알죠? 라고 말을 마치지 않아도 됐을까. 색을 칠하면서 알게 됐어. 하늘을 하늘색으로만 칠할 수 없다는 걸. 어둠은 그냥 까만색이 아니라는 걸. 나무의 잎사귀가 연두색과 초록색으로만 이루어져 있지 않는다는 걸 알아버렸어. 색을 칠하기 전에 망설이는 시간이 길어졌어. 내가 가진 24색만으로는 부족했지. 48색을 가졌다 해도 부족할 거라는 것을 알았어.

나는 율리아가 원하는 세상이 어떤 것인지 잘 모르겠어. 아들이 원하던 세상도. 그래도 무엇과 싸워야 하는지도 몰랐던 우리보다는 나을 거야. 율리아는 싸우고 있어. 자신이 사랑했던 것들과 자신을 품어주었던 것들과 그래서 몸과 정신의 일부가 되어버려 어떻게 분리해야 할지 모르는 것들과. 어떤 세상이 올 것인지 보지 못하게 되는 건 아쉽지만 괜찮아. 아니, 그래서 다행인 것도 같아. 무슨 말인지 알 거야. 당신은.

*

여행이 끝나고, 안나와 안나는 서로에게 고개를 끄덕이며 말했다.

무슨 말인지 알죠

그 말의 끝이 마침표인지, 물음표인지 헷갈리지 않고.

•

우리가 우리였던

우리가 우리였던

『황해문화』 2021년 여름호

은재에게 연락이 온 것은 오월 첫째 주 금요일 밤이었다. 다음 날 연호와의 데이트가 예정돼 있었다. 데이트라기보다는 결혼을 앞두고 처리할 일들이 많아 우리는 매주 주말마다 만나야 했다. 연호는 고모의 아파트 정문 맞은편에 차를 세웠다. 2000세대가 넘게 살고 있는 대규모 아파트 단지 주변에는 TV에도 방영된 맛집이 꽤 많았다. 휴일에 어울리는 편한 옷차림을 한 가족이 식당을 향해 걸어가고 있었다. 나란히 유모차를 밀고 가는 젊은 부부, 할아버지와 할머니 손에 매달려 뒤따라가는 아이. 느긋하고 평화로운 풍경이었다. 지난 일 년 사이 아파트 주변은 많이 변했다. 앙버터가 맛있었던 수제 빵집이 사라지고 멀끔하게 리모델링한 건물에는 프랜차이즈 베이커리가 들어섰다. 공사 중이던 오피스텔 건물은 천막을 걷어낸 뒤 외벽에 분양 중이라는 현수막을 내 걸었다. 군데군데 남아 있는 낡은 건물에는 틀린 그림 찾기라도 한 듯이 빨간 페인트로 엑스자가 그려져 있었다. 은재는 아직 보이지 않았다.

"여기도 꽤 많이 올랐겠는걸."

연호의 말에 나는 대꾸하지 않았다. 실은 어제도 고모의 아파트 이름을 검색해 봤다. 매매가 그래프는 몇 달간 한 번도 꺾이지 않고 상승 곡선을 그리고 있었다. 보는 사람도 없는데 괜스레 민망해져 검색 기록을 서둘러 지웠다.

"저 사람이야?"

연호의 말에 고개를 돌려보니 은재가 아파트 정문 앞에 서 있었다. 검은 백팩을 한쪽 어깨에 걸치고 꽃다발을 들고 있는 그는 여전히 학생처럼 보였다. 부르면 들을 수 있는 거리였다. 서은재 씨, 은재 씨, 은재야, 속으로 중얼거리며 적당한 호칭을 고민했다. 그사이 연호가 창문을 내리고 얼굴을 내밀더니 소리쳤다.

"여기예요. 여기."

은재는 연호를 보고 잠시 의아해하다가 나와 눈이 마주치자 고개를 숙여 인사하고는 이내 성큼성큼 길을 건넜다. 그가 뒷자리에 앉자 바닐라향 같은 달큼한 내음이 훅 끼쳤다. 그가 들고 있는 꽃다발에 자연스레 시선이 갔다. 겹겹이 꽃잎이 포개어진 모양은 장미를 닮았지만 처음 맡아보는 향기였다. 연호가 자연스레 말을 걸었다.

"향기가 좋네요. 무슨 꽃이에요?"

"치자꽃을 좋아했어요."

나와 눈이 마주치자 고모님이, 라고 덧붙였다. 고모와 은재, 그들은 본래 서로를 동거인이라고 불렀지만 나와 우리 가족들 앞에서 은재는 고모를 고모님이라고 불렀다. 아마 병원 의사와 아파트 이웃들 앞에서도 그랬을 것이다.

"고양이 이름도 치자였어."

내가 연호에게 덧붙여 말했다.

"아, 그 고양이."

연호가 고개를 끄덕이며 시동을 걸었다. 어제 문자 메시지로는 은재와 반말로 대화를 나누었지만 막상 얼굴을 보니 어떻게 대해야 할지 몰라 난감했다. 우리는 말끝을 흐리며 존댓말도 반말도 아닌 대화를 이어갔다. 마치 전 남자친구와 마주친 것처럼 어색했다. 연호는 나와 은재를 번갈아 보았지만 크게 신경 쓰지 않는 듯했다.

"고모님 장례식 때 만난 적 있죠. 그때는 경황이 없어서 인사를 제대로 못 했네요."

연호는 운전하면서 은재에게 틈틈이 말을 걸었다. 내가 연호에게 원했던 역할이기도 했다. 치자는 고모와 은재가 함께 키우던 고양이였다. 푸른 눈동자에 털이 하얗고 덩치

가 컸던 치자는 도도한 외모와 달리 붙임성 좋은 녀석이었
다. 아니 붙임성이 좋다기보다는 뻔뻔하다고 해야 할까. 은
재와 치자는 그런 면에서 닮았다. 그의 검은 후드티에 치자
의 털이 붙어 있었다. 고모도 언제나 잔뜩 붙이고 다녔다. 덕
분에 내가 고양이 알레르기가 있다는 걸 알게 됐다. 결국 재
채기가 나왔다.

"미안해요. 예전에는 오히려 잘 떼고 다녔는데 이제는 왠
지 치자가 서운해할 것 같아서."

시무룩한 얼굴로 은재는 배낭을 끌어당겨 안았다. 자신의
감정을 감추지 못하는 것도 호불호가 분명하던 그 고양이
녀석과 닮았다. 나는 은재에게 할 이야기가 있었다. 치자의
죽음 뒤로 미뤄뒀던 이야기를 오늘은 해야 한다고 생각하니
마음이 조급해졌다. 연호가 속력을 내주길 바랐지만 황금연
휴가 시작되는 주말, 도로는 서울을 빠져나가려는 차량으로
꽉 차 있었다.

연호는 옆 차가 끼어들기를 하자 작게 욕을 뱉었다. 나는
조금 민망해져 뒤를 돌아보고 은재에게 물었다.

"치자는 어디가 아팠던 거야?"

"신장이 좋지 않다는 건 알았지만 관리만 잘하면 될 줄 알
았어. 그런데 췌장염이 같이 와서 뭘 먹어도 자꾸 토하고, 갑
자기 사료를 입에 대지 않기 시작하더니 지방간이 와서 나중

엔 황달로 온몸이 노랗게 됐죠. 괜히 치자라고 지었나 봐."

은재는 나와 눈이 마주칠 때는 반말을 썼고, 중간중간 존댓말을 적당히 섞어 썼다. 정체 구간을 벗어나지 못하는 동안 은재는 참았던 말을 쏟아내듯이 치자의 죽음을 한꺼번에 요약했다. 위로의 말을 건네야 할까. 망설이고 있는데 연호가 물었다.

"이름이 왜요?"

은재는 꽃다발을 들어 보였다.

"지금은 이렇게 하얗지만 서서히 노랗게 변하다가 꽃이 지거든요. 스트레스를 받으면 녹색 이파리도 노랗게 변해요."

그는 뽀얀 유백색 꽃잎과 녹색 잎사귀 사이에서 노랗게 변한 이파리 하나를 찾아내 떼어냈다. 병원에 입원한 뒤 창백했던 고모의 얼굴은 하루가 다르게 노래졌다. 은재는 아마도 치자를 보며 고모를 떠올렸을 것이다. 은재는 나의 고모와 십 년을 함께 살았고, 고모의 고양이와는 일 년을 더 살았다. 며칠 후면 고모의 1주기였다. 고모가 죽은 뒤에도 고모의 아파트에서 살고 있는 사람. 그와 나는 서른다섯 살 동갑. 스스럼없이 은재야, 라고 불렀던 시절도 있었다. 지금은 그를 어떻게 불러야 할지 잘 모르겠다.

"갈 곳은 있어?"

고모의 장례식이 끝나고 삼우제가 지났을 무렵이었다. 나는 어렵게 말을 꺼냈다.

"죽을 때까지만 여기 있을게."

은재에게 그 말을 들었을 때, 난 안으로 들어와 차라도 마시라는 그의 제안을 거절하고 현관에 서 있었다. 난 당황해서 할 말을 잃었다. 대체 무슨 말이지. 나가지 않고 버티겠다는 걸까. 결국 소송으로 가야 하는 건가. 여러 가지 생각이 교차하는 그 침묵과 긴장의 시간을 깬 건 치자였다. 흔들의자에 앉아 나를 노려보고 있던 치자가 현관 쪽으로 걸어와 은재의 다리에 몸을 비비며 울었다. 통통했던 치자는 못 본 사이 수척해져 등뼈의 윤곽이 드러나 있었다.

"얼마 살지 못한대."

그제야 비로소 치자의 얘기임을 알았다. 주어를 말하지 않는 것은 은재 특유의 화법이었다. 그러나 고모와 은재의 대화에는 방금과 같은 침묵이 끼어들지 않았다. 굳이 주어를 말하지 않아도, 갑자기 화제를 전환해도 둘은 서로의 생각을 미리 읽은 것처럼 대화를 이어갔다. 아버지와 내가 은재에 대한 얘기를 나눌 때 주어를 생략해도 의미가 통하듯 말이다. 고모의 장례식 날, 아버지는 슬프기보다는 지쳐 보였다. 홀어머니 밑에서 삼남매 중 맏이로 자란 아버지는 가족을 꾸리기 위해 부단히 애써왔지만 가족원은 늘지 않고 하나둘 사라지기만 했다.

아버지와 고모는 각별한 남매였다. 어릴 때부터 사이가 좋지 않았던 작은아버지는 해외로 나가 자리를 잡더니 한국에 들어오는 일이 점차 뜸해졌다. 고모는 늦둥이였다. 고모가 세 살 때 할아버지가 돌아가신 탓에 아버지는 여동생을 안쓰럽게 여겼다. 고모는 할머니와 살았고, 나는 어릴 때부터 그 집에서 살다시피 했다. 열세 살 차이가 나는 고모를 큰언니처럼 생각했던 것 같다. 고모와 결혼 직전까지 갔던 남자도 기억하고 있다. 데이트에도 종종 데리고 가서, 그 남자가 나를 번쩍 안아 들고 찍은 사진도 어딘가에 아직 있을 것이다.

그 남자와 헤어진 후 고모는 가족 모임에 소홀해졌고 겉돌기 시작했다. 프리랜서인 고모는 계약했던 일이 끝나면 긴 여행을 떠났는데 그 빈도가 점차 잦아지더니 일 년 중 3분의 1은 집을 비웠다. 할머니가 쓰러지신 뒤에야 간병을 위해 다시 가족 속으로 돌아왔다. 죽음이나 질병 앞에서, 흩어졌던 가족이 하나가 되고 끈끈하게 뭉치는 일을 거스르기는 쉽지 않다. 부모님은 당시 고모가 결혼하지 않은 것을 한편으로는 내심 다행이라 여기는 듯했다. 할머니가 돌아가시자 고모는 할 일을 마친 사람처럼 더 이상 우리 가족과 어울리지 않았다. 우리도 굳이 고모를 필요로 하지 않았다.

"설마 계속 거기서 살진 않겠지?"

고모의 장례 기간 내내 아버지는 우리를 따라다니는, 사실은 고모를 따라다니는 은재의 존재를 부담스러워했다. "뭐든지 법으로 해결하면 된다." 아버지는 항상 혈연과 결혼으로 묶인 가족이라는 관계만큼 든든한 것이 없다고 말해왔고 이번에도 법이 우리 편일 거라 믿었다.

"왜 이렇게 흉터가 많아요?"

연호의 말에 돌아보니 배낭을 끌어안고 있는 은재의 팔뚝은 온통 흉터투성이였다. 어떤 상처는 얕았고, 어떤 상처는 깊었다. 이미 딱지가 앉은 상처도 있었지만, 아직 아물지 않은 상처도 있었다. 내가 쳐다보자 은재는 소매를 내려 흉터를 가리며 말했다.

"하루에 두 번 약을 먹이고, 수액 주사도 놔줘야 하는데 그때마다 발버둥을 쳐서요. 평소에는 순한데. 퇴로가 확보되지 않으면 고양이들은 거칠어지거든요."

솜뭉치 같은 털을 오백 원짜리 동전만 한 크기로 깎아낸 자리에 나비침을 꽂고 주삿바늘을 찔러 넣을 때마다, 고양이에게 약을 먹이기 쉽게 고안된 총을 닮은 기구에 알약을 넣어 목구멍 안으로 조준한 다음 발사할 때마다, 치자는 은재에게 화를 냈다고 했다. 등을 돌리고 휘청거리면서도 그에게서 멀어지려고 애썼다고.

"그런데 생각해 보면 그게 더 나았어요. 나중에는 발버둥칠 기운도 없는지 가만히 있었거든요."

이야기를 듣던 도중 연호는 피곤한지 하품을 했다. 나는 룸미러로 은재의 표정을 살폈다. 은재는 누군가 훔쳐가기라도 할 듯 백팩을 꼭 끌어안고 생각에 잠겨 있었다. 고모가 있는 가족 묘지는 서울에서 두 시간 정도 걸리는 곳에 있어서 중간에 쉬지 않고 갈 생각이었다. 은재와 이야기를 끝내고 저녁을 먹기 전에는 헤어지고 싶었다. 하지만 중간 지점에 있는 휴게소에 도착할 즈음에는 이미 점심때가 훨씬 지나 있었다.

주차장도 만석이었다. 간신히 차를 세우고 식당으로 갔다. 연호와 나, 그리고 은재는 키오스크에서 각자 먹고 싶은 메뉴를 주문했다. 기계를 상대해야 하는 것이 늘 불편했는데 말을 나누기 어색한 그와 우리 같은 사이에서는 꽤 유용하다는 생각이 처음으로 들었다. 나는 육개장을, 은재는 날치알 비빔밥을 주문했다. 연호는 떡볶이와 통감자를 주문했다. 우리 셋 중 연호만이 이 일을 나들이로 즐기는 듯했다. 식당을 메운 이들 대부분이 연인이거나 가족 단위였다. 그 틈에서 간신히 빈자리를 찾아냈다. 연호와 나는 나란히 앉을 수 있었지만 은재는 우리의 맞은편 오른쪽 자리로 한 칸 떨어져 앉았다. 우리는 은재와 일행이 아닌 것처럼 식사를 해야 했다. 은재와 함께 밥을 먹는 건 이번이 세 번째였다. 고개를 들지 않고 먹기만 하다 공교롭게도 그와 함께했던 두 번째 식사와 메뉴가 겹친다는 것을 깨달았다. 일 년 전 고모의 빈소에서였다. 아버지의 차가운 눈빛에도 굴하지 않고 절을 두 번 하고 향을 올린 그는 내내 한쪽 구석에 앉아 있었다. 이틀을 꼬박 아무것도 먹지 않은 그에게 발인 날 아침, 난 육개장을 권했다. 그때도 우리는 마주 앉지 않고 떨어져 앉아 밥을 먹었다.

은재와 처음으로 함께한 식사는 십 년 전으로 거슬러 올라간다. 함께 살던 할머니가 돌아가신 뒤 고모와 우리 가족 간의 교류가 자연스레 뜸해진 무렵이었다. 고모가 남자랑 산다는 소문을 들은 엄마가 내게 김치통을 안겨줬고, 난 고모의 아파트로 향했다.

"수아 씨죠?"

현관문을 열어준 은재는 당황하는 기색도 없이 반갑게 나를 맞이했다. 고모 역시 나를 보더니 밥이나 먹고 가라고 덤덤하게 말했다. 엄마가 어떤 관계인지 알아 오라고 했기에 어색하지만 일단 밥을 먹기로 했다. 둘이 저녁 준비를 하는 사이 엉거주춤 서서 눈치를 보던 나는 리모컨을 들고 소파 쪽으로 갔다. 소파 한가운데 자리를 차지하고 있는 하얗고 둥근 것이 눈에 띄었다. 하얀 고양이 한 마리가 몸을 동그랗게 말고 자고 있었다. 가까이 다가가자 인기척을 느꼈는지 푸른 눈을 크게 뜨고 날 바라봤다.

"고모, 고양이도 키워?"

순간 '도'라는 조사가 잘못됐다는 생각은 들었지만 엄마에게 들은 정보보다 은재가 더 어려 보여서 난 혼란스러운 상태였다. 어린 남자에다 고양이까지 키우는 건가. 그렇게 치자와 은재는 한 세트처럼 등장했다. 소파 한가운데 앉아 비켜주지 않던 치자처럼 은재도 저녁 식사 내내 고모와 나의 대화 중간중간 눈치 없이 끼어들었다. 어딘가 들떠 보이고 혀 짧은 소리로 치자에게 말을 거는 고모는 낯설기만 했다. 은재가 급기야 기타를 꺼내 들며 자신이 무대에 서는 클럽에 놀러 오라고 공연 표까지 줬을 때는 사기꾼 녀석은 아닌지 잘 살펴보라던 아버지의 말을 떠올렸다. 나는 의식하지 않는 척하며 식사하는 내내 은재를 힐끔거리며 쳐다봤다. 은재가 화장실에 간 사이 고모에게 "어떤 사람이야?"라고 물었지만 "물욕이 없고 시간이 많은 사람?"이라는 애매한 대답이 돌아왔다.

고모와 은재는 서로의 말을 보완하는 방식으로 그들의 첫 만남에 대해 들려줬다.

"종교 단체에서 만든 혼자 사는 사람들을 위한 모임이라고 친구가 소개해 줬는데, 공동체적인 삶을 지향한다고 했거든."

이렇게 고모의 설명이 끝나면 은재가 "저는 제가 공연을 하던 클럽의 사장님이 한번 가보라고 해서 갔어요."라고 덧붙였다. 모임 장소는 엘리베이터도 없는 허름한 빌딩 5층에 있는 한 강의실이었다고 했다. 계단을 힘겹게 올라간 고모는 화장실부터 들렀다 나오는 길에 어딘가 당황한 것처럼 보이는 은재와 마주쳤다. "낡은 건물이긴 해도 한 층이 넓고 미로처럼 복잡했거든요." 은재가 머쓱한 표정으로 덧붙였다. 고모의 도움으로 강의실을 찾아낸 그들은 마치 일행처럼 나란히 앉았다.

모임에 참석한 사람들은 둥그렇게 모여 앉아서, 한 사람씩 가운데로 나와 외로웠던 삶이 이곳에 와서 어떻게 바뀌었는지 고백했다. 이곳에서 만난 반려자를, 그들이 이룬 가족을, 넷째 아이를 중절하지 않고 낳은 용기를 자랑했다. 결혼과 출산, 번식의 중요성을 강의하는 자리 같았다. 당황한 사람은 그와 고모뿐이었다. 난 그런 자리에 고모가 있었다는 사실 자체가 생소했다. 가족을 벗어나 혼자 살고 싶어 하는 줄만 알았는데. 자신의 차례가 되자 고모는 일어서서 한참을 망설이다 이야기를 시작했다고 한다.

"누군가의 숨소리를 들으며 잠들고, 함께 얘기하고 싶지만……."

　고모는 자신이 원하는 것은 결혼의 형태가 아니며 출산과 육아를 하고 싶지 않다고 했다. 누군가 한숨을 쉬는 소리가 들렸다. 혀를 차는 소리도. 하지만 은재만은 고모의 말이 끝나자 힘차게 박수를 쳤다. 이후에도 둘은 4주 내내 이어진 모임에 꾸준히 나갔다. 자리를 지키고 앉아 다른 사람들의 이야기를 끝까지 들었다. 그러나 둘은 그 공동체의 일원으로 인정받지 못했다. 가족 없이 혼자 자라 가족이란 무엇인가가 궁금했던 은재는 가족에게서 벗어나고 싶어 하는 고모가 흥미로웠다. 모임이 끝나면 둘이서 함께 밥을 먹거나 술을 마셨다.

　"같이 살게 된 건 치자 때문이야."

　치자는 세 번이나 파양당한 고양이였다. 당시 은재는 한 온라인 카페에 올라온 치자의 딱한 사연을 보고 입양을 결심한 상태였다. 고양이와 지낸 지 하루 만에 집주인이 고양이를 키울 거면 원룸에서 나가달라고 했고 고모는 그 고양이를 자신이 맡겠다고 나섰다. 그 뒤로 은재는 거의 매일 고모의 아파트로 치자를 보러 갔고 그러다 셋이 같이 살게 됐다는 이야기였다.

　나는 연신 재채기를 하며 그 이야기를 모두 들었다. 집으로 돌아온 나에게 부모님은 궁금한 게 많았다. 남자가 몇 살이고 직업은 무엇인지, 생활비는 어떻게 나눠 내는지, 한방을 같이 쓰는 건지, 결혼할 가능성이 있는지, 그러니까 무엇이라고 부를 수 있는 관계인지. 내가 알아낸 것들은 답이 되지 못했다. 부모님은 나이 차이가 있어도 정식으로 혼인하고 산다면야 반대할 일은 없다는 입장이었다. 사실 나도 궁금했던 것들이었다. 그러나 정작 부모님 입에서 그런 질문들이 나오자 난 "고모 능력이 좋은 거지."라고 쿨하게 대꾸했다. 마치 그런 것들이 하나도 궁금하지 않은 것처럼. 당시 이십 대였던 나는 기성세대와 달리 다양한 삶의 방식을 인정할 줄 아는 열린 사고방식을 가져야 한다고 생각했는지도 모른다.

나는 마치 은재를 처음 본 그날처럼 은재를 관찰했다. 밥을 거의 남긴 듯했다. 은재는 잇따라 겪은 죽음 탓인지 지쳐 보였다. 밥을 다 먹고 나서 은재는 우리에게 커피를 사고 싶다고 했다. 괜찮다고 사양하자 "운전도 하시는데……."라며 말끝을 흐렸다. 커피를 주문하는 줄이 카페 앞에 길게 늘어서 있었다. 우리의 대화를 듣던 연호가 끼어들어 상황을 정리해 줬다.

"고마워요. 그사이에 우리는 화장실을 다녀올게요."

화장실에서 나오니 은재가 보이지 않았다. 생각보다 커피가 빨리 나온 모양이었다. '먼저 차에 가 있나.'라는 생각에 급히 차로 갔지만 그곳에도 은재는 없었다. 화장실에 간 걸까. 기다리고 있는데 연호가 다가왔다.

"은재 씨, 못 봤어?"

연호가 고개를 저었다.

"뭐라도 사러 갔나. 오겠지 뭐. 차에서 기다리자."

연호는 운전석에 앉더니 등받이를 뒤로 젖히고 눈을 감았다. 연호는 선배와 동기 몇몇과 함께 차리기로 한 병원 개업 준비로 바빴다. 게다가 주말에는 신혼집을 찾느라 발품을 팔아야 했다. 두 달 뒤로 결혼식이 다가왔는데 어렵게 구했던 전세 계약이 파기됐다. 계약한 뒤 몇 달 지나지 않아 집값이 크게 올랐고, 집주인은 위약금을 감수하면서까지 전세를 무르고서 매매를 결정했다.

차 안은 달콤한 치자꽃 향기로 가득했다. 차창을 열어 환기를 시킨 뒤, 버릇처럼 은재의 SNS 계정에 접속했다. 나는 부모님 질문에 기껏 쿨한 척해놓고 그날부터 은재의 계정을 찾아내 거의 매일같이 살폈다. 어느새 중독처럼 되었다. 그의 SNS 게시물의 대부분은 치자의 사진이었다. 창가에 앉아 있는 치자, 침대에 대자로 누워 있는 치자, 화장실 앞에서 웅크리고 앉아 은재를 기다리는 치자, 키보드 위에 누워 일을 방해하는 치자, 상자에 들어간 치자, 그리고 흔들의자에 누위 다양한 포즈로 자고 있는 치자. 가끔 사진의 가장자리에 고모의 팔이나 은재의 손, 둘의 어깨가 찍혀 있었다. 나는 프레임 바깥의 그들을 상상해 보곤 했다. 어둠 속 향초를 켜놓은 사진을 보며 내 멋대로 상상하다 "불결해."라고 중얼거리며 혼자 얼굴을 붉혔다. 며칠간 업로드되는 사진이 없을 때는 그들의 헤어짐을 예단하다 다시 새로운 사진이 올라오면 묘한 실망감에 사로잡히기도 했다. 실수로라도 '좋아요'를 한 번도 누르지 않으려고 조심하면서.

고모의 죽음 이후에는 치자의 안부를 확인하는 용도였다. 지난 한 달간 은재의 SNS는 업데이트되지 않았다. 고모가 아플 때처럼. 그러다 며칠 전에야 치자의 어린 시절 사진과 함께 꽃 속에 파묻혀서 잠든 듯 보이는 치자의 사진이 올라왔다. 난 그날부터 은재의 연락을 기다렸다.

"그거 잘 챙겼어?"

연호가 갑자기 눈을 뜨더니 생각난 듯 물었다. 나는 화들짝 놀라 휴대전화에 떠 있는 창을 종료하고 고개를 끄덕였다. 내 가방 안에는 두 개의 봉투가 있었다. 청첩장과 누런 서류 봉투. 서류 봉투는 변호사 친구가 미리 챙겨준 것이었다. 은재와 대화가 통하지 않으면 바로 이 서류를 건네라고 했다. '귀하가 거주하고 있는 아파트에서 신속하게 퇴거해 줄 것을 바란다'는 정중한 경고를 담은 내용증명이었다.

치자가 살아 있을 때까지만 아파트에 있게 해달라는 은재의 부탁을 나는 거절했다. 그러자 그는 다시 방으로 들어갔다 나와서 서류 봉투를 내밀었다. 고모가 자필로 적은 유언장 정도일 거라는 내 예상과 달리 유언 대용 신탁증서가 들어 있었다. 예금과 부동산을 금융회사에 맡겼다는 내용과 함께 은재가 치자를 돌본다는 조건도 포함되어 있었다.

상황을 전해 들은 변호사 친구는 유류분 소송 제도가 있으니 걱정하지 말라고 했다. 고인의 뜻이라 해도 은재보다는 혈연과 법적으로 연결된 가족이 훨씬 유리한 상황이라고 했다. 연인 관계는 아니라고 밝힌 이상 그들은 사실혼 관계도 아니었다. 그 둘을 묶어줄 이름은 서류상에 존재하지 않았다. 친구는 고양이가 얼마나 더 오래 살 것 같냐고 물었다.

"글쎄, 평균 열다섯 살이라고 했으니까 한 이삼 년."

치자가 아프다고 했지만 은재가 거짓말을 한 것일 수도 있다는 전제 아래 평균 나이를 기준으로 대답했다.

"생각보다 오래 사네."

친구의 그 말이 새삼 냉정하게 들렸다.

"고모, 고양이는 얼마나 살아?"

언젠가 나도 소파에 누워 치자를 바라보다 고모에게 똑같이 물었고 평균 나이를 들은 난 가볍게 대꾸했다.

"꽤 오래 사네."

고모는 나를 가만히 바라보다가 기네스북에 오른 최장수 고양이는 서른여덟 살까지 살았다고 묻지도 않은 말을 덧붙였다. 고모도, 치자도 평균수명을 넘지 못했다.

휴게소에 들렀던 차들이 하나둘 빠져나갔지만 쉴 틈 없이 밀려드는 차량들로 주차장은 여전히 만석이었다. 만원 지하철 안에 있을 때처럼 갑갑했다. 커피를 주문하는 줄이 아무리 길다고 해도, 중간에 화장실까지 들렀다 오고도 남을 시간이었다. 메시지를 보내려고 은재와의 대화창을 찾았다.

—치자가 떠났어. 고모님께 가보고 싶은데 같이 가줄 수 있어?

은재의 메시지를 받은 뒤 내가 바로 전화를 걸어 대화는 거기에서 끊겨 있었다.

—어디야? 방문 시간이 제한되어 있어. 빨리 가야 해.

은재와 나의 대화는 하루가 지나서야 묘하게 이어진 것처럼 보였다. 메시지를 전송하자마자 뒷좌석에서 진동음이 들렸다. 나는 전화를 걸었다. 계속 울리는 진동음. 그의 백팩 앞주머니에 휴대전화가 들어 있었다. 길이 엇갈릴까 봐 걱정이 됐지만 반대편 주차장에서 헤매고 있을 수도 있단 생각이 들어 찾으러 가기로 했다. 곤하게 잠들어 있는 연호를 깨우지 않고 차 문을 열고서 밖으로 나갔다. 가족들과 성묘를 가던 중 이 휴게소에 들르면 차를 찾지 못해 종종 주차장을 헤맨 경험이 나에게도 있었다.

반대편으로 가봤지만 인파 틈에서 그를 찾아낼 자신이 없었다. 경비 초소를 찾다가 방송 안내 센터가 눈에 띄었다. 유리문을 열고 들어서자 아이를 잃어버린 부부가 애타는 얼굴로 안내 직원에게 아이의 인상착의를 설명하고 있었다. 여섯 살, 빨간 원피스를 입은 여자아이는 단발머리를 노란 방울이 달린 머리 끈으로 묶었다고 했다.

내 차례가 되었지만 서른다섯 살인 남자를 찾고 있다고 하기가 민망했다.

"동행이 핸드폰을 놓고 갔는데 자리를 찾지 못하는 것 같아요."

안내 직원은 사랑싸움하고 여기서 찾는 거 아니냐며 농담을 했지만 난 웃지 않았다. 옷차림과 인상착의를 설명한 뒤에도 직원은 다시금 그와의 관계를 물었다. 남매인지 부부인지 연인인지 친구인지.

"그냥 지인입니다."

"서은재 씨는 지금 방송실로 와주세요. 검은색 후드티에 청바지를 입으신 서은재 씨, 동행인 이수아 씨가 기다리고 있습니다."

은재의 이름이 스피커를 통해 서너 번 울려 퍼졌다. 전화가 울렸다. 연호였다.

"어디야?"

"길을 못 찾나 봐."

연호가 한숨을 쉬는 소리가 들렸다.

"가지가지 하는구나."

나는 그의 말에 반응하지 않고 은재가 차로 갈지도 모르니까 안에 있으라고 당부한 뒤 전화를 끊고 소파에 주저앉았다. 딸을 잃은 부부는 방송실 안을 초조한 몸짓으로 서성거렸다. 그때 유리문이 열렸다. 누군가의 손에 이끌려 방송실로 온 아이는 서럽게 울었고 셋은 격하게 포옹했다. 뒤이어 은재가 멋쩍은 얼굴로 들어왔다. 나는 소파에서 몸을 일으켰지만 선뜻 다가가지 못한 채 멀뚱멀뚱 쳐다보기만 했다. 은재가 들고 있는 음료 캐리어에는 식어버린 아메리카노 두 잔과 얼음이 녹아버린 아이스 아메리카노가 담겨 있었다.

"늦었어. 빨리 가자."

나는 은재를 스쳐가며 말했다. 최대한 감정을 절제했지만 냉정하게 들렸을지도 모르겠다. 식은 커피와 얼음이 녹은 커피, 둘 중에 뭐가 나을까, 생각하며 서둘러 주차장으로 앞서 걸어갔다. 은재는 두어 걸음 정도 떨어져 따라왔다.

연호의 표정은 굳어 있었고, 은재는 미안했던지 변명처럼 말했다.

"은색 아반떼가 너무 많더라고요."

은재의 말대로 주차장에 서 있는 차 중에는 은색 아반떼가 압도적으로 많았다. 연호가 결혼을 앞두고서 중고로 구입한 차였다. 연호가 시동을 걸며 말했다.

"가성비가 좋거든요. 무엇보다 우리 처지에 적당하죠."

"그런 뜻이 아니라……."

연호는 은재의 말을 기다리지 않고 하던 말을 이어갔다.

"우리 동갑이죠? 그 나이까지 운전을 하지 않으면 불편한 점이 많을 텐데."

"운전을 하지 않아서 좋은 점도 있어요."

은재는 웃으며 말했다. 그때 차선을 바꾸려고 끼어드는 차량을 향해 연호가 욕을 뱉었다. 이번에는 목소리를 작게 내려는 노력조차 하지 않았다.

오후 다섯 시가 되어서야 묘지 입구로 들어설 수 있었다. 고갯길을 올라가는 도중 시동이 꺼져버렸다. 연호는 얼굴이 벌겋게 달아올라 정비업체에 전화를 걸었고 오늘따라 사고도 많아 처리가 늦어진다는 말을 들어야 했다.

30만 평 규모의 공원묘지는 산에 도로를 내어 만든 것으로, 해가 떨어지면 캄캄해져 출입을 제한했다. 할아버지가 사둔 우리 가족의 묏자리는 거의 정상에 있었다. 나선형으로 이어지는 오르막길은 차로야 5분 남짓 걸리는 거리지만 걸어서는 30분이 넘었다.

"아무래도 안 되겠다. 둘이 먼저 올라가 있어."

연호는 정비업체가 오는 대로 데리러 가겠다고 했다. 상황을 파악한 은재가 앞장서서 먼저 걸어갔다. 그의 뒤를 말없이 따라가다 돌아보자 봉분들이 줄줄이 열을 지어 솟아 있었다. 마치 계단식 전답처럼 보였다. 멀리서 볼 때 봉분들은 다 비슷해 보였지만 가까이서 살펴보면 차이점을 발견할 수 있었다. 제단의 높이나 비석의 크기와 재질이 달랐다. 홀로 묻힌 이도 있지만 함께 묻힌 이들도 있었다. 생전에 선택권을 가졌던 이도 있지만 사후에 결정되어 이곳으로 오게 된 이들도 있을 터였다.

봉분과 납골당이 함께 있는 복합묘를 만드는 건 첫 번째 석실에 자리 잡은 할아버지의 생각이었다. 할아버지는 자신의 부모가 나란히 묻힌 봉분 주위에 유골함이 들어갈 수 있는 석실 열여섯 개를 마련했다. 할아버지는 삼남매를 남겨 둔 채 예상보다 일찍 입주했고, 할머니가 두 번째 석실을 차지했다. 뒤이어 얼굴도 잘 모르는 할아버지의 둘째 형 내외가 한 자리씩을 차지한 데 이어 작년에 고모가 입주하면서 다섯 개의 석실이 채워졌고, 공실은 열한 개가 되었다. 할아버지, 할머니, 고모의 기일은 공교롭게도 오월에 몰려 있었다. 그래서 한식은 건너뛰고 입하와 추석 즈음, 일 년에 두 번 정도 이곳에 왔다. 아버지에게는 이 공간을 채우는 일이 때로 숙제처럼 느껴지는 듯했다.

연호는 지난 추석에 처음으로 동행했다. 아버지는 연호가 가난한 집 장남이라는 사실은 못마땅해했지만 홀어머니가 둘째 아들과 미국에 살고 있다는 정보를 알게 되자 반색했다. 아버지는 넌지시 선산이 있는지 물었고 연호는 조금 어리둥절해져서 고개를 저었다. 아버지는 선심을 쓰듯 이렇게 미리 묫자리까지 준비해 둔 집이 어디 흔하겠냐며, 이것도 하나의 혼수라고 덧붙였다. 가져온 음식을 나눠 먹은 뒤 아버지는 언제나 그랬듯 전망이 참 좋다며, 남향이라 그런지 떼가 다른 자리보다 더 잘 자랐다는 얘기를 늘어놓았다. 그 이야기는 돌아가시기 전까지는 할머니 몫이었다. 고모는 그 얘기를 들을 때마다 미간을 찌푸리고 있다가 나와 눈이 마주치면 고개를 가로저으며 웃어 보였다. 연호가 슬며시 내 곁에 와서는 "아파트 입주 설명회 같아."라는 귓속말을 해서 나를 웃게 했다.

먼저 도착해 다섯 번째 석실 앞에 새겨진 고모의 이름과 괄호 안에 적힌 숫자, 어머니가 골라 새긴 성경 구절을 바라보고 있던 은재가 나를 돌아보더니 배낭 안을 뒤적였다. 은

재가 꺼낸 것은 모종삽이었다. 손바닥이 빨갛게 코팅된 목장
갑도 끼고 있었다. 은재 뒤로 보이는 하늘이 발갛게 물들고
있었다. 입장 제한 시간이 가까워져 주위에 성묘객은 보이지
않았다. 해가 지면 주위는 캄캄해질 것이다. 고양이는 퇴로
를 막으면 공격한다는 말이 떠올라 섬뜩한 기분이 들었다.

"아무도 모르게 할게."

그는 고모가 있는 석실 앞에 쪼그리고 앉더니 아래쪽의
땅을 파기 시작했다. 이내 한 뼘 반 정도 깊이의 구덩이가 만
들어졌다. 은재는 배낭 안에서 작은 나무 관을 꺼냈다.

"치자야."

그는 가방에서 치자와 고모가 함께 찍은 사진이 담겨 있
는 액자를 꺼내더니 앞에 세웠다. 꽃다발에서 하얀 꽃잎 몇
장을 떼어내 나에게 건넸다. 난 그제야 은재가 무엇을 하고
싶어 하는지 깨달았다. 그가 하고 싶었던 건 치자의 장례식,
그리고 어쩌면 그가 멀찍이 뒤에서만 바라봤던 고모의 장례
식이었다. 나는 유일한 조문객으로 참석한 셈이었다. 나도
은재 곁에 쪼그리고 앉아 가족들과 오면 그렇게 하듯 제단
아래 놓아둔 향로를 꺼내 향을 피웠다. 관 위에 꽃잎을 뿌리
자 그는 삽을 들고 흙을 퍼서 덮었다. 봉분도 만들지 않고 평
평하게. 사람들이 눈치채지 못하게 잔디도 가져다 살짝 덮
었다.

그 위에 꽃다발과 치자가 좋아하는 통조림을 올려놓더니 은재가 쑥스럽게 웃었다.

"저번에 보니까 이렇게 하길래."

고모의 발인 날, 은재는 멀찌감치 서서 지켜보다가 어느 순간 사라졌다. 생각났다는 듯 그는 휴대전화에 담겨 있는 음악을 재생했다. 기타 반주와 함께 고모의 목소리가 흘러나왔다. 고모가 치자에게 들려주던 자장가 비슷한 노래에 그가 기타 반주를 입혔다고 했다. 고모는 약간 음치였는데 은재가 코러스로 커버해 주고 있었다. 노래의 처음부터 끝까지 치자가 기분 좋을 때 낸다는 골골골 소리가 깔려 있었다. 그는 배낭에서 소주 한 병을 꺼냈다. 작은 종이컵도. 한 잔을 따라 고모 앞에 두고 우리는 주거니 받거니 하며 나눠 마셨다. 공복이었고 취기가 쉽게 올랐다.

"이렇게 얘기하는 거 오랜만이네."

은재가 잔을 부딪치며 말했다. 은재와 밥을 함께 먹은 건 오늘로 세 번째였지만 술은 여러 번 같이 마셨다. 고모와 은재의 동거가 오 년째로 접어들고, 나는 서른을 막 넘겼을 때였다. 그즈음 나는 이직을 준비하느라 무료한 시간을 보내고 있었다. 도서관이나 카페를 전전하다 불쑥 고모가 있는 아파트를 찾아가곤 했다. 연호는 군대에 다녀오더니 지방에 있는 의대에 진학하기 위해 떠났고 친했던 친구들도 모두 결혼을 해 나에겐 달리 갈 곳이 없었다. 나는 수제 빵집에 들러 고모가 좋아하는 앙버터를 사 들고 갔다. 고모와 티타임을 하다 보면 어느새 식사를 건너뛰고 술자리로 이어졌다.

　나는 어릴 때부터 고모와 얘기하는 것을 좋아했다. "얘기해. 고모는 다 듣고 있어." 고모는 책에서 눈을 떼지 않고 말했다. 진지하게 듣지 않아 오히려 마음 놓고 뭐든지 이야기할 수 있었다. 해가 질 무렵이면 시무룩해지던 마음에 대해서도, 한밤중에 자다 일어났을 때 느끼는 외로움과 적막감도, 그리고 차갑게 굳어버린 할아버지가 슬프기보다는 무서워서 울었다는 이야기도 고모에게는 털어놓을 수 있었다. 또래보다 일찍 생리를 시작한 탓인지 왠지 모르게 친구들이 우스워 보였을 때도, 어줍잖은 반항심에 밤 기차를 타고 짧은 가출을 했을 때도 고모만은 나를 이해해 줄 거라는 믿음이 있었다. 우리는 어른이 되어서도 잘 통했다. 좋아하는 가수도, 즐겨 보는 드라마도, 지지하는 정치인도 일치했다. 결국 박봉과 야근에 지쳐 그만뒀지만 인권 단체에 지원서를 냈을 때도 고모만은 내 결정을 반겼다. 은재가 집에 있을 때면 오이를 길게 썰어 헨드릭스 진을 만들어주고는 옆에서 기타를 연주해 주기도 했다. 고모의 집은 다른 세상 같았다. 마치 여행이라도 온 것 같은 기분이었다. 그래서 난 치자의 털 때문에 연신 재채기를 하면서도 그곳에 자주 머물렀다.

"우리가 같이 찾았던 그 흔들의자 기억 나?"

은재의 말에 나는 고개를 끄덕였다. 고모의 집은 버려진 물건으로 가득했다. 빈티지 가구가 아니라 정말 버려진 것들. 우리는 어느 정도 취기가 오르면 손전등을 들고 버려진 것들을 찾으러 밤 산책을 나갔다. 아끼고 절약하기 위해서는 아니었다. 고모는 이유를 설명하려고 애쓰다가 "왠지 그런 물건들이 좋아."라고 싱겁게 대답했다. 치자의 차지가 된 아기 침대와 유모차도, 촌스러운 자개장도, 이상하게도 그 집에 갖다놓으면 원래 그 자리에 있던 것처럼 어울렸다. 처음에 시큰둥했던 나도 그들의 취미에 점차 익숙해졌다.

"찾았다!"

내가 제일 먼저 외쳤고, 우리는 신나서 동시에 뛰어갔다. 머리카락이 하얗게 센 할머니가 앉아 느긋하게 뜨개질을 하고 있으면 어울릴 법한 흔들의자였다. 고모가 손전등으로 길을 비추고 은재와 내가 의자의 양쪽을 잡고 옮겼다. 엘리베이터에 같이 탄 이들이 얼굴을 찡그렸지만 우리는 흔들의자를 발견한 순간에 대해 신나서 이야기를 나눴다. 볕이 가장 잘 드는 거실 베란다 창가에 흔들의자를 두었다. 그러고는 경쟁하듯 번갈아 앉았는데 결국 마지막에는 치자가 차지했다. 실제로도 취했지만 분위기에도 젖어 한껏 고양된 기분으로 그날 나는 목소리를 높여 말했다.

"우리 이렇게 다 같이 살까?"

고모는 바로 "좋지."라고 말했고, 은재는 기타 연주로 화답했다. 치자는 그 어느 때보다 우렁차게 골골골 소리를 냈다. 하지만 은재와 고모는, 그리고 치자는 모를 것이다. 그 아파트에서 나와 집으로 돌아가던 길, 울렁거리는 속을 진정시키려고 맞은편 벤치에 한참을 앉아 있었다는 것을. 밑에서부터 층수를 헤아려 그들이 살고 있는 창문을 찾아내고 거기에서 새어 나오는 불빛과 어른거리는 다정한 그림자들을 지켜봤다는 것도. 점차 술이 깨면 마치 마법이 풀리기라도 한 것처럼 허탈한 기분이 되어서 벤치에서 일어섰다는 것을. 다음 날 숙취에 시달리며 자리에 누워, 힐끔힐끔 우리를 쳐다보던 이웃들의 시선들을 떠올리는 것이 어떤 기분이었는지를.

내가 그 아파트에 마지막으로 들른 것은 늦은 공부를 마친 연호에게 청혼을 받았을 때였다. 은재가 헨드릭스 진에 넣을 오이를 사러 간 사이 고모는 물었다. 내가 은재에 대해 물었던 것처럼.

"어떤 사람이야?"

"물욕도 많고 시간도 없는 사람?"

그 말에 고모는 웃었다. 진짜 이유는 말하지 못했다.

내가 하고 싶은 말을 대신 해주는 사람, 그리고 엘리베이터에서 마주친 이웃의 시선을 신경 쓰지 않아도 되는 사람이라는 걸. 나는 말을 돌리며 물었다.

"아예 혼인 신고를 하는 게 낫지 않아?"

고모는 바로 대답하지 못하고 침묵했다. 적당한 비유를 찾는 듯했다.

"굳이 그런 제도로 꼭 묶여야 할까. 냉장고에 무조건 넣어둔다고 해서 다 오래가진 않잖아. 우리는 지금 같은 좋은 관계를 더 오래오래 유지할 방법을 찾고 있어."

"그럼, 난 냉장고를 택한 셈인가."

고모는 가만히 나를 쳐다보다가 말했다.

"넌 잘해낼 거야."

할 말이 없을 때 던지는 "힘내."라는 말처럼 성의 없는 위로로 들려 불쑥 화가 치밀었다.

"왜 나는 잘해낼 거라고 생각하는데?"

난 마치 툭 튀어나온 못처럼 굴며 고모의 말 하나하나에 토를 달았다. 거기서 멈췄어야 했다는 걸 깨달았지만 이미 말을 뱉은 후였다.

"은재도 결국 말 잘 듣는 고양이 같은 거 아냐."

그리고 속에 담아놓았던 말들이 이어졌다. 고모가 우위에 있고, 마음대로 할 수 있으니까. 결국 다를 게 없잖아. 고모는 보고 싶은 것들만 모아놓은 타임라인만 들여다보고 있는 사람들이랑 똑같아. 가족은 SNS 타임라인처럼 선택할 수 있는 게 아니야. 차단하고 언팔로우해서 얻은 타임라인은 평화롭겠지. 다른 사람들의 타임라인을 이렇게 모른 채 살아가도 돼?

어쩌면 나에게 하는 질문들이었는지도 몰랐다. 그 말들에 항의라도 하듯 치자는 탁자 위에 있던 컵을 앞발로 쳐 떨어뜨렸다. 하지만 고모도 나도 웃지 않았다. 깨진 컵도 치우지 않은 채 각자 생각에 빠져 은재가 돌아올 때까지 침묵했다. 그 뒤로 나는 고모의 아파트에 가지 않았다. 시간이 꽤 흐른 뒤 먼저 소식을 전해온 건 고모였다. 아니, 은재였다. 고모가 폐암 말기 진단을 받았다는 소식이었다.

"사실 후회했어. 너한테 고모가 아프다고 얘기한 거."

은재는 치자를 묻은 곳에 소주 한 잔을 부어주며 말했다. 병원에서 고모는 치자처럼 내내 화가 나 있었다. 치료를 받고 싶지 않다고, 집으로 돌아가게 해달라고 부탁했지만, 아버지는 고모의 말을 들어주지 않았다. 나 역시 모른 척했다. 아버지는 혈육으로 할 수 있는 의무를 다하고 싶어 했다. 나 또한 마찬가지였다. 죽음 이후에야 가족들이 나누는 화해를 항상 촌스럽다고 생각했다. 굳이 그렇게 뒤늦게 눈물을 흘리며 반성해야 하나. 의무를 이행하면 후회할 일도 없다. 나는 성실하게 고모의 곁을 지켰다. 고모가 원하든, 원하지 않든 상관없었다. 우리는 가족이라는 이름으로 일방적인 시간을 함께했다. 저항할 힘이 없어진 고양이처럼 고모는 조용히 웅크렸다. 나중에는 얘기할 기운조차 없는지 가만히 침대에 누워만 있었고 볼 때마다 점점 작아졌다. 심폐소생이나 연명치료만은 하지 말아달라고 부탁했다. 하지만 고모는 호흡기를 단 채 중환자실에서 마지막 열흘을 보내야 했다. 은재는 임종을 앞둔 고모도, 유골함에 담긴 고모도 가까이에서 보지 못했다. 중환자실에는 가족들만 들어올 수 있었고, 화장터에서도 바리케이드처럼 가족들이 고모를 둘러싸고 있었다. 난 장례식장에서 결혼도 못한 고모의 상주 노릇을 하느라 애썼다는 사람들의 인사를 덤덤하게 받았다.

나는 은재에게라도 고모에게 미처 하지 못했던 변명을 하고 싶었다. 탄생과 소멸, 죽음 이후까지 이어지는 가족이라는 연결고리는 너무도 견고해서 나는 그저 가만히 있을 수밖에 없었다고.

하지만 은재는 뜬금없이 오후 두 시에서 네 시 사이에 거실에 드는 햇빛에 대해 이야기하기 시작했다. 여름이든 겨울이든 치자가 즐겨 앉아 있던 자리가 온도도 습도도 바람도 모든 것이 가장 적당한 명당이라며 웃었다. 제일 작은 방

창문을 열어두면 바람이 세서 에어컨을 틀지 않아도 될 정도로 시원하다는 정보도 일러줬다. 그런데 그 바람 때문에 갑자기 문이 닫힐 수 있으니 주의해야 한다고 당부하며 잊지 말고 의자나 받침대를 문 앞에 괴어놓으라고 했다. 갑자기 문이 닫히면 다칠 수도 있고 놀랄 수도 있으니까. 치자가 방 안에 하루 종일 갇혀 있었던 적이 있는데 지금까지도 너무 미안하다고. 알면서도 자꾸만 잊게 됐다고. 주정처럼 반복해서 중얼거렸다. 천변도 산책하기에 좋지만, 철공소들이 모여 있어 무언가를 만들어내는 소리가 끊임없이 들려오는 아파트 뒤편의 골목을 고모가 얼마나 좋아했는지 상세하게 설명했다. 그러니까 그는 마치 집을 내놓은 사람처럼 그들이 함께 살았던 아파트를 소개하고 있었다.

그의 말들은 까만 어둠 속에서 띄엄띄엄 흩어졌다. 치자의 관 위에 뿌렸던 하얀 꽃잎처럼. 치자와 고모의 사진, 그리고 빈 소주병까지 배낭에 주섬주섬 챙기던 그는 통조림은 여기 살고 있는 들짐승이나 길고양이가 먹게 두고 가자고 했다.

"고양이는 행복할 때 진동 소리처럼 몸을 울리는 소리를 내는데 사실은 아플 때도 그래. 그 소리를 우리가 구분할 수 있을까? 내가 제대로 구분한 건지 자신이 없어."

마지막 순간에도 치자는 은재의 품 안에서 골골송을 불렀다고 했다. 은재는 마지막으로 치자를 묻은 자리를 발로 꾹 꾹 누르며 말했다.

"여기 있다는 걸 우리가 알고 있으니까. 괜찮아."

치자를 말하는 건지 고모를 말하는 건지 알 수 없었다. '우리'가 나와 그인지 그와 고모인지도. 짙어진 어둠 속에서 치자꽃이 하얗게 빛났다.

그 순간 눈앞이 환해졌다. 자동차 헤드라이트였다. 연호가 걱정스러운 얼굴로 나에게 다가왔고 그 뒤는 잘 기억이 나지 않는다. 아니 기억하고 싶지 않다. 하지만 기억하고 있다. 둘은 나를 부축해 뒷좌석에 앉혔고 은재는 조수석에 앉았다. 차 안에는 여전히 달큼한 향기가 끈덕지게 남아 있었다. 잠이 들기 전 연호가 내 가방에서 두 개의 봉투를 꺼내 은재에게 건네는 것을 보았다.

*

한동안은 구석 어딘가에 숨어 있다 굴러 나온 치자의 털 뭉치와 마주칠 것이다. 은재의 당부를 잊고 바람에 방문이 쾅 소리를 내며 닫힐 때마다 놀랄 것이다. 자리를 차지하기만 하는 흔들의자는 다시 버려질 것이다. 맞벌이인 우리에게 낮 동안의 햇빛은 그리 필요하지 않다는 걸 깨닫고, 아이가 생겨 낡은 아파트가 좁다고 느껴지면 이사를 고민할 것이다. 하루가 저물고, 어둠 속에서 이제는 돌이킬 수 없는 일들이 생각나 잠이 오지 않는 날도 있을 것이다. 그럴 때면 등을 돌리고 누워 어둠 속에서 네모난 불빛 안을 오래오래 들여다볼 것이다. 다른 사람들이 외로운 만큼, 딱 그만큼 똑같이 외로운 거라고 고개를 끄덕이다 복합묘에 차례로 입주하게 되는 먼 미래를 그릴 것이다. 그러다 오월이 오면 고모의 기일 즈음 묘 앞에 놓인 노랗게 마른 꽃잎이나 빈 통조림 캔을 발견하게 될 것이다. 나는 아무도 보지 못하게 그것을 치울 것이다. 그리고 치자가 묻혀 있는 그 자리를 말없이 꾹꾹 밟을 것이다. 아마도 잠시나마 우리가 우리였던 날들을 떠올리면서.

●

얼음이 떨어지던 밤

얼음이 떨어지던 밤
미발표작

서가를 정리하던 지원은 카페 안이 어둑어둑해졌음을 깨달았다. 커튼을 반쯤 걷고 통창 밖을 내다보니 해가 지며 남겨놓은 붉은빛이 바다 끄트머리에 걸려 있었다. 언덕 아래 사거리에 드문드문 세워져 있는 가로등이 켜지고, 집집마다 불빛이 새어 나왔다.

지원은 카페 안을 천천히 둘러봤다. 얼마 전에야 인테리어 공사를 마무리한 카페는 삼나무 냄새로 가득했다. 바 테이블 안쪽에 서 있는 현우의 분주한 등에 시선이 멈췄다. 현우는 싱크대 앞에서 커피를 만들고 시음했다 버리기를 반복하고 있었다. 여느 때와 달리 지원에게 맛보라는 말을 하지 않았다. 지원은 현우와 낮에 나눈 대화를 복기하다 한숨을 작게 쉬었다. 현우의 하얀 티셔츠는 등 부분이 땀으로 젖어 있었다. 아직 초여름이었지만 섬의 더위는 도시보다 빨리 찾아왔다. 지원은 전기 스위치를 모두 올렸다. 카페에 있는 모든 주홍빛 조명에 불이 들어왔다.

현우는 갑자기 주변이 환해졌음을 알았지만, 고개를 돌려 지원을 쳐다보진 않았다. 현우는 라테 거품 위에 완벽한 하트를 그리려고 노력하다 실패하고 다시 그리는 일에 열중하려고 애썼다. 일주일 후면 개업이었다. 휴가철이 시작되면 이 조용한 섬이 떠들썩해지고 관광객이 몰려들 것이다.

그때 출입문에 매달아 둔 작은 종이 울리더니 누군가 들어왔다. 지원과 현우는 동시에 같은 곳을 쳐다봤고 동시에 멈칫했다. 그는 이제 막 카페에 들어선 것이 아니라 마치 오래전부터 그곳에 서 있었던 사람 같았다.

현우가 건조한 목소리로 말했다.

"아직 개업 준비 중입니다. 영업하지 않습니다."

어느 정도 공사가 마무리되자 카페 앞마당에는 호기심 많은 관광객이 기웃거리곤 했다. 오늘 낮에만 해도 혼자 여행 중인 것으로 보이는 여자가 찾아왔다. 그녀는 풍광이 좋다며 바깥에 있는 벤치에 앉아 있어도 되냐고 물었다. 등산복을 입은 중년의 남녀 무리도 몰려왔다가 아직 영업하지 않는다고 하자 아쉬워하며 돌아갔다. 대학생으로 보이는 커플은 바다를 배경으로 이리저리 구도를 잡으며 서로의 사진을 찍다가 카페 문을 슬며시 열고 들어와 현우에게 사진을 찍어달라고 부탁했다.

그는 머뭇거리더니 입을 열었다.

"아, 저 무덤 때문에 왔습니다."

현우는 '무덤'이라는 단어를 듣자마자 바 테이블 안에서 서둘러 걸어 나왔다. 그의 얼굴을 가까이에서 본 현우는 당황했다. 김이 서린 렌즈에 잡힌 피사체처럼 흐릿하게 보여서만은 아니었다. 성별도 나이도 국적도 쉽게 가늠이 가지 않는 이목구비가 자신이 알고 있는 얼굴과 닮아 있었기 때문이다. 면바지에 검은 반소매 티셔츠, 그의 차림은 깔끔했지만 신고 있는 운동화에는 흙이 잔뜩 묻어 있었다.

현우는 그를 통창 앞에 놓인 테이블로 안내하다 지원과 눈이 마주쳤다. 낮에 지원과 나눈 대화가 떠올랐다. 하지만 우선 무덤 문제부터 해결해야 했다. 무연고자 묘지임을 장담하던 이장 대행업자의 자신만만한 얼굴을 떠올리며 현우는 한결 부드러워진 어조로 그를 향해 물었다.

"커피라도 한잔 드시겠어요?"

그는 선뜻 고개를 끄덕이며 덧붙였다.

"날이 꽤 더워졌네요."

현우는 다시 바 테이블 안쪽으로 들어갔다. 그의 얼굴과 닮은 이를 잠시 떠올렸지만 이내 무덤 소유주의 등장을 알리기 위해 묘 이장 대행업자에게 전화를 걸었다. 신호음이 몇 번 가더니 끊어졌다. 현우는 메시지를 남긴 뒤 며칠 전 로스팅한 원두를 꺼냈다.

지원은 현우가 인사를 건넬 때까지 아무 말도 하지 못했다. 그럴 리가 없는데도 순간 아버지가 찾아왔다고 생각했다. 그래서 그가 방문 목적을 밝혔을 때도 멍하니 그의 얼굴을 바라보기만 했다. 침착함을 되찾은 지원은 찬찬히 그의 얼굴을 살폈다. 이목구비도 얼굴형도 다른데 왜 아버지로 보인 걸까. 정면으로 볼 때는 아버지보다 훨씬 젊어 보였지만 또 다른 각도에서는 더 늙어 보였다.

그는 의자에 앉지 않고 벽면 서가 쪽을 서성거리다 까치발을 하더니 책 한 권을 꺼내 들었다. 지원이 출판 편집자로 일할 때 만든 책이었다. 주로 효율적인 시간 사용법, 무난한 대인관계를 유지하는 팁, 상처에서 벗어나 빨리 회복하는 법, 자존감을 높이는 습관 등을 다룬 책을 펴내던 작은 출판사였다. 지원은 카페에 찾아올 손님들이 좋아할 만한 책들만을 남겨두고 골라낸 나머지 책들은 종이 상자에 담는 작업을 하고 있었다. 2년 전, 아버지의 병세가 악화되고 일을 그만둔 지원은 임종 때까지 아버지를 돌봤다. 그가 반가운 얼굴로 책을 흔들어 보였다.

"어제 읽은 책이네요."

지원은 출근길에 자신이 만든 책을 지하철에서 읽고 있

는 누군가를 발견하거나 SNS에 올라온 후기들을 읽으며 뿌듯해했던 시간들을 떠올렸다. 그가 들고 있는 책은 방금까지 지원이 종이 상자에 넣을까 말까 고민하다 손이 닿지 않는 위 칸에 두었던 것이다. 책을 제자리에 돌려놓고 뒤돌아선 그는 카페를 천천히 둘러보며 감탄했다.

"카페 안도 아주 근사합니다."

지원은 일어나 커다란 통창을 가려놓은 커튼을 모두 걷었다. 벽 안으로 움푹 들어간 창턱은 앉을 수 있도록 설계해 널찍했다. 카페를 개업하게 되면 손님들의 인증 샷 욕구를 불러일으키기 충분한 장소였다. 지원은 낮에 현우에게 사진을 부탁했던 커플을 떠올렸다. 그들은 카페 안을 들여다보며 연신 감탄했다. SNS에 올려 홍보하겠다며 통창 앞에서 한 번만 찍게 해달라고 부탁했다. 현우는 무덤이 보이지 않도록 카메라 앵글을 맞추느라 고심하는 듯 보였다. 바다 끄트머리에 걸려 있던 붉은빛이 완전히 사라져 어둠에 묻힌 하늘과 바다의 경계가 어렴풋했다. 지원은 달빛 아래 희미하게 윤곽을 드러내고 있는 두 개의 무덤 사이 어딘가를 가리켰다.

"여기 앉아서 낮에 보면 더 예뻐요. 바다가 한눈에 보이거든요."

집은 섬 동쪽 끝, 바다가 보이는 야트막한 언덕 위에 웅크린 듯 자리 잡고 있었다. 집의 왼편에는 이 섬에서 제일 높은 산이 솟아 있었고, 오른편으로는 바다가 펼쳐졌다. 해변으로 밀려오는 파도와 부서지는 하얀 포말이 보기만 해도 시원했다. 보고 또 봐도 질리지 않을 풍광이었다.

"부부가 아주 보기 좋네. 여기다 뭘 하려고?"

이 섬에서 태어나 육지에서 일하다 도로 고향으로 돌아왔다는 부동산 중개인은 현우와 지원을 보고 대번 말을 놓았다. 그들은 아직 결혼하지 않았지만 부부라는 말을 굳이 부정하지 않았다.

"북 카페를 하려고요."

현우의 말에 이어 지원이 덧붙였다.

"북 스테이 같은 것도 하고요."

방 세 개 중 하나는 게스트 룸으로 만들 계획이었다. 책도 읽고 커피도 마시면서 조용히 쉬어 갈 수 있도록.

"뭐, 좋지."

들떠 있는 그들과 달리 부동산 중개인은 시큰둥하게 대답했다.

현우와 지원은 이 섬을 좋아했다. 그들은 이 섬으로 함께 여행을 오기도 했지만 때때로 각자 혼자서 다녀가기도 했다. 동갑내기인 그들은 초등학교 동창이었고, 친구를 거쳐 연인이 된 지 올해로 칠 년째였다. 연인이 된 첫해, 이 섬으로 함께 여행을 온 그들은 언젠가 바다가 보이는 곳에 카페를 열자고 약속했다. 사실 오랫동안 잊었다가 최근에야 기억해 낸 약속이었지만.

이 집에는 두 가지 단점이 있었다. 하나는 공항에서 멀리 떨어져 있다는 것. 하지만 지금 추진 중인 제2공항이 들어선다면 관광객은 더 많아지고 땅값도 오를 거라고 부동산 중개인이 설명했다. 그리고 또 하나는 마당 오른편 끝 쪽에 불쑥 솟아오른 두 개의 무덤이었다. 현무암을 단정하게 쌓아 만든 야트막한 담 안에 두 개의 봉분이 나란히 자리하고 있었다. 봉분 하나는 여느 무덤과 비슷한 크기였지만 또 다른 하나는 3분의 1 정도로 작았다.

부동산 중개인은 이 땅 주인과 묘지의 주인이 달라 매번 골치를 썩였고, 지금 땅 주인이 육지로 올라간 이후 이삼 년간 빈집으로 방치됐다고 했다. 하지만 공항에서 먼 탓에, 또 무덤이 있는 탓에 시세보다 훨씬 싼 가격이었다. 사방이 바다로 둘러싸인 섬이지만 바다 전망은 구하기 쉽지 않았다. 현우와 지원이 가진 돈으로 구할 수 있는 최적의 장소였다.

둘 다 최선보다 차선을 선택하는 데 익숙해질 나이였다. 현우와 지원은 서로의 손을 꼭 쥐었다. 언덕을 내려가는 길에 세워져 있는 전봇대에는 종이 한 장이 붙어 있었다. 하얀 A4 용지에 굵은 궁서체로 '골치 아픈 묘 처리합니다.'라고 적혀 있었고 그 아래에는 뜯어 갈 수 있는 연락처가 달려 있었다. 그제야 밭 가운데, 언덕 중턱 여기저기에 불쑥 솟아 있는 무덤들이 눈에 들어왔다. 대부분 비석이 있었지만 지금 막 그들의 것이 된 집 마당에 있는 두 개의 무덤처럼 비석이 없는 것도 있었다. 거센 바닷바람에 종이가 펄럭였다. 현우는 나풀거리는 연락처 쪽지 하나를 떼어냈다.

현우는 곱게 갈려 나온 원두를 아끼지 않고 수북하게 담았다. 업자는 아직 문자를 확인하지 않았다. 공사를 시작하기 전, 서둘러 무덤을 처리할 생각으로 이장 대행업자를 불렀다. 업자는 동네 이장과 함께 이 동네에서 가장 오래 살아온 사람을 찾아가 알아봤다며 확신에 찬 어조로 말했다.

"묘적이 있긴 하지만 이건 백 프로 무연고자 묘지예요."

"묘적이요?"

"묘지의 호적 같은 거죠."

업자는 행정상 번거롭긴 하지만 무덤 소유주가 나타나서 이장하지 않겠다고 버티는 경우보다는 낫다고 했다. 무연고자인 경우는 일간지에 광고를 냈다가 연고자가 나타나지 않으면 유해를 공동묘지로 옮기면 된다고 절차를 설명했다. 여름 휴가철이 되기 전에 카페 문을 열고 싶다는 현우의 부탁에 업자는 걱정하지 말라며 호언장담하고 돌아갔다. 실제로 업자의 일 처리는 신속했다. 다음 날 무덤 앞에 3개월 후 개장한다는 공고를 쓴 팻말이 세워졌다.

"이렇게 해서 주인을 찾을 수 있을까?"

지원은 팻말을 살펴보며 미덥지 않은 듯 물었다.

"공고했다는 사실이 중요한 거지."

현우는 이 같은 형식적인 요식 행위에 익숙했다. 현우는 프리랜서 피디로 한 방송사에서 10년 넘게 일했다. 그는 방송 제작 외에도 잡다한 행정 업무를 수행해야 했다. 덕분에 어떤 일이든 문서로 흔적을 남겨야 뒤탈이 없다는 것을 알게 됐다. 그러나 정작 자신은 한 번도 계약서를 쓰지 않고 일했다. 현우만 그랬던 것은 아니다. 다른 프리랜서 피디들과 작가들도 마찬가지였다. 그런데 회사에서 작가들을 대상으로 계약서를 쓰게 하라는 지시가 내려왔고, 그 업무는 현우의 몫이 되었다. 20년 동안 일해온 선배는 현우가 내민 계약서를 의아한 얼굴로 바라봤다. 현우가 조연출로 일을 시작할 때 합류했던 프로그램의 메인 작가였다. 현우는 그녀에게 원고 보는 법과 기획안을 쓰고 출연자를 섭외하는 법까지 배웠다. 그래서 직군이 다르지만 그녀를 선배라고 불렀다. 현우는 간단히 설명한 뒤 덧붙였다.

"그러니까 해고 방지를 위한 거예요."

계약서의 만료 시기는 다음 개편까지이며, 계약 종료 시

4주 전에는 알려야 한다는 조항이 있었다. 작가들이 하루아침에 해고되는 일을 막기 위한 일종의 보호장치라고 했지만 해고는 더 쉬워졌다. 계약서에 서명하지 않으면 언제 해고해도 항의할 수 없었고 계약서를 썼으면 계약이 종료됐다는 사실만 미리 고지하고 명분 없이 해고할 수 있었다.

회사는 예상대로 매번 개편 시기 즈음으로 재계약을 미뤘다. 선배는 계약서를 쓰는 대신 일을 그만두는 쪽을 택했다.

내일로 분묘 개장 공고를 낸 지 3개월째였다. 하루만 더 늦게 왔더라면. 현우는 아쉬움을 접고 자신이 해야 할 일을 정리했다. 먼저 땅값과 비용을 지불한다는 전제로 이장할 의사가 있는지부터 물어야 했다. 이장하지 않겠다고 고집을 부리면 어쩌지. 미간을 찌푸리며 현우는 냉동실을 열었다. 얼음이 다 떨어졌다. 잠시 멍하게 서 있던 현우는 며칠 전 얼어 온 제빙기를 꺼냈다. 지원의 웃음소리가 들려왔다.

창턱에 걸터앉아 통창 너머를 노려보듯 바라보고 있던 그는 갑자기 지원에게 사과했다.

"제일 좋은 자리를 차지해서 미안해요."

지원은 잠시 당황했다. 그가 사과할 이유는 없었다. 지원은 내내 궁금했던 것을 물었다.

"고인과는 어떤 관계세요?"

그는 묘한 표정을 짓더니 대답했다.

"아주 가까운 사이죠."

얼마나 가까운 사이일까. 부모일까. 조부모일까. 그렇다면 이장을 반대할 수도 있을 텐데.

"그런데 누가 이곳에?"

"그러게요. 누구일까요. 이 좋은 자리를 골라준 사람이."

지원은 무덤의 세월이 생각보다 더 오래되었나 보다, 라고 생각했다. 그동안은 왜 돌보지 못했는지 물으려다 책망처럼 들릴까 봐 그만두었다.

"그리고 깨끗하게 손질해 주셔서 감사합니다."

"아닙니다. 제가 좋아서 한걸요."

지원은 웃으며 말했다. 예의상 한 말이 아니라 정말 그랬다. 지난 3개월 동안 현우와 지원은 집 안 곳곳을 수리하며 보냈다. 기역자형의 집을 반으로 나누어 한쪽은 생활공간으로 활용하고 나머지 반은 카페로 개조했다. 거실에서 카페로 나가는 입구에는 중문을 설치해 언제든 오고 갈 수 있게 했다. 주홍색 지붕과 파란색 외벽 전체를 세련되어 보이는 모노톤으로 칠했다. 깨진 유리를 갈고, 비틀어진 문짝을 다시 달았다. 전체적인 인테리어는 업자들에게 맡겼지만 그들이 직접 손봐야 할 것도 많았다. 카페에 필요한 물품들을 수시로 인터넷으로 주문하고, 거실 바닥을 닦고, 마당에 벤치를 놓고, 나무와 나무 사이에 해먹도 달았다. 그리고 오늘 오전부터는 작은방에 쌓아둔 잡동사니를 처리하고 도배를 시작했다.

현우는 틈틈이 원두를 볶거나 새로운 메뉴를 개발하는 데 골몰했다. 그사이 지원은 벌초를 했다. 봉분 주변을 둘러싼 돌담에는 묘지 안으로 들어갈 수 있는 작은 입구가 있었다. 그 안으로 들어가 무덤 앞에 자리 잡은 지원은 멋대로 자란 풀을 베어냈다. 주변에는 꽃모종도 심었다.

현우는 어차피 다 파헤칠 건데, 라며 지원에게 새로 개발한 음료나 간식을 가져다줬다. 그럴 때면 둘 다 일을 잠시 멈추고 무덤 앞에 털썩 주저앉아 이야기를 나눴다.

"그래도 보기 좋은 게 낫잖아."

"겉이 아무리 보기 좋아도 안에 뭐가 있는지 모르잖아."

"우리 프라하 갔을 때 묘지가 많던 곳 기억 나? 우리 거의 매일 산책하러 갔던 곳 말이야. 거기 너도 좋아했잖아."

"비셰흐라드 말하는 거야? 거긴 유명한 사람들이 묻혀 있는 데잖아. 그런데 이 사람은 누군지도 모르고."

"그러니까 안됐지."

"뭐가 안됐어. 이렇게 좋은 자리를 차지하고 있는데."

"그래, 맞네. 이제 얼마 안 남았지만."

지원은 결국 웃으며 고개를 끄덕이다 무덤을 향해 시선

을 돌렸다. 지원과 현우, 그들은 친구일 때부터 연인으로 지내다 동거하게 된 지금까지 크게 싸운 일이 없었다. 누군가 완강하게 자신의 의견을 고집하면 지금 지원이 그런 것처럼 다른 한 명이 자신의 주장을 접고 상대방의 말에 동의했기 때문이다.

지원은 처음부터 그 두 개의 묘에 호의적이었지만 현우는 밤이 되면 무덤 쪽은 되도록 쳐다보지 않으려고 했다. 지원은 자신이 무덤에게 가지는 친근감을 현우가 이상하게 여기듯 현우가 가지는 적의가 이상했다. 선배의 죽음 때문일까, 라고 짐작했지만 현우는 도통 입을 열지 않았다.

현우는 이야기를 나누고 있는 둘을 바라봤다. 지원은 편안해 보였다. 무덤 앞에 의자를 끌어다 놓고 앉아 있을 때처럼. 무덤을 보고 있는 건지 바다를 보고 있는 건지 몰랐지만 현우는 지원이 무덤을 보고 있다고 생각했다. 현우는 지원이 어딘가에 몰입할 때면 불안했다. 연인이라는 상태에 너무 오래 머물고 있다는 생각이 들었다. 결혼을 하고 아이를 낳는 단계로 접어들지 않으면 결국에는 헤어지게 될 것 같아 조급했다. 지원은 언젠가부터 결혼 이야기를 꺼내면 말을 돌렸다.

섬이라는 낯선 공간으로의 이주는 현우의 불안을 잠시나

마 해소시켜 주었다. 이 집을 발견한 순간 지원의 눈빛은 생기를 되찾았다. 아직 서류상 부부는 아니지만 이곳이 그들을 더 끈끈하게 이어주리라 여겼다. 그러나 현우의 기대와 달리 지원은 무덤에 이상하리만큼 집착했다. 현우는 지원과 함께 도배하다 중단한 작은방을 떠올리다가 자신도 모르게 고개를 저었다.

현우는 스콘을 몇 개 쟁반에 담아 테이블 위에 내려놓았다. 어제 아침 지원이 구운 것이었다. 겉은 바삭했고 속은 촉촉했다. 현우가 연신 감탄하며 맛을 보자 지원은 못 들은 척했다. 하지만 현우는 지원의 입술 사이로 큰 앞니 두 개가 살짝 나온 것을 보았다. 쑥스럽지만 기분 좋을 때 볼 수 있는 지원의 표정. 처음으로 예쁘다고 말했을 때도 지원은 못 들은 척하며 앞니를 보였다. 열세 살 때부터 보아온 그 표정은 여전히 똑같은데. 현우는 요즘 지원의 속을 알 수 없었다.

"이것 좀 먼저 드세요. 얼음이 없어서 커피는 좀 기다리셔야 할 것 같아요."

통창을 바라볼 수 있는 자리에 그를 앉히고 지원과 현우는 맞은편에 나란히 앉았다. 그는 스콘을 집어 들 생각이 없어 보였다.

현우는 더 이상 이야기를 미룰 수 없다고 생각했다.

"사실은 오늘까지 연락이 없으셨다면 저희가 이장하려고

했어요."

"공고를 봤습니다. 연고자가 나타났다면 여기를 떠나지 않아도 되는 건가요?"

흐릿하게만 보이던 그의 눈빛이 무언가를 기대하는 것처럼 반짝였다. 현우는 서둘러 말을 이어갔다.

"하지만 저희는 이장을 원합니다. 보시다시피 카페를 하려고 해서요. 무덤이 있으면 아무래도……."

무덤 때문에 보기 좋지 않다거나 경관을 해친다고 말하기에는 조심스러웠다. 오랫동안 돌보지 않았다고는 해도 그의 가족이나 친척이 묻혀 있을 터였다.

"저희가 이장 비용을 내겠습니다. 이왕이면 휴가철이 오기 전에 서둘러 주셨으면 좋겠어요."

현우의 말을 조용히 듣고 있던 그의 얼굴은 점점 어두워졌다.

"지금까지 아무도 연락을 하지 않았나요?"

"네, 선생님이 오시기 전까지는 아무도 없었습니다."

현우는 여러 가지 호칭을 고민하다 그를 선생님이라고 불렀다.

"그동안 아무도 없었군요."

그는 낙담한 듯 보였다. 다른 친척을 이야기하는 걸까. 현우는 일이 쉽게 풀리지 않을 거라는 걸 깨달았다. 한 번 더 업자에게 전화를 걸어봐야겠다고 생각하며 현우는 그를 바라봤다. 단정하게 자른 그의 앞머리가 눈에 들어왔다. 현우도 며칠 전에 이발을 했다.

지원은 수시로 벌초를 했는데 그 덕에 무덤은 언제나 단정했다. 현우는 그 무덤을 볼 때마다 선배의 책상 위에 놓여있던 잔디 인형을 떠올렸다. 노동절에 팀장이 뜬금없이 모두에게 돌린 선물이었다. 삭막한 사무실에서 초록이라도 보고 일하라며. 잔디 인형의 생명력은 꽤 강해서 물을 주면 머리가 금세 수북하게 자라 봉두난발이 되었다. 귀엽기보다 기괴했다. 팀장 몰래 하나둘 버리기 시작했다. 하지만 선배만은 잔디 인형을 버리지 않고 머리를 일정한 길이로 잘라주었다. 그리고 떠나던 날 잔디 인형만은 남겨두고 갔다. 물을 주는 사람이 없어도 잔디 인형의 머리는 금방 수북해졌고 보기 흉해졌다. 한동안 빈 책상이었던 그곳에 잔디 인형만 남아 있었다. 새 작가가 오던 날, 현우는 쓰레기통에 그 인형을 버렸다.

그날도 벌초하고 있던 지원은 문득 현우를 보더니 미용실에 다녀오라고 했다. 언덕에서 내려가면 나오는 마을 사거리에 정자 하나가 놓여 있었다. 그곳에서 할머니들이 삼삼오오 모여 나누는 말은 섬의 옛날 사투리여서 하나도 알아들을 수 없었지만 지원과 현우는 언제나 큰 소리로 웃으며 인사를 건넸다. 동네 한가운데 너른 옥수수밭을 중심으로 주홍색과 파란색 지붕을 인 집들이 옹기종기 모여 있었다. 여름에는 수국이 피었고, 가을에는 집집마다 고추를 말리는 모습을 볼 수 있는 정겨운 동네였다. 산책을 나설 때면 그들은 미술관에 전시된 그림을 감상하듯 바라봤던 그 풍경 속의 일원이 됐다는 사실에 들떴다.

언덕을 내려가던 현우는 개 한 마리가 쫓아오고 있다는 사실을 깨달았다. 섬이라 목줄도 하지 않고 자유롭게 키우나 보다, 라고 생각했다. 현우가 바라보자 눈치를 보듯 꼬리를 흔들며 다가왔다. 마을 안에 있는 유일한 편의점에 들러 소시지를 사서 주었더니 금방 꿀꺽 삼켜버렸다. 개는 계속 꼬리를 흔들었다. 현우가 아무것도 없는 두 손을 들어 보이고 뒤돌아섰지만 개는 마을에서 역시나 유일한 미용실에 도착할 때까지 뒤를 따라왔다.

다행히 파마를 마친 할머니 둘이 나가고 있어 미용실 안은 한산했다. 원장은 현우를 반갑게 맞았다. 냉장고에서 요구르트를 꺼내 빨대까지 꽂아서 건네주었다. 어린아이처럼 현우는 빨대를 입에 물고 자리에 앉았다.

"여행 왔나 봐요?"

원장은 능숙하게 가위질을 하며 물었다.

"아니요. 아주 살려고 이사 왔어요. 저 언덕 위의 집이요.

곧 카페를 열 텐데 원장님도 놀러 오세요. 그때 떡도 돌릴게요."

그때부터 원장의 말수가 적어졌다. 머리카락만 툭툭 발밑에 떨어졌다. 현우는 애꿎은 빨대를 잘근잘근 씹었다. 요란한 바리캉 소리만 미용실 안에 가득 찼다. 차가운 금속이 피부에 닿을 때마다 현우는 서늘해져 목을 움츠렸다. 어색한 시간이 지나고 머리가 마음에 든다며 환히 웃는 현우에게 원장은 인사를 건네는 대신 툭 내뱉듯 말했다.

"개는 키우지 말아요."

현우는 당황했지만 빈 요구르트병을 들고 쫓기듯 밖으로 나왔다. 아까 그 개가 다른 개들과 어울리며 현우를 기다리고 있다가 반갑게 꼬리를 쳤다. 무리와 함께 있는 개는 홀로 있을 때와는 달리 당당해 보였다. 여러 마리가 모여 있으니 위협적으로 느껴지기까지 했다. 돌아서는 현우를 향해 몇 번 짖더니 아쉬운 듯 무리를 따라 사라졌다. 육지로 돌아간 사람들이 버린 개들일 거라는 생각이 뒤늦게 들었다.

전에 지원과 여행 올 때마다 자주 오래 머물렀던 마을이었다. 그때와 달리 마을의 전체적인 균형이 어딘가 흐트러졌다고 느낀 건 육지에서 복사해 와 붙여넣기를 한 것 같은 건물들이 늘어난 탓일까. 현우와 지원도 그런 것들 중 하나일지도 모른다.

현우는 들고 있던 빈 요구르트병을 만지작거리다 미용실 문 앞에 붙어 있는 벽보를 발견했다. 들어갈 때는 미처 보지 못했다. 제2공항 건설을 반대한다는 내용이었다. 몇 발자국 떨어져 있지 않은 전봇대에는 찬성 벽보가 붙어 있었다. 현우도 이 동네에 자리 잡게 되었으니 입장을 정해야 할 때가 올 것이다. 지원과 현우가 좋아했던 마을의 분위기를 유지하려면 반대해야 하지만 카페가 자리를 잡으려면 찬성하는 게 현명한 선택일지 모른다. 현우는 회사를 떠나올 때처럼 자신의 입장을 정하지 못했다.

작가들이 대거 해고된 이후 회사는 이미지 쇄신이라도 하듯 프리랜서 피디들을 대상으로 이례적으로 정규직 전환 절차를 진행했다. 현우도 그 후보에 포함되었다. 정규직 직원들도 10년을 매일같이 얼굴을 보며 일을 해 가족 같은 사람들이었다. 환영은 하지 못해도 적어도 반대하지는 않을 것이라 여겨졌지만, 설문조사 결과 강력한 반발에 부딪히면서 백지화되었다. 이에 분노한 동료들이 노조를 결성하자고 나섰을 때 현우는 섬으로 떠날 계획을 밝혔다. 그들은 현우가 낭만적이라고 했다. 하지만 현우는 자신이 현실적인 거라고 여겼다. 너무도 기나긴 싸움이 될 게 뻔했다. 계약서도 없이 일해온 그들의 시간을 증명할 문서는 없었지만, 조직의 논리를 증명할 자료는 많았다. 적은 예산, 구성원들을 상대로 한 설문조사 결과. 그리고 빈자리를 대체할 인력은 얼마든지 있다는, 군이 문서로 증명할 필요도 없는 그 분명한 사실이 조직을 든든하게 받쳐줄 것이었다.

짧아져 한결 가벼워진 머리와 달리 생각이 많아진 얼굴로 집에 돌아온 현우는 그 뒤로 들개에게 함부로 간식을 주지 않았다.

툭. 툭툭툭툭.

침묵을 깨는 소리에 그들은 놀라 일어났다. 제빙기에서 얼음이 떨어지는 소리임을 깨달은 현우는 그 앞으로 달려갔다. 지원도 손님에게 양해를 구하고 현우를 따라갔다.

툭. 툭. 토토토톡.

"신기하다. 정말 얼음이 만들어지네."

"그치?"

지원과 현우는 낮에 나눴던 대화도, 불청객이 던져준 걱정거리도 잠시 잊고 이제 막 만들어진 얼음을 보며 신기해했다.

제빙기는 차로 5분 정도 떨어진 곳에 있는 한 카페에서 얻어 왔다. 그들이 함께 여행을 올 때마다 종종 들렀고, 각자 여행을 왔을 때도 찾아갔던 카페였다. SNS에서도 화제가 되어 장사가 꽤 잘된다고 알고 있었다. 사장은 그들이 섬에 카

136

페를 열고 싶다는 계획을 알리자 적극적으로 찬성하며 어떤 것을 미리 준비하면 좋을지 차근차근 일러줬다. 사장은 제일 조명이 좋은 자리로 데려가 둘의 사진을 찍어주며 이곳을 오래오래 지키고 싶다고 했다. 그런데 지원과 현우가 이사를 오고 나서 다시 찾아간 카페에는 폐업을 예고하는 팻말이 붙어 있었다. 사장은 육지로 돌아간다고 했다. 카페에서 썼던 물건들을 정리 중이라며 제빙기를 건넸다. 왜 떠나는지 이유를 묻지 않았다. 아니 물을 수 없었다. 제빙기를 싣고 돌아오는 차 안에서 지원과 현우는 둘 다 말이 없었다. 집에 돌아온 현우는 무덤 쪽을 가리키며 화가 난 사람처럼 선언하듯 말했다.

"이장이 끝나면 저 자리에 그네 의자를 놓을 거야."

현우는 무덤이 자리를 비켜주지 않고 고집을 부리며 그들의 정착에 반발하고 있다고 생각했다. 주변의 들풀이나 나무들은 힘이 없는데 무덤을 덮은 풀과 주변에 심긴 꽃들만 생기 있고 촉촉해 보이는 건 기분 탓일까. 현우에게는 마치 무덤이 하루하루 자라고 있는 것처럼 느껴졌다. 지원은 쉽사리 고개를 끄덕였다. 현우는 왠지 모를 서운함을 느끼곤 그런 자신의 마음에 당황했다.

"저 사람 누구 닮은 거 같지 않아?"

지원이 현우의 곁에 바짝 붙어 속삭였다. 현우의 대답을 기다리지 않고 지원은 자신이 엉뚱한 생각을 한 것을 자책하듯 털어놓았다.

"처음 봤을 때 난 아버지인 줄 알았어."

어이없지 않으냐는 듯 미소 지으며 말하는 지원을 보며 현우의 심장이 덜컥 내려앉았다. 현우는 지원에게 자신은 선배를 떠올렸다고 이야기할까 망설였다. 이미 선배와의 일로 지원과 여러 번 싸운 적이 있었다. 입사 초기 선배를 따라 술자리에 자주 갈 때는 이해해 주었지만 현우가 정작 중요한 고민은 선배에게 털어놓는다는 사실을 알게 된 뒤부터 선배의 이야기가 나오면 지원은 예민해졌다.

선배는 가장 먼저 사무실에 출근했다. 현우가 그다음으로 출근했다. 사무실에 들어서면 프린터에서는 선배의 원고가 출력되고 있었고 선배는 자리에 없었다. 아마도 담배 연기를 여유롭게 내뿜고 있을 선배의 뒷모습이 그려졌다. 현우는 막 출력된 원고를 챙겼다. 뜨끈했다. 한 장 한 장 넘겨 보던 그 원고의 온기가 좋았다. 현장에서 영상으로 담는 순간 느꼈던 자신의 감정과 선배가 쓴 내레이션이 일치할 때마다 마음이 진동했다. 보람이나 설렘이라는 단어로 표현할 수 없는 그 진동의 정체처럼 당시 선배에 대한 감정도 동료애나 우정, 존경 혹은 애정이라는 단어로 설명하기에는 충분하지 않았다.

그러나 지원의 생각처럼 현우가 선배에게 이성적인 관심을 가진 적은 없었다. 열두 살이라는 나이 차이 때문만은 아니었다. 선배 앞에서는 어린애가 되고 막내가 되었다.

"제가 못한대요."

　3년 차에 접어든 현우가 선배와 함께하던 프로그램 대신 다른 프로그램 AD로 배치된 지 한 달 정도 지난 뒤였다. 선배와 통화를 하면서 담담하게 말하려 하는데 자신의 목소리가 떨린다는 것을 느낀 순간 서러움에 눈물이 떨어졌다. 선배는 괜찮아, 앞으로 잘하면 되지, 누구나 실수하잖아, 라는 형식적인 말 대신 아니야. 넌 잘해. 그럴 리가 없어. 라고 단호하게 얘기해 줬다. 하지만 걱정이 됐는지 그 뒤로 몇 번씩 방송 모니터를 해줬다. 빼곡하게 피드백이 담긴 문자가 도착했다. 현우는 처음엔 고마워했지만, 시간이 흐를수록 일에 익숙해졌고 어느 순간부터 선배에게 형식적인 답장을 남겼다. 그러다 메인 PD를 맡게 된 뒤부터는 선배가 회사를 떠날 때까지 일에 대한 조언을 구하지 않았다. 현우는 선배에 대해 느꼈던 이전의 감정에 대해서도 지원에게 설명할 수 없었지만, 이후에 느꼈던 불편한 마음에 대해서도 지원에게 설명하지 못했다.

　선배가 회사를 떠나고 몇 달 후 문자가 왔다. 부고 문자였다. 선배의 아버지나 어머니가 아닌 선배 본인의 죽음을 알리는. 선배는 모순적인 면이 있고 즉흥적인 성격이었지만 어떤 일이든 쉽게 해결하는 사람이었다. 20년 동안 일해놓고도 구차하게 굴지 않고 쿨하게 다른 자리로 떠나버리는 사람. 장례식장에서 현우는 그런 기억이 잘못되었을지도 모른다는 생각을 처음으로 했다. 선배는 유튜브 사업에 뛰어들었다. 조회수도 나쁘지 않았고, 새로운 곳에서 행복해 보였는데. 선배가 죽음을 선택한 정확한 이유는 아무도 몰랐다. 아는 얼굴 틈에 끼어 앉아 소주를 마셨다. 빚에 시달렸고, 술을 많이 마셨다더라. 함부로 죽음의 이유에 대해 떠드는 소리를 묵묵히 들었다. 그중에 계약서에 관한 이야기만은 없기를 바라면서.

회사 일이 기사화되자 누군가는 회사 편을, 누군가는 노조 편을 들었다. 현우는 양쪽 다 불편했다. 공정하지 않다는 비난도, 섣부른 동정도 막 출력된 원고에서 느껴지던 온기 따위는 아무것도 아닌 것으로 만들었다. 현우는 회사를 떠나던 날을 기억했다. 상자를 꺼내 짐을 챙겼다. 추울 때면 덮었던 카디건을 개켜 넣었고, 회사 마크가 찍혀 있는 시계도 담았고, 폴라로이드 사진을 떼어냈다. 클립 하나라도 남기지 않으려고 꼼꼼하게 살폈다. 후임자에게 필요한 자료들만 남기고 하드 메모리도 깨끗이 삭제했다.

현우는 카운터 너머로 그의 얼굴을 지그시 바라봤다. 이

육고 지원에게 머리를 저어 보이며 말했다.

"아니, 평범한 얼굴이야."

현우는 얼음을 가득 담은 컵에 찬물을 채우고 진한 에스프레소를 부었다. 죽은 사람들은 서로 닮는 건지도 모른다는 생각을 하며.

현우와 지원은 그와 다시 마주 앉았다. 그는 마시는 법을 잊어버린 사람처럼 테이블에 놓인 컵을 한참 바라봤다. 현우가 스트로를 갖다 주자 그제야 단숨에 비웠다.

현우는 협상 테이블에 앉아 있는 듯 결연한 표정을 지으며 다시금 말을 꺼냈다.

"그 옆에 작은 무덤도 함께 이장해 드릴 수 있습니다. 그리고……."

현우는 빠듯한 예산이 떠올라 바로 말을 잇지 못하고 망설이다가 이내 결심을 굳히고 말했다.

"웃돈을 조금 얹어드릴게요."

그가 물었다.

"그럼, 어디로 가야 하나요?"

현우는 당황했다.

"마땅히 이장할 곳이 없으시다면 저희가 봐둔 공동묘지도 있어요."

또 침묵이 이어지자 이번에는 지원이 물었다.

"그런데 혹시 그 작은 무덤에는 누가……."

그가 미간을 찌푸리며 고민하더니 말했다.

"비어 있었어요."

"비어 있다고요?"

현우는 헛묘일 수도 있을 거라는 이장 대행 업자의 말을 기억해 냈다. 명당이니까 묏자리를 미리 맡아둔 걸 수도 있고 유해가 사라진 누군가를 기리기 위해 봉분만 만들어둔 걸 수도 있다고 했다. 옆에서 업자와 현우의 대화를 듣고 있던 지원은 유해가 없다면 어떻게 이장을 하느냐고 물었고 업자는 봉분을 옮긴다고 답했다. 비석이 있다면 비석도 함께.

지원은 텅 빈 무덤 안을 떠올리다 도배를 반쯤 하다 말고 놔둔 작은방을 떠올렸다. 아직 죽지 않은 누군가를 위해 무덤 자리를 마련해 두는 것과 아직 태어나지 않은 아기방을 마련해 두는 것. 어떤 차이가 있을까.

현우는 작은방에 도배할 벽지로 하늘빛 바탕에 구름 무늬를 골라 왔다. 지원은 현우가 내심 그 방을 아기 방으로 정했다는 걸 알고 있었다. 낡은 벽지를 떼어낸 벽은 집의 세월을 고스란히 드러냈다. 군데군데 붉게 변하고 벗겨진 것이 아버지의 피부 같았다. 천장의 벽지를 뜯어내기 위해 현우가 올라가 있는 사다리를 잡고 있었다. 천장의 벽지를 뜯어내자 먼지가 입 안으로 들어왔다. 아버지의 병실에 들를 때마다 입 안으로 무언가 날아들던 기억이 떠올랐다. 먼지라고 하기에는 크기가 제법 컸다. 지원은 정체를 알고 있었다. 아버지의 피부 껍질이었다. 일일이 뱉어낼 수 없어 입에 물고 있었다. 병실은 햇빛이 잘 들었다. 햇빛 사이로 먼지와 뒤섞여 아버지의 피부조직이 푸슬푸슬 날아다니는 게 보였다. 침대에, 바닥에 싸리눈처럼 얇게 깔려 있기도 했다. 그렇게 아버지는 점점 작아져 갔다. 지원은 병실 문을 나서면 화장실로 달려가 입 안에 물고 있던 아버지의 피부 껍질을 뱉어냈다. 옷에 쌓인 것들도 털어냈다. 지원은 몇 번이고 침을 뱉었다.

지원은 그때처럼 먼지를 뱉어내며 선언하듯 말했다. 묘를 이장하고 나면 그 자리에 그네 의자를 놓자고 말하던 현우처럼 화가 난 듯한 목소리로.

"우리 아기는 낳지 말자."

툭…… 툭툭툭툭.

얼음 떨어지는 소리는 시차를 두고 계속 들려왔다. 그 소리를 비집고 그가 고백하듯 말했다.

"사실은 당신 둘이 나누는 이야기를 그동안 다 들어왔어요."

호기심에 가득 찬 얼굴로 기웃거리던 관광객 중에 그가 있었을까. 현우는 지원과 나누었던 대화를 떠올렸다. 섬에 온 초기에 지원이 너무 오래 무덤 앞에 앉아 있으면 현우가 농담을 건네곤 했다.

"둘이서 내 험담이라도 하는 거야?"

언젠가는 지원이 무덤을 돌보다 현우에게 장난스럽게 말했다.

"뭐 이렇게 같이 사는 것도 괜찮지 않을까. 공동묘지 같은 단체 생활을 어려워할 타입 같아."

그러다 차츰 무덤을 사이에 두고 지원이 툭툭 던지는 말이 현우의 마음을 무겁게 했다.

"저 작은 무덤 말이야. 반려동물이 아니라 아기일 수도 있잖아.""저 사람, 아니 뭐 저쪽 입장에서는 우리가 침입자인 거지."와 같은 말들.

캄캄한 밤이 되면 섬은 더 고요했다. 파도 소리와 풀벌레 소리, 바람 소리를 들으며 누워 있다가 현우는 지원에게 무덤 이야기는 그만하라는 말은 하지 못하고 시비 걸듯 말했다. 반쯤은 놀리고 싶은 마음이었다.

"그런데 귀신 얘기 자꾸 하면 와서 듣는다는 말 알아? 잘하는지 못하는지."

지원은 반쯤 졸음이 온 목소리로 대꾸했다.

"난 안됐다는 생각이 들었어. 죽어서도 그런 거야. 사람이란 게."

"뭐가 그래?"

지원은 말이 없었다. 돌아보니 어느새 잠이 들어 있었다. 뭐가 죽어서도 그렇다는 걸까. 자신의 이야기에 귀 기울이게 된다고? 잊히고 싶어 하지 않는다고? 현우는 내내 생각하다 겨우 잠이 들었다.

현우는 회사 단톡방을 나온 지 오래였지만 노조에서 만든 방에서는 나오지 못했다. 섬에 온 뒤로 알림을 꺼놓은 채팅방은 하루가 지나고 나면 읽지 않은 메시지가 천 개를 넘어갔다. 현우는 잠이 오지 않는 밤이면 쌓여 있는 대화를 읽었다. 1인 시위 계획과 함께 오고 가는 언쟁과 불안과 한탄, 조금만 더 버티자는 격려와 쓸데없는 농담, 그리고 회식 메뉴까지 빠짐없이. 1인 릴레이 시위가 시작되면서 낯익은 얼굴들이 피켓을 들고 비장한 표정으로 회사 앞에 서 있는 사진이 올라왔다. 이를 보도한 기사의 링크도 함께. 남아 있던 숫자 1이 사라지면 현우가 읽었다는 것을 알아채는 이도 있을지 몰랐다. 하지만 아무도 현우에게 말을 걸어오지 않았다. 땅속에 묻혀 있다면 이런 기분일까. 마치 무덤 아래서 살아 있는 사람들의 대화를 듣고 있는 것 같았다.

현우의 휴대전화 진동이 울렸다. 업자에게서 온 문자였다. 급히 처리해야 할 일 때문에 육지에 와 있어서 통화가 어렵다며, 우선은 잘 이야기해서 보내면 자신이 내일 와서 해결하겠다는 내용이었다.

"오늘은 그만 돌아가시는 게 좋을 것 같아요. 내일 다시 이야기하시죠."

하지만 그는 현우의 말에 개의치 않고 생각났다는 듯 말했다.

"아, 가끔 길 잃은 아이들이나 들개들이 와서 자고 가요. 최근에는 새였어요. 참새 같기도 하고 비둘기 같기도 하고 어떤 새인지는 모르겠지만 작은 새였어요. 며칠 전 날아가더니 돌아오지 않더라고요. 덕분에 편하게 잤어요. 아침마다 울어서 시끄러웠는데……."

왜 저렇게 말하는 걸까. 마치 자신이 지금 무덤에 있는 사람인 것처럼. 현우와 지원은 동시에 서로를 쳐다봤다.

고요한 가운데 툭. 툭. 얼음이 떨어지는 소리만 들려왔다. 지원은 그제야 생각났다는 듯 물었다.

"선생님 그런데 성함이 어떻게 되세요?"

"너무 오래 혼자 있었나 봐요. 기억이 나질 않아요."

지원은 어쩌면 그들이 같은 꿈을 꾸고 있는 중일지도 모른다고 생각했다.

"어제는 정말 오랜만에 책을 읽을 수 있어서 좋았어요."

그의 말에 지원은 어제 상자에 묵혀두었던 눅눅해진 책들을 꺼내 무덤 주위에 펼쳐놓고 말렸다는 사실을 기억해 냈다. 지원은 허튼 생각을 지우려고 노력하며 현우를 바라봤다. 현우도 지원의 생각을 알아차렸는지 가만히 고개를 저었다.

그는 말없이 통창 너머를 바라보고 있었다. 지원과 현우가 무덤 너머에 있는 바다를 바라볼 때처럼.

툭…… 툭툭…… 툭.

제빙기에 채운 물이 이제 거의 다 얼음으로 변했는지 얼음이 떨어지는 소리의 간격이 길어졌다. 지원과 현우는 제빙기를 준 카페 사장이 마지막 영업 날이라고 SNS에 올린 사진에 '좋아요'를 누르지 않았다. 제빙기 잘 쓸게요, 라는 댓글도 달지 못했다.

그는 남은 얼음을 오독오독 씹어 먹으며 생각에 잠겼다가 입을 열었다.

"그러니까 제가 원하지 않으면 옮기지 않아도 된다는 거죠?"

현우와 지원은 마주 보았다.

"법적으로는 그렇죠. 그런데 아까도 말씀드렸지만……"

그는 고집스럽게 입을 다물었다. 당당하게 자신을 돌볼 것을 강요하던 지원의 아버지처럼 보이기도 했고 선배가 남겨놓은 잔디 인형 같기도 했다. 현우는 그가 차라리 유령이나 영혼인 편이 낫겠다는 생각이 들었다. 죽은 사람은 아무런 힘이 없으니까.

"지금처럼 같이 지낼 수는 없을까요?"

그는 간절해 보였다. 현우는 뒤돌아 무덤 두 개가 있는 쪽을 바라봤다. 하지만 이제 창밖은 완전히 어둠에 잠겨 아무것도 보이지 않았다.

선배의 장례식장에서 돌아온 날, 현우는 지원에게 말했다.

"우리 섬에 갈까?"

지원은 처음에 여행이라도 다녀오자는 말인 줄 알았다. 전에 일했던 출판사에 자리가 있는지 알아보던 중이었다. 아버지는 늙으면 빨리 죽어야지, 라는 말을 입버릇처럼 했다. 그리고 어쩌면 그 말대로 되었기에 이 섬에 올 수 있었다. 2년을 꼬박 일해도, 아니 정년까지 일하다 퇴직금을 받는다고 해도 지원이 모을 수 없는 금액이었다, 사망보험금은. 그 돈 덕분에 빚을 크게 지지 않고 이 집을 구할 수 있었다. 어쩌면 지원이 한 것은 간병이 아니라 투자가 아니었을까. 그 생각이 때때로 그녀를 괴롭혔다. 아버지가 지원에게 간병을 당당하게 요구할 수 있었던 것도 어쩌면 그 때문일지 모른다. 자신이 직장을 그만둘 수 있었던 것도 내심 그런 계산을 했기 때문은 아니었을까. 시간을 허투루 쓰지 않았던 아버지가 마지막까지 읽고 있던 책은 지원이 출판사를 그만두기 직전 만든 책이었다. 어느 축구선수가 스포츠 영웅이 될 때까지의 과정이 담긴 분투기였다. 접어놓은 페이지가 많아 책은 본래보다 불룩했다. 아버지가 밑줄을 반듯하게 그어놓은 문장들을 찾아 읽으며 지원은 슬픔을 느끼지 않았다. 다만 무서웠다.

현우는 결코 카페 일이 쉬울 거라고 생각하지 않았다. 그저 섬에 머물 수 있게 해주는 정도의 수입을 기대했다. 동료들의 말대로 현우는 낭만적이었는지도 모른다. 이제는 밀려나지 않을 자리, 변하지 않는 자리가 갖고 싶을 뿐이다. 자신의 명의로 된 집을 갖고, 혼인신고를 하고, 아이를 낳아 출생신고를 해서 존재를 증명해 줄 문서를 서둘러 만들고 싶었다.

현우는 섬에 오기 전까지 언제나 좋은 일들은 다음으로 미루고 그다음을 기약하며 살아왔다. 지원이 여기서 행복하지 않으면 다른 곳에 가도 마찬가지라는 아버지의 말을 오래도록 믿고 산 것과 비슷했다. 그래서 결과적으로 그들은 하루하루를 충실하게 살아낼 수 있었다.

툭…… 툭…… 툭.

얼음이 떨어지는 간격이 더 길어졌다. 현우는 지원이 고
개를 끄덕일까 봐 겁이 났다. 집을 계약했던 그날처럼 다른
길로 달려가 버릴까 봐.

집을 계약한 날, 기분이 좋았던 그들은 자전거를 타고 마
을 일대를 돌다가 현우의 자전거 체인이 빠져 길가에 멈춰
섰다. 현우가 체인을 손보는 동안 지원은 현우와 멀어지는
걸 알면서도 가보고 싶은 길로 달려갔다. 현우가 부르는 소
리를 들었지만 좀 더 가보고 싶었다. 하염없이 자전거 페달
을 돌리다 보니 해변이 나타났다. 가로등도 몇 개 없는 주변
에 저녁 어스름이 깔리고 있었다. 해변과 아주 가까운 거리
에 작은 섬이 있었다. 바다 위로 하얀 섬이 뽀얗게 떠올랐다.
새하얀 꽃으로 뒤덮여 있는 것이 보였다. 지원은 사진을 찍
고 있는 관광객에게 꽃 이름을 물었다.

"문주란이라고, 저 섬에만 있는 꽃이에요. 모아놓은 거죠.
훼손되지 않도록."

관광객은 물때를 맞추면 바닷물이 무릎 밑까지 내려와서
섬까지 걸어서 갈 수 있다고 덧붙였다. 하지만 출입이 제한
되어 있어 가끔 청소하러 가는 사람들만 들어갈 수 있다고.

아버지가 좋아하던 가수의 이름과 같은 꽃으로 뒤덮인 그
섬은 아름답다기보다는 바다 위에 떠 있는 무덤 같아 보였

다. 훼손되지 않도록. 지원은 그 말을 중얼거리다 문득 불길한 예감에 사로잡혔다. 뒤돌아보니 어느새 따라온 현우가 자전거에 탄 채로 손을 흔들고 있었다. 어쩌면 여기서도 우리는 결국 똑같이 살아갈지도 모른다는, 그 예감이 주는 불길함에 대해 지원은 그때도 말하지 못했고 앞으로도 말하지 못할 것이다.

그저 지원은 탁자 밑으로 현우의 손을 찾았다. 현우는 기다렸다는 듯이 지원의 손을 마주 잡았다. 그들은 서로의 손을 꽉 쥐었다. 처음 이 집을 봤던 그날처럼. 더 이상 얼음이 떨어지는 소리가 들려오지 않았다.

● 구부린 마음

구부린 마음

미발표작

줄의 맨 끝이었다.

앞 사람은 등산용 배낭을 메고 파란 야구 모자를 쓰고 있었다. 게임을 하는지 고개를 푹 수그려 햇볕에 노출된 목덜미가 벌겠다. 까치발도 해보고, 줄 밖으로 고개를 내밀어도 봤다. 이 줄이 대체 어디서 시작됐는지 도통 알 수가 없었다.

회사에서 나와 광장을 가로질러 가던 길에 줄을 발견했다. 무슨 줄일까, 가까이 다가가 기웃거리고 있는데 줄 끝에 있던 사람이 손짓했다. 여자의 큰 눈과 마주친 순간 홀린 듯 다가간 건 애리와 닮아서였다. 고등학교 3학년 때 같은 반이었던 애리는 갈색 머리에 눈이 컸다. 흰자위가 거의 보이지 않을 정도로 크고 까만 동공이 인상적이었다. 애리의 마른 몸피에 비해 컸던 교복은 바람이라도 불면 허수아비에게 입

혀놓은 옷처럼 펄럭이곤 했다. 내가 가까이 가자 여자는 기다렸다는 듯이 내 팔을 잡아 끌어당겼다. 얼음장처럼 차가운 손이 닿자 팔뚝의 잔털이 일제히 일어섰다. 여자의 입에서 나온 말은 뜻밖이었다.

"자리 좀 맡아주세요."

여자는 어깨에 메고 있던 에코백 안을 뒤적이더니 책 한 권을 꺼냈다.

"이거면 되겠죠?"

뭐가 된다는 뜻인지도 모른 채 어리둥절하고 있는 사이 내 손에는 어느새 얄팍한 시집이 들려 있었다.

"심심하면 읽어도 돼요."

여자는 한마디 덧붙이고 줄 앞쪽으로 뛰어갔다. 포대 자루처럼 밋밋한 여자의 원피스가 바람에 휘날려 나풀거렸다. 여자는 이내 시야에서 사라졌다.

수요일 한낮의 광장은 고요하지만 분주했다. 점심 식사를 마친 회사원들이 종종걸음으로 광장을 가로질러 일터로 복귀하고 있었다. 행사가 있는지 천막을 설치하는 인부들도 보였다. 분수대 앞에 커플들이 앉아 아이스크림을 나눠 먹고 있었고, 나무 그늘은 노인과 비둘기들이 차지했다. 정오를 지나면서 햇빛은 점점 더 강해지고 있었다. 정수리가 뜨거웠다. 뒤집힐 때를 놓친 불판 위 고기가 이런 기분일까. 여자가 준 시집으로 정수리를 가렸다.

그때 앞 사람의 파란 모자 너머로 하얀 토끼 귀 두 개를 발견했다. 토끼 귀가 까닥거리며 다가오고 있었다. 설마 저렇게 큰 토끼가 있으려고. 헛것을 봤나 해서 두 눈을 크게 떴다. 교복을 입은 여자아이가 토끼 귀가 달린 머리띠를 하고 있었다. 내가 미친 건 아니구나. 나도 모르게 한숨을 쉬었다.

토끼 귀는 줄을 선 사람들을 손가락으로 하나하나 가리키며 입을 오물오물하면서 걸어오고 있었다.

"363, 364, 365."

토끼 귀가 내 앞에 멈췄다. 고등학생으로 보이는 토끼 귀 손에 부채와 요술봉 비슷한 것이 들려 있었다. 토끼 귀는 나에게 배꼽 인사를 한 뒤 간절한 눈빛으로 이야기를 하기 시작했다.

"언니가 365번째예요. 정말 행운이세요. 1년이 365일이잖아요."

'덕이 많아 보이시네요'의 새로운 접근 방법인가 해서 나도 모르게 한 발 뒤로 물러섰다.

"언니, 직장 다니시죠?"

토끼 귀가 추궁하듯 물어 나도 모르게 고개를 끄덕이며 변명하듯 말했다.

"반차 냈어."

"요즘 취직하기 힘들다던데 다행이네요."

토끼 귀는 내 눈을 쳐다보며 점점 열변을 토했다.

"언니는 언제 입덕하셨어요? 저는 데뷔 전부터 졸라 좋아했어요. 용돈 다 쏟아부어도 단 한 번도 팬싸 당첨 안 되고 티케팅도 다 광탈당해서 실물을 본 적이 없거든요. 언니도 물론 반차까지 내시면서 힘들게 줄을 서 계셨던 거겠지만요. 언니는 기회가 많잖아요. 저는 이번밖에 기회가 없어요."

무슨 기회를 말하는 건지 몰라도 나이가 어린 너에게 있어도 훨씬 많을 거라며 오류를 바로잡아 주고 싶었지만 그게 중요한 게 아니었다. 문제는 분명 한국말인데 토끼 귀의 말을 알아들을 수가 없다는 데 있었다. 난 토끼 귀가 말을 끝낼 때까지 참지 못하고 물었다.

"이 줄이 무슨 줄인데?"

토끼 귀가 어이없다는 듯 나에게 다가와 귀에 속삭였다.

"언니, 이 줄이 무슨 줄인지도 모르고 지금 서 계신 거예요? 오늘이 우리 애들 데뷔 1주년이에요. 게릴라 팬 미팅이라고요."

찬찬히 살펴보니 요술봉처럼 보이던 것은 응원봉이었다. 토끼 귀가 들고 있는 부채에는 윙크하며 해사하게 웃고 있는 낯익은 얼굴이 인쇄되어 있었다. 이름은 떠오르지 않았지만 요즘 TV나 지하철역 대형 광고판에서 많이 본 얼굴이었다. 토끼 귀의 암호 같은 말을 해독하자면 토끼 귀가 사랑하는 아이돌그룹의 데뷔 1주년이 바로 오늘이었다. 서울에 있는 광장 어딘가에서 1주년 이벤트로 게릴라 팬 미팅이 열린다는 소식을 접한 팬클럽 회원들은 일단 서울에 있는 광장이란 광장은 다 찾아다니고 있다는 얘기였다. 장소를 맞게 찾아 줄을 서더라도 1주년 기념이니 365라는 숫자에 맞춰 365명에게만 '우리 애들'의 실물을 볼 기회가 주어진다는 게 요지였다.

"그럼, 여기가 아닐 수도 있는 거네?"

"여기가 맞을 수도 있죠."

"그런데 여기는 내 자리가 아니야."

"그럼 누구 자리예요?"

곱게 화장한 토끼 귀의 얼굴은 땀으로 범벅돼 애처로워 보였다. 어차피 내 자리도 아닌데 양보해도 그만 아닐까.

내가 망설이고 있는 사이 파란 모자가 뒤돌아서더니 끼어들었다.

"너 여기 설래?"

파란 모자의 얼굴은 뒷모습을 보며 짐작했던 나이보다 앳돼 보였다.

"정말요?"

토끼 귀는 신이 나서 응원봉에 불을 켜고 흔들어댔다.

"내가 한 세 시간 가까이 서 있었거든. 자릿값 한 십만 원이면 나쁘지 않지?"

파란 모자가 다정하게 웃으며 말하자, 토끼 귀의 얼굴이 순식간에 일그러졌다.

"왜, 비싸?"

"아니요. 물론 그만한 가치가 있긴 하지만. 여기인지 확실하지도 않고."

토끼 귀가 세차게 도리질하자 빳빳이 서 있던 오른쪽 귀가 반으로 꺾여 구부러졌다. 더 안쓰러워 보였다. 그때 토끼 귀의 휴대전화가 요란하게 울렸다. 토끼 귀는 입을 막고 속삭였지만, 통화 내용은 고스란히 다 들렸다.

"아까 전화 왜 안 받았어? 나 서울광장에 있다가 지금 광화문이야. 364번째 자리 사려고. 십만 원이래. 졸라 비싸. 그래도 이게 어디야. 365번 언니도 잘 설득하면 될 것 같아. 빨리 와."

통화를 끝내고 뒤돌아선 토끼 귀가 굳은 결심을 한 듯 말했다.

"살게요."

"현금만 된다."

"그런데 제가 지금 잔액이 부족해서 그런데 나눠 내면 안

될까요?"

토끼 귀는 머뭇거리며 얼굴을 붉혔다. 파란 모자는 대답
도 없이 단호하게 고개를 흔들었다.

"기다려 주세요. 제가 꼭 돈 구해 올게요."

파란 모자는 달려가는 토끼 귀의 뒷모습을 쳐다보다 가방
에서 핸디 선풍기를 꺼냈다. 바람을 타고 시큼한 땀 냄새가
전해졌다.

돈을 구하지 못한 걸까. 십만 원이 아까워진 걸까. 토끼 귀
는 30분이 흘렀는데도 오지 않았다. 파란 모자는 도로 게임
에 열중하느라 신경 쓰지 않는 듯했다. 나는 회사 건물 쪽으
로 눈을 돌렸다. 누군가 나오더니 광장 쪽으로 걸어오고 있
었다. 익숙한 실루엣과 걸음걸이, 우리 팀 막내였다. 낭패한
심정으로 파란 모자 등 뒤로 몸을 숨겼다.

어느새 오후 두 시였다. 커피 앤 케이크 타임을 준비해야
할 시간이다. 커피 앤 케이크 타임은 말 그대로 팀장과 모
든 팀원이 모여 커피를 마시고 케이크를 먹는 시간이었다.
지금의 팀장이 승진하던 해인 오 년 전부터 시작됐다고 했
다. 바쁜 하루 중에 시간을 내어 차를 마시는 여유를 갖자
는 게 본래 취지였다. 그 여유를 만들기 위해 팀원들은 오
전 내내 바쁘게 일하거나 야근을 해야 했다. 케이크와 커피

값의 반은 법인카드로 결제했고, 반은 팀원들이 회비를 걷어 충당했다. 회사 건물 바로 옆 프랜차이즈 커피숍에도 케이크가 있었지만, 팀장은 광장 건너편 수제 케이크 집을 고집했다.

그 수제 케이크 가게는 내가 서 있는 곳에서 불과 3분 거리였다. 막내가 "왜 여기 서 있냐?"고 물어오면 뭐라고 대답해야 할까. 나이만 막내일 뿐 대부분 경력직 또는 계약직 직원인 이곳에서 막내는 팀장과 입사 동기였고 회사 사정에 밝았다. 어쩌면 막내는 나에게 인사도 하지 않고, 반차를 내고 나간 대리가 하릴없이 줄을 서 있더라고 팀장에게 보고할지도 모를 일이었다.

본래 팀장이 건네준 카드를 받아들고 광장을 가로질러 걸어가고 있어야 할 사람은 나였다. 한 달 전 사내 식당에서 식권으로 점심을 먹은 뒤 사무실로 올라오자 자리에 앉아 있던 팀장이 팔을 높이 치켜들며 "언니!" 하고 불렀다. 가까이 다가가자 카드를 내밀었다.

"언니가 안목이 좋잖아."

케이크를 고르는 일에 어떤 안목이 필요한지 잘 몰랐다. 하지만 매일매일 치즈, 블루베리, 딸기, 초콜릿 등등 다양한 종류를 맛볼 수 있도록 심사숙고해서 골라 왔다. 그런데 오늘은 오전부터 머리가 아프고 배도 아팠다. 진통제 두 알을 먹어도 통증이 가라앉질 않았다. 점심을 먹으러 가기 전 반차를 내버렸다. 결재해 주면서도 팀장의 표정은 기습을 당한 듯 좋지 않았다. 회사에서 빠져나오자 통증이 사라져 꾀병을 부리다 걸린 아이처럼 머쓱해졌다.

난 최대한 고개를 푹 숙이고 시집을 펼쳐 얼굴을 반쯤 가린 채 막내의 움직임을 쫓았다. 커피 전문점에 먼저 들러 커피 다섯 잔을 주문한 뒤, 바로 옆에 있는 수제 케이크 가게로 들어갈 것이다. 그래야 기다리는 시간을 줄일 수 있으니까. 내 예상대로 막내는 어제의 나처럼 커피 전문점부터 들렀다.

막내가 다시 나오기 전에 그만 이 줄에서 벗어나야겠다. 둘러봐도 애리를 닮은 여자는 보이지 않았다. 손에 들고 있던 시집을 찬찬히 살폈다. 그냥 시집을 이 자리에 두고 갈까? 손때가 묻어 반질반질해진 표지에는 생전 처음 보는 시인의 초상화가 그려져 있었다. 발행일을 굳이 찾아보지 않아도 오래된 시집이라는 걸 알 수 있었다. 종이는 누렇게 변색됐다. 여기저기 밑줄이 그어져 있고, 여백에는 여자가 동글동글한 필체로 베낀 문장이 적혀 있었다. 그 여자에게 소중한 시집 같으니 분명히 다시 찾으러 올 거야. 하지만 그 같은 확신은 금세 흔들렸다. 아직 읽지 않은 새 시집을 찾으러 올 확률이 더 높지 않을까. 열심히 읽었으니 잃어버려도 미련이나 후회가 남지 않을지도 몰랐다.

10년간의 직장 생활을 하는 동안 아르바이트와 인턴까지 합치면 총 다섯 번의 이직을 했다. 3년 전 경력직으로 입사한 이번 직장이 가장 오래 다닌 회사인 셈이다. 책상은 깨끗하게 치워져 있었지만 전임자들은 흔적을 여기저기 남겼다. 말라비틀어진 화분일 때도 있었고, 회사 로고가 새겨진 고장 난 탁상시계일 때도 있었다. 모가 심하게 휘어진 칫솔, 목재 연필꽂이, 책상 위 부주의한 칼자국, 유치한 낙서, 지워지지 않는 얼룩 같은 것들. 이제 다시는 이직할 일이 없기를 바라며 책상 위에 내 물건을 정리하는 첫날에 그 흔적들과 마주하는 경우가 많았다. 하지만 근무 6개월이 지나서야 발견되는 흔적도 있었다. 어느 시기에 마주치느냐에 따라 감정은 미묘하게 달라졌다.

전임자들이 미처 다 쓰지 못하고 남겨놓은 포스트잇과 볼펜은 유용하게 써먹었다. 한번은 책상 맨 아래 서랍에 레몬사탕이 수북하게 쌓여 있는 것을 발견했다. 생각날 때마다 입 안에 넣고 굴려서 오래오래 녹여 먹었고, 그 자리를 떠나던 날 도로 사탕을 가득 채워놓았다. 남아 있는 흔적들은 인수인계도 하지 않고 떠난 전임자들의 모습을 조금 짐작할 수 있게 해주었다. 그리고 그 자리를 떠날 즈음에는 그들의 마음을 온전히 이해하게 되었다. '탈출'이라는 희미한 낙서 옆에 '나도'라고 적어 넣었다.

막내가 양손에 케이크와 커피를 들고 다시 나타났다. 나는 시집에 얼굴을 묻었다. 올 때보다 빠른 보폭으로 막내가 광장을 가로질러 빠져나가는 것을 확인하고 나서야 고개를 들었다.

"아가씨, 여기 평양면옥 줄인가?"

뒤에서 누군가 말을 걸어왔다. 놀라 돌아보니 아무도 없었던 뒤쪽에 길게 줄이 늘어서 있었다. 그에게서 강한 머스크향이 풍겼다.

"글쎄요. 저는 대신 서 있는 거라."

난 멍한 표정으로 고개를 흔들었다. 머스크향이 내 어깨 너머로 팔을 쭉 뻗어 파란 모자의 어깨를 건드리는 바람에 나는 순간 얼어붙은 듯 서 있었다.

"몰라요."

게임에 열중하고 있던 파란 모자의 말투는 퉁명스러웠고 머스크향은 머쓱해하며 낮게 중얼거렸다.

"재미있군."

자조하듯 웃더니 뒤돌아서 자기 일행에게 상황을 설명했다. 웃음소리가 들려왔다.

"오늘 개업한다고 했는데."

머스크향은 휴대전화를 꺼내 다시 약도를 검색했다.

"아직 등록이 안 됐나 봐. 우리 아무거나 먹자."

"오늘은 아무리 생각해도 평양냉면인데."

"기다리는 게 맛이지."

그들은 왁자하게 떠들었고, 머스크향은 몸을 들썩이며 웃었다. 그때마다 강한 향이 코끝을 찔렀다.

머스크향은 아르바이트 시절을 떠올리게 했다. 이력서에 굳이 적진 않았지만 지금 다니는 직장 다음으로 오래 일했으니 첫 직장이나 다름없던 곳이었다. 초등학교 문제집을 만드는 하청 업체로, '미래 교육'이라는 간판을 걸고 있었다. 엘리베이터가 없는 건물 5층에 있는 사무실은 환기가 잘 되지 않아, 출근하면 아침마다 사장이 뿌리고 온 머스크향 향수 냄새가 진동하는 것을 견뎌야 했다. 사장은 중앙에 있는 큰 책상을 차지하고 앉아 전화 통화를 하며 화를 내거나 모나미 볼펜으로 머리를 긁적인 후 버튼을 눌러 볼펜 심에 딸려 나온 비듬을 '후' 하고 날리는 일에 집착했다.

그 안에서 대학교에 재학 중이거나 휴학 중인 학생들과 나 같은 취업 준비생들이 앉아 종일 과목별로 문제를 백 개씩 만들었다. 특히 초등학교 수학 과목을 맡았을 때가 가장 힘들었다. 1부터 10까지의 숫자를 활용해 문제 백 개를 만드는 일은 녹록지 않았다. 하지만 아르바이트치고는 페이가 높은 편이었다. 게다가 졸업한 뒤 취직을 하지 못해 집에서 눈치를 보고 있던 내게는 매일 아침 갈 곳이 있다는 사실이 중요했다. 무엇보다 점심이 공짜였다. 점심은 1층 백반집에서 시켜 먹었다. 멸치볶음, 달걀부침, 시금치나물과 김치가 기본 반찬이었고, 매일 국이 바뀌었다.

현금 부자였던 사장은 하루의 작업량을 마치는 대로 계좌에 돈을 바로바로 입금해 주었다. 작업을 빨리 끝낸 날, 하루 일당이 입금됐다는 기분 좋은 문자 알림음과 함께 퇴근하려는데 사장이 불렀다. 사장은 선심을 쓰듯 사업 확장을 하기 위해 정직원이 필요하다고 했다. 그 와중에도 사장은 볼펜 버튼을 눌렀다 뗐다 하며 연신 비듬을 날렸고, 책상 위에는 내가 오늘 완성한 문제 백 개가 프린트된 채 놓여 있었다. 나는 그의 말이 끝날 때까지 그 위에 비듬이 싸락눈처럼 쌓이는 모습을 바라봤다.

이력서에 항상 첫 직장이라고 적지만 실은 두 번째 직장인 대기업 인턴이 끝나는 날, 나는 쓰레기처리장을 뒤지고 있었다. 30층짜리 빌딩에서 나오는 모든 쓰레기를 모아두는 곳이었다. 6개월 동안 일하면서 모은 자료들을 노란 상자에 담아 책상 아래 놓아두었다. 바닥 청소가 있으니 책상 밑에 있는 물건들을 치워두라고 공지했지만 사내 전산망에서 제외된 나는 연락을 받지 못했다. 노란 상자를 겨우 찾아냈지만, 안이 텅 비어 있었다. 주위가 어둑어둑해질 무렵 노란 상자는 다시 찾은 자료들로 반쯤 채워졌다. 그러나 나는 다시 상자를 뒤집어서 모두 바닥에 쏟아부어 버렸다.

썩은 내가 진동하던 그 쓰레기처리장에서 현금 부자였던 사장의 머스크향과 선택의 여지 없이 늘 똑같았던 점심 메뉴를 떠올렸다. 종이 위에 비듬이 눈처럼 내려앉는 모습을 보면서 느꼈던 감정, 당시에는 슬픔이라고 정의했던 그 감정의 정체를 다시 정의할 수 있었다. 어쩌면 나는 가까운 미래에 그 제안을 거절했던 일을 후회하게 되는 건 아닐까, 라는 두려운 예감. 아마도 공포에 가까운 감정이었다.

오래 서 있으니 다리가 저렸다. 가벼운 스트레칭을 하며 허벅지를 주먹으로 두드렸다. 허기가 몰려왔다. 점심도 못 먹고 서 있으려니 어지럽기까지 했다. 핸드백 안에 있던 휴대전화의 진동음이 연달아 울렸다. 팀 채팅방에는 오늘의 커피 앤 케이크 타임 사진이 올라오고 있었다. 다양한 종류의 달콤한 케이크 사진을 보자 이상하게도 식욕이 사라지고 속이 울렁거렸다.

—윤선이 결혼식 갈 거야?

고개를 귀엽게 갸웃거리는 이모티콘과 함께 보낸 은경의

메시지도 있었다.

고등학교 3학년 내내 같은 반이었던 은경과는 다른 대학을 가면서 소원해졌지만, 이직할 때마다 생기는 공백 기간이 매번 겹치면서 다시 친해졌다. 그리고 그때마다 우리는 함께 짧은 여행을 다녀왔다. 베트남 다낭의 해변을 거닐다 본 은경의 맨다리에는 고등학교 때와 달리 파란 정맥이 툭툭 튀어나와 있었다. 일어를 전공한 은경은 호텔에 있는 면세점에서 화장품 판매하는 일을 했다. 어떤 날은 화장실 갈 때 빼고는 여덟 시간을 꼬박 서 있어야 한다고 했다. 답장을 쓰는 대신 전화를 걸었다.

"이 시간에 무슨 일이야?"

전화를 받은 은경은 화들짝 놀라며 낮은 목소리로 속삭였다.

"통화하기 어려워?"

"손님 없으니까 괜찮아. 너 어딘데? 밖이야?"

"나 그냥 줄 서 있어."

"무슨 줄?"

나는 파란 모자를 힐끔 살펴보고는 은경처럼 목소리를 낮추고 속삭였다.

"아이돌 팬 미팅 줄이라고도 하고…… 맛집 줄이라고도 하고……."

"무슨 소리야? 너는 왜 거기 서 있어?"

"나도 모르겠어."

"너 낮부터 술 마셨어? 대리 달면 그래도 되는 거야?"

석 달 전 은경에게 기분 좋게 승진 턱을 샀다. 그러나 두 살 어린 팀장은 여전히 날 '언니'라고 불렀다. 친해지고 싶다고 했다. 그런데 왜 팀장이 '언니'라고 부를 때마다 친근하기보다 불편했을까. 은경이 다시 걱정스레 물었다.

"너 요새 스트레스 많이 받아? 아직도 케이크 고문당하니?"

은경이 케이크 고문이라고 정의해 주니 달콤하고도 배부른 스트레스 같다는 생각이 들었다.

"은경아, 너 애리 기억해?"

"애리가 누구지? 걔도 결혼한대?"

"고3 때 같은 반이었잖아. 눈 엄청 크고."

"누구? 나 일해야 해. 이따가 다시 연락할게."

손님이 왔는지 은경은 급하게 전화를 끊었다.

어디선가 역한 냄새가 풍겨 왔다. 돌아보니 소주 한 병을 보물처럼 두 손으로 꼭 쥔 노숙자가 서 있었다.

"여기서 혹시 밥을 주나요?"

단순히 씻지 않아 나는 냄새와는 달랐다. 자신의 자리 없이 오랜 시간 바람과 햇볕과 비를 고스란히 받으며 떠돈 사람들에게서 나는 냄새, 몸 안 깊숙이 배어 씻어도 쉽사리 사라지지 않을 것 같은 냄새였다. 나는 최대한 숨 쉬지 않으려 노력했다.

"그런 줄 아니에요."

줄 어디선가 퉁명스러운 목소리가 들렸다. 노숙자는 금세 포기하고 나무 그늘로 향했다. 배를 깔고 앉아 있던 비둘기들을 쫓아내고 바닥에 누워 신문지를 덮었다. 노숙자의 침범에 당황한 그늘 주변의 사람들은 그로부터 멀리 떨어지거나 아예 다른 자리로 떠났다.

광장 입구에서 한 노파가 오른쪽 바퀴가 빠져 한쪽으로 기운 쇼핑 카트를 밀고 들어왔다. 카트 안에는 검은 비닐봉지가 수북하게 쌓여 있었다. 노파가 광장에 앉아 있는 사람들에게 다가가 뭔가를 내밀어 권하자 그들은 손을 흔들며 거절했다.

인부들이 설치한 천막 안으로 머리띠를 두르고 팻말을 든 이들이 하나둘 모여들었다. 그들은 바닥에 앉아 구호를 외치기 시작했는데, 잘 들리지 않았다. 다시 고개를 돌려보니 줄 앞쪽에서부터 정장 차림의 중년 남자가 지친 얼굴을 한 채로 전단을 나눠주며 다가오고 있었다. 내 차례가 되어 받아 든 전단에는 또래로 보이는 여성의 사진이 있었다. 인상착의와 함께 이유 없이 집을 나가 사라졌다는 설명이 적혀 있었다. 줄에 서 있던 몇몇 사람들은 전단을 바닥에 깔고 앉았다. 다리가 아팠지만, 이유 없이 사라진 사람의 얼굴을 깔고 앉는 일이 내키지 않았다.

오른발을 줄 밖으로 내밀어 봤다. 뒷사람이 이제 가는 거냐고 물었다. 아니요. 아니요. 나는 고개를 젓고 발을 다시 줄 안으로 들여놓고 뒤를 돌아봤다. 어느새 길어진 줄은 앞뒤 모두 끝이 보이지 않았다.

광장 입구에서 빠른 속도로 다가오고 있는 토끼 귀가 보였다. 구부러졌던 오른쪽 귀는 다시 빳빳이 서 있었다. 숨을 몰아쉬며 토끼 귀는 파란 모자에게 돈을 내밀었다.

"여기 십만 원."

"늦었어. 가격이 올랐어. 삼만 원 더 줘."

토끼 귀는 울상이 되었다.

"저 뒤를 봐. 네가 끼어들면 얼마나 욕하겠니?"

난 속으로 욕하면서도 파란 모자의 수완에 감탄했다. 지갑을 뒤적여 지폐를 꺼내던 토끼 귀의 휴대전화가 요란하게 울렸다.

"여기 아니라고? 차 봤어? 우리 애들 확실해? 나 지금 간다. 내 자리 맡아놔!"

그 말이 끝나자마자 앞쪽에 서 있던 한 무리가 우르르 빠져나갔다. 토끼 귀는 파란 모자와 나를 한통속인 사기꾼이라고 생각했는지 욕이라도 뱉을 듯한 표정으로 흘겨보더니 돌아서서 빠르게 뛰어갔다. 이번에는 왼쪽 귀가 구부러진 것도 모른 채.

"이거 가져가야지."

파란 모자가 토끼 귀가 흥분해 떨어뜨린 응원봉을 내밀며 소리쳤지만 들리지 않는 듯했다. 파란 모자는 아쉬운지 입을 비죽이며 토끼 귀의 뒷모습을 쳐다보다가 응원봉을 배낭에 집어넣었다.

앞쪽의 이탈자들 때문에 줄의 대열이 흐트러졌다. 뒤에 있던 사람들이 앞으로 당겨 가면서 빈자리를 채웠다. 파란 모자를 따라 앞쪽으로 이동했다. 파란 모자는 도톰한 등산용 방석을 꺼내 바닥에 깔고 그 위에 주저앉았다. 어디서든 자신의 자리를 만들고 당당하게 차지하는 사람이 있는데 파란 모자가 그랬다. 파란 모자는 뒤돌아 앉더니 나를 올려다보며 다정하게 물었다.

"누나, 다리 안 아파요? 새 방석 하나 더 있는데 줄까요?"

파란 모자의 호의가 의심스러워 고개를 저었다. 토끼 귀는 과연 365명 안에 들 수 있을까. 이왕 못 볼 바에는 아예 늦어서 포기할 수 있기를 바랐다. 간발의 차이로 366번째여서 '졸라 사랑하는 우리 애들'을 만날 수 없게 된다면 어떤 기분일까. 아쉬울까, 억울할까.

고등학교 3학년이 되자 이 년간의 성적을 종합해 입시 특별반을 편성한다고 했다. 특별반 정원은 오십 명이었고 내 등수는 51등이었다. 서울도 아니고 서울 근교에 있는 도시에서, 더욱이 진학률이 그리 높지 않은 우리 학교에서 50등 안에 들지 못했다는 것은 서울에 있는 4년제 대학은 갈 수 없다는 통보를 받은 것이나 마찬가지였다. 엄마는 다음 날 곱게 단장한 차림으로 교무실에 찾아갔다.

"아쉽지만 할 수 없어요, 어머님."

"아쉬운 게 아니라 억울하잖아요."

담임은 이미 많은 학부모의 항의를 받아서인지 특별반에 넣어줄 수 없다며 단호하게 거절했다. 엄마는 담임이 꽉 막혔다고 투덜거렸다. 난 고개를 수그리고 앉아 내가 아쉬운 건지, 억울한 건지 생각했다.

며칠 뒤 야간자율학습 중에 애리가 벌떡 일어나 가방을 메고 "나 갈게."라고 말했다. 짝이 "너 담임한테 걸려." 하며 돌아봤을 때 이미 애리는 창틀 위로 폴짝 뛰어올라 창문 밖으로 나가버린 뒤였다. 교실은 4층이었다.

다음 날, 담임이 나를 불렀다. 모레부터 시작되는 특별반 수업에 합류하라고 지시했다. 엄마는 기뻐했다. 특별반 명단에 등수는 공개되어 있지 않아 일부 교사들을 제외하고는 내 등수를 아무도 몰랐다. 하지만 모두가 알면서도 모른 척하고 있는 것 같았다.

애리는 두 달간 입원했다. 애리의 사고를 이미 잊은 아이들도 꽤 있었다. 교복 치마 밑에 체육복 바지를 입고 있어서 다행이었다는 이야기를 담담하게 주고받을 정도로 충격에서 벗어나 있었다. 특별반 수업을 받는 기간 동안 애리가 교실 문을 열고 돌아오는 꿈을 꾸기도 했다. 등수가 오른 다음에도 애리가 돌아오고, 나는 밀려날지도 모른다는 불안은 사라지지 않았다.

애리는 다시 학교로 돌아오지 못했다. 아니 돌아오지 않았다. 담임과 함께 문병을 다녀온 반장이 애리가 자퇴할 거라는 소식을 전해주었다. 그리고, 깁스한 발목만 제외하면 다른 곳은 멀쩡하다고. 다행이다. 나도 모르게 한숨을 내쉬었다. 애리가 멀쩡하다는 것과 자퇴 소식 중에 무엇이 더 나에게 다행이었을까.

"누나, 뒤로 하나씩 전달하래요."

주저앉아 있던 파란 모자가 뒤를 보지도 않고 손에 든 물병을 위로 올렸다. 몇 번씩 물병을 뒤로 넘긴 뒤에야 내 차례가 되었다. 꽁꽁 얼린 얼음 병으로 달아오른 뺨을 식혔다.

"뭘 주긴 주는 모양인데."

뒤에서 투덜거리는 소리가 들려왔다. 세 시간 기다렸는데 고작 물병 하나냐며 배가 고프다, 화장실에 가고 싶다, 별거 없다며 사람들이 하나둘 자리를 뜨기 시작했다. 앞줄은 줄어들었고 뒷줄에서도 이탈자가 생겼다. 촘촘했던 줄 간격이 듬성듬성해졌다. 파란 모자는 앉은 채로 방석을 앞으로 밀어 간격을 좁혔다. 나도 두 발자국 앞으로 나아갔다. 불쾌한 웃음소리와 머스크향도 사라진 지 오래였다. 어느 자리든 한번 벗어나면 다시 그 자리를 되찾기는 어렵다. 다섯 번 이직하면서 저절로 체득한 것이었다.

　"언니는 오래오래 변하지 않았으면 좋겠어."

　입사 후 긴장되었던 일주일이 지나자 팀장은 나와 둘이서만 커피 앤 케이크 타임을 가졌다. 변하지 않는 것. 제일 자신 있는 일이었다. 지금처럼만 하면 되겠구나. 변하지만 않는다면 이 자리에 오래 있을 수 있겠구나. 팀장이 고마웠고 편해졌다. 난 고개를 끄덕이며 말없이 팀장이 막내를 시켜 사 오게 한 치즈 케이크를 스푼으로 떠먹었다. 달콤했다.

　이번 직장에서 처음으로 연봉이 올랐고, 대리라는 직함을 달았다. 나 자신이 능력 있고 인정받고 있다고 느꼈다. 그 기분에 취했던 걸까. 회의에서 이제껏 한껏 수그렸던 고개를 빳빳이 들고, 팀장의 의견에 반하는 주장을 몇 번 내세웠다. 며칠 동안 회의 내내 팀장은 묘한 눈빛으로 나를 바라봤다.

그리고 한 달 전, 팀장은 카드를 내밀며 말했다.

"언니, 요즘 변한 거 같아."

커피와 케이크를 사러 광장을 가로질러 걸어가며 반성
했다.

"변하지 않았으면 좋겠어."

입사 초기에 들었던 그 말은 지금 잘하고 있다는 칭찬이
아니었음을 깨달았다. 그 자리에 그대로 있으라는 경고였다.
팀장이 제시한 의견에 고개를 끄덕이고 그 의견에 풍부하게
덧붙일 수사를 연구하면 된다는 말이었다. 내가 사 온 케이
크를 떠먹으며 열아홉 살, 그때 교무실에서처럼 고개를 한
껏 수그렸다.

정수리에 따갑게 내리쬐던 햇볕이 한결 누그러졌다. 광장
바닥에 드리워진 사람들의 그림자가 길어졌다. 숙인 고개와
굽은 어깨. 그림자에는 내 실루엣이 고스란히 드러났다. 시
집을 쥐고 여자가 귀퉁이를 접어놓은 페이지를 펼쳤다.

복도 끝에 너가 서 있다
너에게 가려고
너에게 가지 않으려고
나는 허리를 구부렸다

고등학교 이후 시를 읽어보기는 처음인 것 같았다. 배가 고픈 것도, 서 있느라 다리가 아픈 것도 어느 정도 견딜 수 있었지만 요의가 문제였다. 좀처럼 시에 집중할 수 없었다. 광장 왼편에는 공중화장실이 있었다. 달려갔다가 오면 어느 정도나 걸릴까. 다시 이 자리로 돌아올 수 있을까. 시집을 만지작거렸다. 고민하는 사이 요의가 심해지자 난 초조해졌다. 파란 모자가 무엇을 요구할지 몰라 뒷사람에게 부탁할까 생각도 했지만 그 사람은 언제 떠날지 몰랐다. 결국 여전히 게임에 열중하고 있는 파란 모자의 어깨를 두드렸다.

"누나, 필요한 거 있으세요?"

파란 모자는 기다렸다는 듯이 뒤를 돌아보며 친절하게 웃어 보였다. 잠시 자리를 비울 테니 맡아달라고 하자 파란 모자는 얼마나 걸릴 것 같냐고 되물었다.

"한 10분 정도만 자리를 맡아주세요."

파란 모자는 생각하더니 인심이라도 쓰듯 말했다.

"만 원이면 되겠네요."

역시나 예상은 틀리지 않았다.

"선결제입니다."

순간 짜증이 났지만, 꾹 참고 최대한 침착하게 말했다.

"뭘 믿고 돈을 먼저 내요?"

파란 모자는 서운한 표정으로 나를 바라보며 퉁명스럽게 대꾸했다.

"화장실 들어갈 때와 나올 때 마음이 다르다고요."

화장실이 급하다는 걸 눈치챘나. 나는 조금 놀라 파란 모자를 쳐다봤다. 파란 모자는 시집을 가리켰다.

"돌아오지 않으면 이걸 가져갈게요."

나는 대답 대신 손에 들고 있던 시집을 그의 손에 던지듯 들려주고는 허리를 구부리고 공중화장실을 향해 엉거주춤 뛰어갔다. 뒤에서 10분을 넘기면 1분당 천 원이 추가된다고 파란 모자가 외치는 소리가 들렸다. 간신히 도착한 공중화장실에는 나처럼 다급해 보이는 사람들이 줄지어 서 있었다. 기다림 끝에 변기에 앉자 안도의 한숨이 절로 나왔다.

다시 줄이 있는 곳으로 갔다. 멀리서 보아도 그 시작이 어디인지 보이지 않았다. 이탈자가 끊임없이 나왔고 줄에 합류하는 이들도 있었다. 그들이 들고 날 때마다 줄은 흐트러졌지만 금세 질서를 되찾았다. 나는 어디쯤 서 있었지? 초조한 마음으로 줄을 훑어보다, 파란 모자를 발견하고 다가가려다가 걸음을 멈췄다. 내가 줄로 돌아가야 하는 이유가 뭐지? 이대로 집으로 돌아가 버리면 그만이었다. 화장실 갈 때와 나올 때 마음이 다르다는 파란 모자의 말이 떠올라 씁쓸하게 웃고 있는데 전화가 걸려 왔다. 은경이었다.

"너 아직도 줄에 서 있어?"

"너 서 있는 거 힘들지?"

자신의 말에는 대꾸하지 않고 내가 되묻자 은경이 어이없
는 듯 웃다가 대답했다.

"내가 말 안 했구나. 나 의자 생겼어."

"그럼 앉아 있어? 잘됐네."

"지금도 손님 없는데 서 있어. 안 앉아. 아니 못 앉겠어."

"왜? 다리 아프잖아."

"그냥 어색하고 눈치 보여서. 너 아무 일 없는 거면 끊는
다."

끊는다던 은경의 목소리가 다시 들려왔다.

"그런데 너 괜찮은 거야?"

"괜찮지."

윤선이 결혼식에서 보자고 하자 은경은 안심하고 전화를
끊었다. '괜찮다.' 팀장의 카드를 받았던 첫날, 막내에게 했
던 대답이었다.

"그 전에 있던 대리님한테도 그랬거든요. 몇 달만 참으시
면……."

말끝을 흐리는 막내에게 난 웃어 보였다.

"괜찮아."

정말 괜찮았다. 이전 직장들에 비하면 정말 괜찮은 회사

였다. 폭언도, 성추행도 없었고, 구조조정이나 임금 삭감에 비할 일도 아니었다. 그저 하루에 한 번, 아메리카노 다섯 잔과 달콤한 케이크 다섯 조각을 사 들고 광장을 가로질러 걸어오면 될 일이었다. 그런데 왜 자꾸만 다리가 무거워지는 걸까. 추를 단 듯 느려진 걸음걸음마다 왜 고개를 수그렸던 내 모습이 밟히는 걸까.

나는 줄 가까이 다가갔다. 파란 모자는 방석 위에 앉아 수첩에 모나미 볼펜으로 무언가를 적고 있었다. 나를 발견하자 수첩을 앞주머니에 넣더니 반갑게 일어나며 내 손에 시집을 쥐여주었다. 그러더니 덧붙였다.

"누나 5분 초과했어요. 만 오천 원입니다."

광장과 하늘이 주홍빛으로 물들었다. 노파가 한쪽 바퀴가 빠진 카트를 밀고 줄 앞쪽에서부터 천천히 다가오고 있다. 목이 말랐다. 아까 받은 물병의 뚜껑을 열려다 그만뒀다. 내 것이 아니었다. 시집을 펼쳐 여자가 여백에 베껴 쓴 문장을 찾았다.

복도를 떠돌던 나의 빛은 구부러진 채 나의 나날들은 구부러진 채

그날, 난 책상에 엎드려서 교실 벽에 드리워진 애리의 그림자를 바라보고 있었다. 체육수업 때문에 아이들은 운동장으로 나가고 우리 둘만 교실에 남았다. 오십 명 안에 못 들었다는 것이 담임 말대로 아쉬워서인지 엄마 말대로 억울해서인지는 여전히 알 수 없었지만, 그 이후 자주 배앓이를 했다. 애리가 교실에 남아 있던 이유는 몰랐다. 같은 반이 된 지 2주도 되지 않았고 말 한마디도 나누지 않은 사이였다. 배앓이가 가라앉아 고개를 드니 애리가 창밖을 내다보며 웃고 있었다.

애리는 창문 밖으로 몸을 쑥 내밀었다. 새가 날아갈 준비를 하듯 허리를 잔뜩 구부려 창틀에 매달려 있었다. 위험해 보이기보다는 즐거워 보였다. 나는 가까이 다가가서 물었다.

"왜 웃어?"

"재밌어 보여서."

나도 창문을 열고 허리를 굽힌 채 아래를 내려다봤지만 뭐가 재밌어 보인다는 건지 알 수 없었다. 난 잡초가 우거진 화단 쪽을 가리키며 말했다.

"저쪽은 폭신해 보여."

애리는 창문 밖으로 고개를 내민 자세로 나를 쳐다봤다. 불어오는 바람에 애리의 교복이 날개처럼 펄럭거렸다.

"너 옷이 크다."

"언니가 입던 거야."

애리는 엄청난 비밀이라도 알려주듯 속삭였다. 애리의 까맣고 큰 눈동자에 내가 담겨 있었다.

그게 애리와 처음이자 마지막으로 나눈 대화였다. 애리가 창문 밖으로 나간 건 그다음 날이었다. 교실에는 큰 창문이 네 개 있었다. 네 번째 창문 아래는 콘크리트 바닥이었다. 그쪽으로 떨어졌으면 즉사했을 거라고 했다. 애리는 밑에 화단이 있는 세 번째 창문을 선택했다.

"저는 이제 알바하러 가야 해요."

파란 모자가 뒤돌아보더니 묻지도 않은 설명까지 덧붙이며 인사를 건넸다. 그리고 방석이 정말 필요하지 않으냐고 다정하게 물었다. 비닐도 뜯지 않은 새 방석을 슬쩍 보여주기까지 했지만 나는 고개를 저었다. 파란 모자는 아쉬운 듯 방석을 접어 배낭에 챙겨 넣었다. 그의 배낭은 불룩해져 있었다. 응원봉을 손에 든 파란 모자가 나를 향해 고개를 꾸벅 숙이고 줄에서 벗어나려는 순간, 그의 배낭끈을 잡았다.

"아, 저 필요한 게 하나 있어요."

파란 모자가 배낭을 열어 보여주었지만 나는 고개를 흔들고선 그가 앞주머니에 꽂아놓은 모나미 볼펜을 가리켰다. 파란 모자는 골동품의 감정가를 결정하는 것처럼 유심히 볼펜을 살피더니 인심을 쓰듯 말했다.

"반쯤 썼으니까 천 원에 드릴게요."

파란 모자에게 아까 만 오천 원을 지불하고 난 뒤 지갑에 남은 돈은 천 원짜리 지폐 석 장. 파란 모자는 내가 건넨 천 원을 주머니에 챙겨 넣고 응원봉의 전원을 켰다. 응원봉이 반짝반짝 빛나기 시작했다. 파란 모자는 응원봉을 휘두르며 줄에서 완전히 벗어났다. 불빛이 어둑어둑해진 광장을 가로질러 멀어져 갔다. 나는 파란 모자처럼 모나미 볼펜을 앞주머니에 넣고 점점 작아지는 불빛이 완전히 사라질 때까지 배웅하듯 바라봤다.

노파가 어느새 내 앞까지 왔다. 쇼핑 카트 안에 담긴 검은 비닐봉지는 줄어들지 않았다. 노파는 검은 매직펜으로 '김밥 한 줄=1,500원'이라고 쓴 종이를 내밀었다. 나는 지폐 두 장을 건넸다. 노파는 말을 하지 못하는 듯했다. 손을 내저었다. 그러다 자신의 허리춤에 매달려 있는 작은 가방의 지퍼를 열더니 안을 보여주었다. 꼬깃꼬깃한 지폐뿐이었다. 거스름돈이 없다는 뜻 같았다. 내가 손짓으로 괜찮다고 하자 노파는 김밥을 꺼내 내게 건네주고, 연신 고개를 숙이며 카트를 끌고 사라졌다.

줄에서 벗어나는 사람들은 점점 더 늘어났다. 하나둘 줄을 이탈하는 사람들과 달리 나에게는 줄을 서야 하는 이유가 분명하다는 데 이상한 위안을 느꼈다. 내 자리가 아니지만 애리를 닮은 여자의 자리였고, 지켜달라는 부탁을 받았으니까. 이상하게도 사무실에 있을 때보다 마음이 편했다.

내가 떠나온 자리에는 누가 앉아 있을까. 내가 남긴 흔적들도 찾아냈을까. 조직 내에서 성공하는 법과 같은 내용이 담긴 자기 계발서, 시간 단위로 꼼꼼하게 정리해 놓은 일일 스케줄과 장기 계획안, 컴퓨터 모니터 앞에 붙여놓은 '긍정의 힘으로 이겨내자'와 같은 문구, 부장이 좋아하는 메뉴와 맛집 같은 것을 적은 메모. 그 자리를 벗어나고 싶어 하면서도 지키려고 애썼던 흔적을 마주할 때의 감정을 나는 어떻게 정의해야 하는지 아직 모르겠다.

앞 사람과 벌어진 간격을 좁히려 두 발자국 앞으로 갔다. 하얀 바지가 구겨지고 더러워지겠지만 신경 쓰지 않고 맨바닥에 털썩 주저앉았다. 전단을 곱게 접어 시집 사이에 끼워 넣었다. 은박지를 펼쳤다. 김밥이 불규칙한 모양으로 썰려 있었다. 김밥 하나를 집어 입에 넣었다. 제시간에 팔리지 못한 김밥에서는 조금 쉰내가 났고, 밥알은 바싹 말라 있었다. 속 재료는 햄과 달걀, 단무지뿐이었다. 하지만 아직 먹을 만했다. 김밥을 천천히 씹어 삼켰다. 애리를 닮은, 어쩌면 애리일지도 모를 여자가 시집을 찾으러 돌아올 때까지 기다려야 했다. 지금 할 수 있는 건 고작 그것밖에 없다. 고작 그것밖에 없다는 걸 알면서도 나는 허리를 펴고 고개를 꼿꼿이 세웠다.

* 소설에서 인용된 시는 이수명 시인의 「나를 구부렸다」(『고양이 비디오를 보는 고양이』, 문학과지성사, 2004) 중 일부입니다.

● 고양이는 사라지지 않는다

고양이는 사라지지 않는다

『백조』 2022년 봄호

분명 두 마리라고 했다.

내가 이름을 묻자 지연 언니는 장난스러운 표정으로 고양이, 라고 대답했다. 내 말을 듣지 못했나 해서 마이크 음 소거 버튼을 확인했다. 마이크는 켜져 있었다.

"그러니까 고양이 이름이 뭐냐고?"

내가 소리를 높여 재차 묻자 언니는 다시 답했다.

"고, 양이. 그러니까 고와 양이라고."

"언니, 혹시 귀찮았어?"

지연 언니는 웃으며 고개를 끄덕였다. 언니는 손가락 하나 까닥하기 어려울 만큼 무기력하던 시절에 첫째인 양이를 만났다고 했다. 이름도 없이 냥이라고 부르다가 둘째를 들였고, 그제야 둘째에게 고, 라는 이름을 지어주면서 냥이는 양이가 되었다. 오스칼, 푸코, 셜록처럼 화려하거나 콩이, 초코,

연두와 같은 귀여운 이름들 앞에서 미안할 때도 있었지만 이미 언니도, 고양이들도 그 이름에 익숙해진 뒤라고 했다.

"아무리 그래도 성의가 없었네."

"이어져 있는 거 같아서 좋잖아."

지연 언니는 내 이름이 연지라는 것을 알았을 때도 똑같이 말했다.

나는 지연 언니와 매주 목요일 저녁 여덟 시에 만났고, 밤 열 시가 되면 헤어졌다. 서로 얼굴을 마주 본 적은 없지만 지난 일 년 가까이 매주 만났다. 그러니까, 우리는 비대면으로 만났다.

'비대면: 서로 얼굴을 마주 보고 대하지 않음.' 사전에서 비대면의 뜻을 찾아보고 참 이상한 말이라고 생각했다. 그러나 팬데믹 시대가 지속되면서 점차 비대면 만남에 익숙해졌다. 아니, 오히려 대면보다 더 편했다. 나는 책상 앞에 앉아 이전보다 훨씬 많은 사람을 만났다. 서양 예술사 강의, 벽돌 책 읽기 클럽, 혼술 모임, 칼림바 연주 등등. 비대면으로 여러 가지 강의를 들었고, 다양한 모임에 참여했다. 정해졌던 4주 혹은 6주간의 과정이 끝나면 헤어졌다. 언젠가 뒤풀이를 하자 약속했지만 그들과 대면할 일은 없었다.

가장 최근까지 지속됐던 모임은 코바늘뜨기 모임이었다.

멤버는 모두 여덟 명. 지연 언니도 그중 한 명이었다. 대부분의 사람은 실명을 사용하지 않고 닉네임이나 이니셜을 썼다. 지연 언니와 나는 각각 JY, YJ로 표기했다. 방장이 모니터에 도안 파일을 띄워놓고 사슬뜨기하는 법부터 알려주었다. 겉뜨기와 안뜨기, 한 코 건너 뜨기와 교차뜨기도 배웠다. 첫 작품은 모두가 다 같은 원형의 티 코스터였다. 6주가 지나 기본적인 기술을 익힌 뒤에도 이탈하는 이들 없이 모임은 지속되었다. 화면 안에서 각자 다른 물건들을 만들었고, 마이크를 켜고 이야기를 나누기도 했다. 물건을 완성하면 각자의 모니터 화면이 꽉 차게 작품을 들어 보였고, 음 소거된 박수를 받았다. 나와 다른 멤버들이 손가방이나 토끼 인형, 수세미, 블랭킷 등 다양한 소품에 도전하는 동안 지연 언니는 오직 드림캐처만 만들었다. 언니가 다섯 번째 드림캐처를 만들었을 때 누군가가 왜 드림캐처만을 만드는 거냐고 물었다. 언니는 선물할 계획이라고만 짧게 대답했다.

백신 접종 완료자가 늘고 인원 제한 지침이 완화되면서 하나둘 모임에 나오지 않는 이들이 생겼다. 재택근무가 끝나 야근이 잦은 회사로 돌아가야 한다거나 멀리 여행을 계획했다든가 저녁 약속이 늘어나서 등 이유는 다양했다. 모두 나중을 기약했지만, 그 나중이 오지 않으리라는 것을 알고 있었다. 모임을 만들었던 방장마저 저녁에 나가는 일터를 구했다며 모임을 나갔다. 방장은 우리에게 미팅룸 계정을 남겨둘 테니 마음대로 사용하고 있으라고 했다. 그렇게 지연 언니와 나 둘만 남았다. 언니는 내가 살고 있는 도시에서 고속버스로 한 시간 반 정도 걸리는 도시에 살고 있었다. 가까운 거리는 아니었지만 만나자고 마음먹는다면 만날 수 있었다. 하지만 우리 둘 중 누구도 그런 제안을 하지 않았다. 언니와 나는 각각의 모니터 안에서 읽은 책이나 넷플릭스에서 본 영화에 관한 이야기를 나누었고, 좋아하는 음악을 함께 듣고 맥주를 마시기도 하며 부지런히 손을 놀렸다.

이니셜이 아닌 서로의 이름과 나이를 알려주고, 말을 놓게 될 즈음이었다. 언니는 일곱 번째 드림캐처를 만들고 있었다. 모니터 속의 언니 모습을 바라보고 있는데 털실을 건드리는 솜뭉치 같은 앞발과 까만 꼬리가 끼어들었다.

"고양이가 있어? 보여줘! 보여줘!"

언니는 반쯤 완성된 드림캐처를 내려놓더니 고개를 숙이고 화면에서 사라졌다. 잠시 후 모니터 화면이 눈을 동그랗게 뜬 검은 고양이로 꽉 찼다. 온몸이 빈틈없이 새카맸다.

"그동안은 왜 못 봤지?"

"무릎 위에서 자고 있었어. 사람들이 많은 것 같으니까 나오지 않더라고. 둘 다 겁이 많아."

"둘 다?"

나도 모르게 모니터에 얼굴을 바짝 댔다. 마치 언니 집 안에 있는 다른 고양이를 찾기라도 하듯. 언니의 대답이 들려오지 않았다. 음 소거가 된 건 아닌지, 와이파이 연결이 불안해진 건 아닌지 살폈다. 언니네 집 와이파이는 곧잘 연결이 끊겨서 접속이 늘 불안정했다. 그럴 때면 언니는 입을 벌리거나 눈을 감은 채, 또는 막 완성한 드림캐처를 들어 보인 상태에서 멈췄다. 마치 영화를 보다가 일시정지 버튼을 누른 것처럼. 때로는 버퍼링으로 같은 동작과 말을 반복하다 화면에서 튕겨 나가기도 했다. 그런 일이 몇 번 반복되자 나는 언니가 한 이야기 중에 놓치거나 잘 들리지 않았던 부분이 있어도 넘어갔다. 대면으로 만난다 해도 상대방의 이야기를 다 들을 수 있는 건 아니니까. 어차피 우리 대화에 그리 중요한 내용은 없었다.

나는 여느 때처럼 잠시 기다리기로 했다. 화면이 멈춘 것은 아니었다. 지연 언니의 눈이 내내 깜박이고 있었다. 잠시 후, 언니는 웃으며 대답했다.

"어딘가 숨어 있겠지."

양이는 언젠가부터 구석에 틀어박혀 얼굴을 보기 힘들다고, 두 마리가 구별할 수 없이 똑같이 생겼으니 한 마리만 봐도 괜찮다는 말과 함께.

여름이 막 시작될 무렵, 언니는 열두 번째 드림캐처를 완성했다. 드림캐처를 들어 보이는 언니를 향해 나는 힘껏 손뼉을 쳤다. 갑자기 고가 나타나 화면을 가리더니 드림캐처를 앞발로 끌어당겼다. 언니가 망가지지 않도록 드림캐처를 높이 치켜들자 고가 펄쩍펄쩍 뛰었다.

"까만 솜뭉치 같아. 한 번만 만져보고 싶다."

나는 마이크를 켜고, 고의 귀여움에 연신 찬사를 보냈다. 언니는 그 모습을 흐뭇하게 지켜보다 모니터 앞으로 가까이 다가오더니 여름에 한 달 동안 집을 비울 계획이라고 했다. 백신 접종률이 높아지고 국가 간 이동 제한이 풀리면서 해외 여행객이 폭발적으로 늘어나고 있었다. 언니는 고양이 두 마리를 돌봐줄 사람이 없어 고민이라고 했다.

"그래서 말인데, 우리 집에 와 있을래?"

제일 먼저 든 생각은 정말 부탁할 사람이 없구나, 였다. 뒤이어 언니도 떠나는구나, 라는 생각에 쓸쓸해졌다. 나는 고개를 돌려 내 방을 둘러봤다. 다섯 평 남짓한 좁은 원룸. 나는 모니터 너머로 언니의 뒤를 바라보다 고의 동그란 눈과 마주쳤다. 녹색의 유리구슬 같은 눈동자 속 가늘어진 동공으로 나를 빤히 쳐다보고 있었다. 언니는 아무래도 무리한 부탁이었다며 부담을 줘서 미안하다고, 애들이 예민해서 걱정이지만 고양이 호텔을 알아봐야겠다고 했다.

"언니, 물어볼 게 있어."

언니가 말을 멈추고, 나를 쳐다봤다.

"에어컨 마음대로 켜도 돼?"

잠시 긴장했던 언니는 이내 안심했다는 듯 웃으며 대답했다.

"당연하지. 우리는 지금도 내내 켜고 살아."

*

—떠나기 전에 우리 한번 만나야 하지 않을까?

서로의 연락처를 교환한 뒤 언니에게 온 첫 메시지였다. 나는 괜찮지만 언니가 여행 전에 준비할 것도 많은데 번거롭지 않겠냐는 취지의 답장을 보냈다. 언니는 그래도 만날 날짜를 맞춰보자고 했다. 그러다 한 번 어긋난 뒤로는 다행히 약속을 잡자는 말을 또 꺼내지 않았다. 폭염과 폭우가 반복되는 궂은 날씨도 한몫했다. 대신 언니와 미팅룸에서 만날 때마다 주의 사항을 듣고, 궁금한 것들을 물어봤다. 나는 비록 반려동물을 키워본 적은 없지만 그동안 랜선 고양이 집사로서 고양이들의 습성과 행동을 오랜 시간 파악해 왔다고 언니를 안심시켰다. 언니는 출발 당일, 아침 일곱 시 비행기를 타기 위해 두 시간 전에는 공항에 도착해야 했다. 공항에서 언니는 메시지를 보냈다.

—선물 사 올게. 다녀오면 꼭 얼굴 보자. 우리도 드디어 만날 수 있겠네.

드디어, 라고. 그렇다면 우리는 그동안 만난 게 아니라는 뜻일까. 언니가 함께 적어 보낸 현관 비밀번호를 확인하다 잠깐 그런 의문이 들었다. 언니의 집은 고속버스터미널에서 내려 택시로 5분 정도 거리에 있는 두 동짜리 복도식 아파트였다. 8층 805호. 오랜만에 마스크를 쓰고 먼 거리를 이동했더니 더운 데다 숨까지 찼다. 번호 키를 눌러 현관문을 열고 들어서자마자 무언가 휙 지나가더니 순식간에 사라졌다. 나는 사라진 방향을 바라봤지만 아무것도 보이지 않았다. 아마도 고나 양이겠지. 낯선 사람을 경계하는 고양이의 습성에 대해서는 이미 알고 있었다. 애초에 꼬리를 흔들며 환영해 줄 거라고는 기대하지 않았다. 인터넷에서 검색한 대로 관심을 보이지 않고 고양이가 스스로 다가올 때까지 기다리기로 했다.

에어컨을 켜놓고 갔는지 아파트 안은 기분 좋은 냉기로 쾌적했다. 겉으로 봤을 때 꽤 연식이 있어 보였는데 내부는 리모델링을 했는지 깔끔했다. 볕도 잘 들어서 환했다. 방 두 개에 거실과 주방, 욕실 하나와 베란다. TV와 소파는 보이지 않고, 널찍한 테이블이 거실 한가운데에 놓여 있었다. 여덟 명 정도는 충분히 둘러앉을 만한 크기였지만 의자는 두 개였다. 거실의 한쪽 벽면은 서가였다. 반대쪽 벽면은 전구 가랜드로 장식되어 있었다. 지그재그로 교차시켜 만든 크리스마스트리 모양. 모니터 속 언니의 너머로 늘 보이던 배경이다. 언니는 이 테이블에 앉아 노트북을 열고 미팅룸에 접속한 뒤 나와 만났을 것이다. 가랜드의 주홍 불빛 아래 앉아 있는 언니는 늘 아늑하고 따뜻해 보였다. 다가올 크리스마스를 언제나 준비하고 있는 사람처럼.

그리고 그 옆에 걸려 있는 커다란 액자. 검은색 액자는 안까지도 새카맸다. 무언가 희미하게 보이기는 하는데 어떤 그림인지 알 수 없어 물어본 적이 있었다. 그러자 언니는 벌떡 일어나더니 화면에서 사라졌다. 거실 전등을 끄고 가랜드의 불까지 모두 껐다. 그때 액자 안에서 녹색 점들이 빛을 냈다. 빛나는 점들을 연결하면 국자 모양이 되었다.

"북두칠성이구나."

"잘 봐. 별이 몇 개인지."

언니는 퀴즈를 내듯 물었고 나는 별의 수를 헤아렸다.

"여덟 개네."

작품의 제목은 북두팔성. 언니가 좋아하는 설치 미술가의 작품을 카피해서 만든 것인데 선물받았다고 했다. 검은 도화지 위에 아이들 침실 천장에 붙여놓을 법한 야광 별 여덟 개를 북두칠성 모양으로 붙인 뒤 표구해 놓은 것이었다. 실제로 보니 모니터 너머로 볼 때보다 초라해 보였다.

테이블 위에는 A4 종이 한 장이 놓여 있었다. 연지에게, 로 시작하는 메모는 존댓말로 쓰여 있었다. 처음 보는 지연 언니의 손 글씨는 동글동글했는데, 왼쪽 아래에서 오른쪽 위로 점점 기울어졌다.

하나, 왼쪽 방을 사용하세요.

둘, 정수기 점검과 소독 방문이 있습니다. (그 이외에 방문객은 금합니다.)

셋, 가까이에 호수 공원이 있어요. 산책하기 좋아요.

넷, 창문을 오래 열어두지 말아요. (환기 시 30분 정도만.)

다섯, 금요일은 분리수거를 하는 날입니다.

여섯, 냉장고에 있는 장조림 다 먹을 것!

추신: 가끔 고, 양이 사진을 보내주세요.

여섯 번째 항목만 반말로 적혀 있었다. 냉장고를 열었다. 투명한 락앤락 통에 가득 담긴 소고기 장조림. 함께 볶아 넣은 꽈리 고추와 삶은 메추리알이 먹음직스러워 보였다. 메추리알을 손가락으로 하나 집어 먹으니 매콤하고 달착지근했다. 달걀과 우유도 새로 사서 넣어둔 듯했다. 언니가 떠나기 전, 말끔하게 정리했는지 다른 밑반찬이나 식자재들은 보이지 않았다. 나는 챙겨온 맥주 캔 여러 개를 냉장고에 넣고 햇반을 꺼내 놓았다.

왼쪽 방문은 열려 있었다. 방 안으로 여행용 트렁크 가방을 끌고 들어갔다. 작은 창문 아래 싱글 침대가, 그 옆으로는 화장대가 놓여 있었다. 무채색의 단정하고 정갈해 보이는 침구. 침대 헤드 위쪽 벽면에 언니가 처음에 만들었던 드림캐처 하나가 걸려 있었다. 화장대 위는 로션과 보습크림 등 기초 화장품 정도로 단출했다. 작은 모래시계, 향초를 넣는 램프 같은 아기자기한 소품을 구경하고 있는데 작은 기적이 느껴졌다. 드디어 고양이가 경계를 풀고 나타나 준 걸까. 이리저리 살폈지만 보이지 않았다. 침대 밑에는 고양이 털과 먼지만 굴러다녔다. 침대 발치 쪽 벽면에는 붙박이장이 있었다. 숨을 죽이고 붙박이장으로 다가가 문을 조심스레 열었다. 하지만 나를 위해 일부러 비워놓은 듯 언니가 자주 입던 추리닝 한 벌만 걸려 있었다.

거실로 나가 베란다 창 앞에 설치된 캣 타워를 살펴봤다. SNS에서 자주 봤던 모델로 스크래처와 해먹, 동굴 집이 달려 있었다. 동굴 집 안을 들여다봤지만, 고양이는 보이지 않았다. 캣 타워 아래에는 고양이 밥그릇과 물그릇이 각각 두 개씩 나란히 놓여 있었다. 밥그릇은 두 개 다 비어 있었고,

물그릇 두 개에는 물이 반쯤 담겨 있었는데 고양이 털이 둥둥 떠다녔다. 정수기에서 물을 받아 새로 담아 놓고 일어서다가 현기증을 느꼈다.

방으로 들어가 쓰러지듯 침대에 누웠다. 섬유유연제 내음이 향긋했다. 먼 길을 온 탓도 있겠지만 의사 말에 따르면 철분이 부족한 탓에 금세, 자주 지쳤다. 몇 달 동안 철분제를 먹었지만 철 수치가 오르지 않았다. 의사는 철분이 쌓이지 않는 데는 어딘가 누수를 만드는 원인이 있을 거라고 했다. 염증으로 인한 출혈이 있다거나.

"철이 없대요."

병원에 다녀온 이유를 말하자 언니는 웃음을 터트렸다.

"철은 나도 없어."

그러다 저장 철이 부족하다는 말에 심각하게 고개를 끄덕였다. 그 뒤로 철분이 없으면 밤에 푹 자질 못한대, 숨이 차대, 어지럽다고 하던데, 소고기를 많이 먹어, 등등 언니는 근심 어린 말투로 사라진 내 철의 안부를 매번 걱정해 줬다. 채팅창으로 빈혈에 좋은 음식에 대한 정보가 담긴 링크를 보내주기도 했다.

잠깐 눈을 감았다고 생각했는데 깜박 잠들었나 보다. 촉촉하고 부드러운 것이 얼굴에 닿아 화들짝 놀라 눈을 떴다. 까만 고양이의 동그란 두 눈과 마주쳤다. 고양이는 놀랐는지 침대에서 후다닥 뛰어내려 문밖으로 뛰쳐나갔다. 쫓아가 보니 꼬리를 높이 세우고 빈 밥그릇 주위를 맴돌고 있었다.

언니는 고양이가 별로 손이 가지 않는다고 했다. 물은 하루에 세 번 갈아주고, 사료는 하루 두 번씩 종이컵에 반 정도 채운 분량만 주라고 했다. 살이 쪄서 다이어트 사료를 구매한 거라며 습식 캔은 일주일에 한 번 정도 주고, 츄르 같은 간식은 금지라는 당부도 덧붙였다. 화장실 청소는 하루에 한 번, 화장실 모래 전체를 가는 건 일주일에 한 번은 해줘야 냄새가 나지 않는다고 하나하나 일러주다가 개는 매일 산책 시켜야 하는데 고양이는 얼마나 간단하냐며 자랑스러워했다. 그러다 낚싯대 장난감으로 하루에 10분 정도는 놀아달라는 부탁을 덧붙였다. 요구사항은 하나씩 추가됐다.

"양이는 거의 못 볼 거야. 그래도 가끔 이름을 불러줘."

"이름을 부르면 나와?"

"아니, 대답도 안 해."

"그러면 뭐 하러 불러?"

언니는 또 정지된 화면처럼 가만히 있다가 천천히 대답했다.

"……찾고 있다는 걸 알려주려고."

찬장 안에서 사료를 꺼내 두 개의 밥그릇에 똑같이 종이컵 반 정도의 분량을 부어 주었다. 고, 맛있니? 나는 사료에 코를 박고 오도독 소리를 내며 씹고 있는 고양이를 향해 말을 걸었다. 고인지 양이인지 모르겠지만 아마도 고일 거라고 짐작했다. 고는 잠깐 나를 빤히 보더니 다시 사료를 먹기 시작했다.

나는 붙박이장 안에 가져온 옷들을 걸고, 코바늘과 실뭉치, 칼림바, 몇 권의 책을 꺼내놓았다. 그러다 돌아보니 어느새 고가 여행용 트렁크 가방 안에 들어가 앉아 만족스러운 듯 골골거리는 소리를 내고 있었다. 나는 얼른 휴대전화를 찾아 고의 사진을 찍어 언니에게 전송했다.

—잘 도착했어. 언니, 장조림 고마워.

시계를 보니 저녁 여덟 시. 언니와 만나던 시간이었다. 코바늘과 털실을 꺼내 들고 나는 거실 테이블 앞에 자리 잡았다. 가져온 노트북을 꺼내 와이파이를 연결한 뒤 미팅룸에 들어갔다. 미팅룸에는 당연히 나 혼자였다. 가랜드 전구의 불을 켜보았다. 매주 보던 언니의 배경 안에 내가 들어가 있었다.

언니와 달리 나는 내가 살고 있는 공간을 보여주고 싶지 않았다. 배경 화면으로 풍경 사진을 설정해 놓고 매번 바꿨다. 아이슬란드 오로라, 우주에 떠 있는 지구, 마추픽추, 펭귄이 줄지어 서 있는 남극, 만리장성 등등으로. 내가 언니의 모니터 너머 액자의 존재를 궁금해했듯 언니도 내 너머를 보고 있었다. 언니가 손가락으로 내 등 뒤를 가리키며 물었다.

"저기는 어디야?"

나도 모르게 뒤를 돌아봤다. 좁은 원룸 안에 발 디딜 자리도 없이 가득 쌓인 상자들. 천장까지 높이 쌓아서 금방이라도 무너질 듯 위태로워 보였다. 고개를 돌려 모니터 안에 있는 나를 바라봤다. 내 등 뒤로 빛나는 태양이 떠 있는 하늘이 펼쳐져 있고 그 아래 있는 초원 사이로 끝이 보이지 않는 길이 이어지고 있었다. 그 길 위로 큰 배낭을 메고 걸어가는 사람들의 뒷모습. 어떻게 보면 우리나라 시골길 같기도 했다. 아름답다기보다는 황량한 풍경이었다.

"배낭 하나만 지고 간대. 하루에 20~30킬로미터씩 걸어야 한 달 만에 코스를 완주할 수 있나 봐."

어딘가 설명이 미진하다고 느껴져 나는 한마디를 덧붙였다.

"뭔가를 찾고 싶은 사람들이 간다고 들었어."

어쨌든 내가 뜻하지 않게 언니의 여행지를 정해준 셈이 되었다. 언니는 모니터 안에서 벗어났는데 나는 여전히 모니터 안에 갇혀 있다. 아니다. 서로의 배경으로 들어갔으니 둘 다 원하던 바를 이룬 셈인가. 나는 언니와 만날 때처럼 열시에 접속을 종료했다.

*

지연 언니가 적어준 메모는 냉장고 앞에 붙여놓고 눈에 띌 때마다 읽었다. 거기에 적힌 대로 장조림과 함께 햇반을 데워 먹었다. 하루 30분 동안만 창문을 열어 환기를 시켰다. 모래 안에 굳어 있는 대소변, 아니 언니의 표현을 빌리자면 맛동산과 감자가 쌓이는 고양이 화장실도 매일 청소했다. 사료는 하루 두 번만 주려고 노력했지만 그래도 고가 귀엽게 조르면 더 줄 수밖에 없었다. 그리고 가끔 양이야, 하고 부르다 머쓱해져 괜히 주위를 둘러보곤 했다. 내가 고라고 부르는 녀석이 진짜 고인지 아니면 양이인지 의심이 갔지만 양이라고 부를 때는 반응하지 않는 걸 보면 고가 맞는 것 같았다. 매일 청소기를 돌려도 고양이 털은 고에게서만 나온다고 믿기 어려울 만큼 많이 빠졌고 사료와 물도 매일 없어졌다.

"고, 양이 몫까지 먹은 건 아니지?"

깨끗하게 비어 있는 밥그릇 두 개를 의심스럽게 쳐다보다 혼잣말을 하듯 고에게 묻고는 피식 웃었다. 새벽녘 잠결에 사료를 오도독 씹는 소리나 할짝거리며 물을 마시는 소리, 작은 발소리를 어렴풋이 들은 것도 같았다. 굳게 닫혀 있는 오른쪽 방문에 시선이 오래 멈추기도 했다. 하지만 이내 언

니의 메모를 떠올렸다. 오른쪽 방에 들어가지 말라는 얘기
는 없었지만 왼쪽 방만을 사용했다.

일주일간 언니가 적어준 여섯 개의 항목과 추신에 적은
내용까지 대부분 준수했지만, 집 근처에 있다는 호수에는
가지 못했다. 언니 아파트 주변에는 높은 건물이 없었다. 베
란다 창 아래로 내려다보면 논과 밭이 이어져 있는 가운데
드문드문 인가들이 보였다. 언니는 그 길을 따라 조금 더 걸
어가면 커다란 호수가 있다고 알려줬다. 오늘은 나가볼까,
의욕적으로 하루를 시작했다가 햇빛이 너무 강해서, 날씨가
흐려서라는 핑계를 대고 매번 방을 떠나지 않았다. 대신 인
터넷에서 호수 공원 사진을 검색했다. 연꽃이 피어 있었고
호수 한가운데에는 도자기로 유명한 도시답게 하얀 도자기
모형이 둥둥 떠 있었다.

언니는 종종 짧은 메시지와 함께 사진을 보내왔다. 대부
분 길 위의 사진이었다. 초원과 밭, 숲 사이로 끝없이 이어지
는 길과 걷고 있는 사람들의 뒷모습. 하늘은 맑거나 흐리거
나 연무가 끼어 있는 등 매일 모습을 달리했지만 길 위의 풍
경은 비슷비슷해 보였다. 그리고 알베르게* 안의 이층 침대,
오트밀 죽과 호밀빵, 우유가 전부인 소박한 아침 식사, 오래

* 산티아고 순례자들이 이용하는 숙박 시설.

된 성당, 목초지의 양 떼들, 바위 위에 그려진 노란색 조가비 문양과 화살표 같은 것들.

어제는 동영상도 함께 보내왔다. 성당의 종탑을 촬영한 것으로 몇 달간 배웠던 칼림바의 소리와 닮은 종소리였다. 메신저를 보니 언니 이름 옆에 생일 케이크 모양이 떠 있었다. 알게 된 김에 칼림바를 꺼내 생일 축하 노래를 연주해서 보냈다. 언니가 메시지를 확인할 즈음에는 생일이 지나가 버린 뒤겠지만. 시차가 있어 우리의 대화가 이루어지는 데 꽤 시간이 걸렸다. 하루가 지나서 답장이 올 때도 있었다.

저녁 여덟 시가 되면 미팅룸에 접속한 뒤 코바늘뜨기를 했다. 똑같은 모티프를 여러 개 연결해 나를 휘감고도 남을 만큼 커다란 블랭킷을 만들 계획이었다. 그러다 유튜브에서 칼림바 연주법을 찾아보고 새로운 곡을 익히기도 했다. 고양이를 돌보는 일을 제외하면 장소만 달라졌지 내 원룸에서 생활할 때와 다를 것 없는 하루하루였다.

햇반과 라면, 맥주가 떨어지면 배달시키는 것으로 해결했다. 덕분에 분리수거를 해야 하는 금요일이 일주일 중 유일하게 문밖으로 나가는 날이었다. 모자를 눌러쓰고 마스크를 거의 눈 밑까지 끌어올린 다음에 햇반 용기와 맥주 캔을 정리해 들고 나오는데, 옆집 문이 열리고 검은 마스크를 쓴 여자가 나왔다. 우리는 나란히 엘리베이터에 올랐다.

　며칠 전 소독하러 들렀던 사람을 제외하고는 처음 만나는 사람이었다. 눈인사를 한 후 엘리베이터 안에 달려 있는 거울만 뚫어져라 보고 있는데 여자가 말을 걸어왔다.

　"옆집에 사는데 오랜만에 뵙네요."

　나는 어색하게 웃었다. 옆집 여자가 생각났다는 듯 말했다.

　"요즘 밤에 연주를 하던데요."

　나는 당황했다.

　"죄송합니다."

　여자는 손을 내저으며 말했다.

　"아니에요. 듣기 좋아요. 예전 소리보다……"

　나는 기다렸지만 여자는 더 이상 말을 이어가지 않았다. 엘리베이터는 4층에서 멈췄고 여자가 내렸다.

　밤에 계속 연주해도 괜찮다는 뜻일까. 고민하며 분리수거를 하고 집으로 돌아왔는데 고가 보이지 않았다. 고의 이름을 불러대며 집 안 곳곳을 뒤졌다. 침대 밑도 살펴보고 찬장과 붙박이장, 여행용 가방 안도 살펴봤다. 환기를 시키고 베란다 창문을 닫지 않았나 해서 거실로 나가 살펴봤지만, 창문은 빈틈없이 닫혀 있었다. 고까지 숨어버린 걸까. 초조한 마음으로 주변을 둘러보다 오른쪽 방문 앞으로 다가가 귀를 대봤다. 손잡이를 잡았다. 그러다 냉장고 메모를 또 한 번 떠올렸다. 손잡이를 놓고 돌아섰다. 그 순간, 어젯밤 뜨다가 의자 위에 걸쳐둔 블랭킷이 꿈틀거렸다. 고, 하고 불렀다. 대답이 없었다. 블랭킷을 천천히 들어 올리자 만족한 듯 골골골거리며 꼬리를 흔들고 있는 고의 엉덩이가 보였다. 고는 느긋하게 일어나 하품을 하며 기지개를 켰다.

저녁 여덟 시가 되자 나는 미팅룸에 접속했다. 모니터 안에 덩그러니 앉아 있는 나를 바라보다 붙박이장 안에 있는 언니의 추리닝으로 갈아입고 앉았다. 가랜드의 조명도 켰다. 마치 언니와 마주 보고 있는 것 같다는 생각이 들었다. 언니는 아직 내가 보낸 동영상을 확인하지 않았는지 답장이 없었다. 휴대전화의 진동이 울렸다.

―밥은 잘 챙겨 먹고 있니? 그냥 버린 시간이라고 생각해야지 어쩌겠니.

언니인 줄 알았는데 가끔 오는 엄마의 문자였다. 언젠가부터 내가 전화를 잘 받지 않자 엄마는 문자를 보냈다. 답장이 너무 늦어지면 원룸으로 찾아갈지도 몰랐다. 서둘러 답장을 하고 웃고 있는 이모티콘을 덧붙였다. 버린 시간. 아까운 시간 낭비. 몇 년 사이 엄마가 보내는 문자에 자주 등장하는 표현이었다.

코바늘을 집어 들고 뜨개질을 시작했다. 고가 다가와 실을 가지고 놀았다. 블랭킷은 이제 어깨를 덮을 만큼의 길이가 되었다. 어쩌면 다른 모임과 달리 코바늘뜨기 모임을 오래 지속할 수 있었던 것은 시간을 투자하면 무언가 손에 쥐어진다는 물성의 감각 때문일지도 몰랐다. 언니 집에 머무는 동안 내 머리부터 발끝까지 다 덮을 수 있는 블랭킷을 완성하고 싶었다. 서둘러야 했다. 그때 미팅룸으로 누군가가 들어왔다. 당황스러웠다. 그도 마찬가지인 것 같았다.

"아직도 계실 줄 몰랐어요."

현규. 화면에 뜬 이름을 생소하게 바라봤다. 방장이었다.

"안녕하셨어요."

내가 기억을 더듬는 사이 그도 나에 대한 기억을 떠올렸나 보다.

"드림캐처 만드시던 분이죠?"

날 지연 언니로 착각한 듯했지만, 그냥 고개를 끄덕였다. 돌아온 걸까. 그렇다면 내가 나가야 하지 않을까. 이 미팅룸 계정은 본래 그가 만든 것이었으니. 침묵 끝에 그가 물었다.

"요즘에는 뭘 뜨고 있어요?"

나는 뜨고 있던 블랭킷을 들어 보여주고 물었다.

"현규님은요?"

현규는 당황한 듯 보였다.

"사실은 아무것도 뜨지 않고 있어요."

그가 사과하듯 말해서 나는 "괜찮아요."라고 대답했다.

"고양이를 키워요?"

어느새 고가 화면을 들여다보고 있었다. 현규는 아이처럼 웃더니 고에게 손을 흔들었다.

"사실은 잠시 맡아주고 있어요."

현규는 오래전에 고양이를 키웠다며 신이 나서 고양이에 대한 지식을 늘어놓다가 밤 열 시가 되자 나갔다. 그가 나가고 난 뒤에야 이 미팅룸을 어떻게 할 건지 물어보지 못했다는 걸 깨달았다.

냉장고에서 맥주와 장조림을 꺼냈다. 맥주 한 캔을 다 마시자 졸음이 밀려왔다. 고는 침대 한가운데 누워 있었다. 내가 누우려고 하면 항상 슬며시 내려가더니 웬일인지 한쪽으로 살짝 비키기만 했다. 그동안 친해졌다고 생각한 걸까. 침대를 내가 몽땅 차지하는 게 못마땅해서일까. 목덜미를 살짝 긁어주자 고르릉 소리를 냈다. 나는 오늘 한 번도 양이의 이름을 불러주지 않은 것이 생각나 얼른 양이야, 하고 작게 중얼거렸다. 혹시나 하고 귀를 기울였지만 풀벌레 소리만 들려왔다.

휴대전화를 집어 들어 고양이가 집 안에 숨어 있을 때 찾는 법을 검색했다. 그러다 고양이를 찾는 트윗들을 발견했다. 고양이를 잃어버린 사람이 생각보다 많았다. 그중 유독 트윗 하나가 눈에 들어왔다.

'고양이 주인을 찾습니다. 온몸이 새까만 고양이입니다. 노란 방울이 달려 있어요. 낯을 심하게 가려서 몇 번 보지 못했어요. 호수 공원에 있는 콘크리트 하수도관 안에 살고 있습니다.'

글과 함께 첨부한 사진에는 콘크리트 하수관 속의 캄캄한 어둠만이 찍혀 있었다. 낯익은 지명. 언니가 산책하면 좋다고 했던 그 호수였다. 트윗이 올라온 것은 삼 년 전. 고양이는 집으로 무사히 돌아갔을까. 고가 고르릉대는 소리를 듣다가 잠이 들었다.

*

밤사이 언니에게 문자가 와 있었다. 내 연주를 들었는지 손뼉 치는 이모티콘을 보내왔다. 여행을 떠나기 전, 지연 언니는 한 달 동안 쉬지 않고 걷고 싶다고 했다. 언제나 모니터 화면 안에 앉아 있던 언니가 프레임 바깥에서 움직이는 모습은 잘 그려지지 않았다.

"그러다 길을 잃으면 어떡해?"

내가 묻자 언니는 웃으며 말했다.

"다른 사람 뒤를 따라가면 되지."

비대면 만남에서 좋은 점은 장소를 찾느라 헤맬 일은 없다는 거였다. 그래서 늦을 일도 없었다. 주어진 미팅 번호 158 273 1888을 잘 입력해서 클릭만 하면 되었다. 하지만 온라인상에서도 누군가는 늦었고, 방을 잘못 찾아 들어가기도 했다. 언니는 자주 늦는 편이었고, 종종 다른 미팅룸에 들어갔다가 돌아왔다. 그런 언니여서 더 걱정이 됐다.

—지금은 어디 있어?

숫자 1이 사라지더니 금세 답장이 왔다.

—뒤로 걷고 있는 사람을 봤어.

—웬일로 이렇게 빨리 답장을 해. 그 사람 손뼉은 안 쳐?

또 금세 1이 사라지더니 터진 빵을 들고 웃는 이모티콘과 함께 답장이 왔다.

—아니 손뼉은 안 쳐. 오늘 좀 늦게까지 잠이 안 와서. 그런데 신기하지 않아?

—그게 뭐 별일인가. 천변이나 공원 산책로에도 그런 사람 많잖아.

—맞다. 정말 그렇네. 앞사람 뒷모습만 보고 걷다가 마주 보고 걸어서 신기했나 봐.

나는 옆집 여자와 마주친 얘기도, 현규와의 만남에 대해서도, 양이를 한 번도 보지 못했다는 말도 하지 못했다. 잘 자고, 내일도 몸조심하고, 무리하지 말고 걸으라고만 했다.

마주 보고 걷는 사람이 있으면 길을 잃지는 않겠구나. 조금 안심이 되었다.

　현관 벨이 울렸다.
　"정수기 점검입니다."
　마스크를 찾아 쓰고, 문을 열어주었다. 싱크대 위에 놓인 정수기 필터를 갈고 나서 여자는 심각한 표정으로 혀를 끌끌 찼다.
　"물이 새는 거 같아."
　행주를 집어 들더니 싱크대 아래 바닥에 펼쳐두었다.
　"정수기에서 새는 건 아닌 거 같은데."
　여자는 지금은 조금씩 물이 새서 보이지 않지만 나중에는 마룻바닥 전체를 다 뜯어내야 할 수도 있다고 했다. 여자는 펼쳐두었던 행주를 만져보라고 했다. 정말 살짝 젖어 있는 물기가 느껴졌다. 꾸역꾸역 먹어도 흡수되지 않고 어딘가로 새버리는 철분처럼 보이지 않는 누수가 이 집에도 오래전부터 진행되어 온 걸까.
　"그래도 빨리 알아서 다행이야. 아가씨, 운이 좋아."
　여자는 정수기가 원인이 아니라는 사실에 안심했는지 만족스러운 얼굴이었다. 그리고는 자연스럽게 테이블 의자에 앉으며 말했다.

"그 차 참 맛있었는데."

'그 차'는 어떤 차일까. 그 차를 내와야 여자는 돌아갈 모양이었다. 나는 고양이 사료가 있는 찬장의 첫 번째 칸 외에는 열어본 적이 없었다. 두 번째 찬장을 열어보니 유리병 안에 든 꽃잎을 말린 차와 찻잔이 있었다. 견출지에는 메리골드라고 적혀 있었다. 선물을 받은 걸까. 지연 언니의 글씨가 아니었다. 납작한 글씨체는 어딘가 지쳐 보였다.

찬장 안에는 뜨개질 모임에서 다 같이 만들었던 티 코스터도 있었다. 조급하게 서둘렀을 때, 딴생각을 했을 때, 느긋하게 집중했을 때 코 모양이 모두 달랐다. 방장은 말했다. 똑같은 기술을 배워 똑같은 도안으로 떠도 완성된 모양은 다 다르다고. 코바늘뜨기 하나만 봐도 그 사람이 어떤 사람인지 알 수 있다고. 타고난 모양을, 마음을 감추기란 어려운가 봐요, 라며. 언니의 티 코스터는 내 것과 달리 촘촘하고 일정했다.

티 코스터 위에 찻잔을 놓았다. 끓는 물을 붓자 마른 꽃잎이 서서히 퍼지면서 차가 우러났다. 나는 차를 마시지 않고 마스크를 쓴 채 여자 앞에 마주 앉았다. 마스크를 벗어 의자에 걸어둔 여자는 찻잔을 가져가 향부터 음미했다.

"여전히 향이 좋네."

그때 그녀와 나의 휴대전화가 동시에 울렸다. 매일매일 하루에도 수십 번씩 울리던 긴급 알림은 점점 드물어지더니 최근에는 울리는 일이 거의 없어졌다. 오늘 온 알림은 확진자가 0인 지역이 늘었다는 소식이었다.

"운이 좋았어."

여자는 또 한 번 강조하듯 말했다. 아무것도 읽을 수 없는 표정으로 말했지만 나는 고개를 끄덕였다. 언니는 왜 이 여자에게 차를 대접했을까. 모니터 화면이 아니라 실제 누군가와 마주 앉아 있고 싶었던 걸까. 여자가 돌아간 뒤에도 땀과 향수 냄새가 섞인 그녀의 체취가 한동안 남아 있었다. 아직 온기가 남아 있는 찻잔에 묻은 립스틱 자국을 수세미로 문질러 닦았다.

또다시 저녁 여덟 시. 미팅룸에 접속하자 현규가 먼저 들어와 있었다. 나는 순간 방을 잘못 찾아 들어간 기분이 들었다. 현규에게 방을 돌려줘야 할지 오늘은 꼭 물어봐야지, 입을 떼려는데 현규는 반가워하며 말했다.

"기다리고 있었어요."

나는 경계하며 물었다.

"왜요?"

"예전에, 오래전에 키우던 고양이와 닮아서요."

현규는 쑥스럽게 웃으며 고양이 안부를 물었다. 고가 모니터 앞으로 다가오자 현규의 얼굴이 화면에 꽉 찼다. 나는 나도 모르게 뒤로 물러섰다. 고도 부담스러웠는지 테이블에서 내려가 방으로 들어가 버렸다. 고가 보이지 않자 현규는 실망한 얼굴이었다. 시무룩해진 그에게 물었다.

"고양이 말이에요. 정말 귀엽기는 한데 대체 무슨 생각을 하고 있는지 모르겠어요. 오래 키우면 알게 되나요?"

"다 알 수 없지만 대충은요. 대충은 알았다고 생각해요."

현규는 자신 없이 말했다. 생각났다는 듯 채팅창에 고양이 번역기 링크를 보내왔다.

"제가 고양이랑 살 때는 이런 게 없어서 못 해봤어요. 한번 해봐요. 정말 하고 싶은 얘기가 있는 건 고양이도 마찬가지일 테니."

정말 하고 싶은 얘기라. 나는 현규에게 고양이를 잠시 맡아주고 있다는 사실을 재차 털어놓았다. 고양이가 분명 두 마리라고 했는데 며칠이 지나도 아직 한 마리밖에 보지 못했다고. 현규는 그런 일은 흔하다고 했다.

"고양이는 원래 잘 숨어 있어요. 특히 낯선 사람이 있으면."

그의 말에 안심이 된 나는 투정 부리듯 말했다.

"그렇죠. 원래 낯을 가린다고 하긴 했는데 그래도 너무해요. 이럴 거면 한 마리든 두 마리든 똑같잖아요."

현규의 얼굴에서 미소가 사라졌다.

"그렇지 않아요. 다르죠. 그건 정말 달라요."

현규는 조금 흥분한 듯 보였다. 언니와도 비슷한 대화를 했던 기억이 떠올랐다. 내가 언니 뒤로 보이는 액자를 가리키며 말한 적이 있었다.

"사람들은 별이 여섯 개여도 여덟 개여도 국자 모양이면 북두칠성이라고 부를 거야. 어차피 별 하나가 더 있든 말든 누가 신경 쓰겠어."

"아니야, 그렇지 않아."

언니가 그 말을 할 때 접속이 불안정했다. 버퍼링 때문에 한동안 아니야, 만 반복되다가 언니는 화면 밖으로 튕겨 나갔다. 미팅룸으로 돌아온 언니의 코끝은 붉어져 있었고 눈가도 빨갰다. 나는 여느 때처럼 생략되어 버린 대화에 관해 묻지 않았다. 알고 있었기 때문인지도 모른다. 어떤 고양이도 양이를 대신할 수 없다는 말이라는 것을. 양이가 순간 부러웠다. 내가 누군가에게 듣고 싶었던 말도 그런 것이었는지 몰랐다.

"미안해요."

나는 마이크를 켜는 것을 잊은 채 말했다. 현규가 멍한 표정을 지었다. 나는 마이크를 켜고 한 번 더 말했다.

"미안해요."

현규가 답답한 듯 소리를 높여 말했다.

"아무것도 안 들려요. 지금 얘기하고 있어요?"

나는 소리 지르듯 크게 말했다.

"미안하다고요."

현규는 여전히 멍한 표정을 짓고 있었다. 미안해요, 라고 몇 번을 말했을까. 와이파이 접속이 불안해지더니 나는 지연 언니가 그랬던 것처럼 튕겨 나갔다. 서둘러 미팅룸으로 돌아갔지만 현규는 이미 나간 뒤였다. 모니터에 손을 대봤다. 찻잔처럼 아직 열기가 남아 있었다.

고양이 울음소리를 분석해 준다는 번역기로 의사소통을 한 사람들의 후기를 훑어봤다. 믿을 만한 건지 모르겠지만 시험해 보기로 했다. 잠들어 있는 고를 건드리자 잠깐 실눈을 뜨더니 다시 감았다. 더 세게 건드렸다. 고가 짜증 내듯 '야옹' 하고 울자, 번역기에 [쉬고 싶어]라는 말이 떴다. 진짜로 번역해 주네. 고의 턱과 목 주변을 살살 긁어주며 말을 걸었다.

"고, 그만 일어나."

[날 내버려 둬]

"지연 언니 보고 싶지?"

[배가 고파]

"나랑 같이 사는 건 어때?"

[간식 먹고 싶어]

그럼 그렇지 하다가, 나는 진지하게 물었다.

"고, 양이는 어디 있어?"

[나는 외로워]

나는 번역기에 뜬 말을 들여다보다 멈칫했다. 또 물었다.

"사라진 거야?"

고는 내 손길이 맘에 들었는지 골골거리다가 뒤집기를 하더니 배를 보여줬다.

"저 방에는 뭐가 있어?"

이번에는 고가 대답 없이 벌떡 일어나더니 내 볼에 머리를 비볐다. 영상으로만 접했던 고양이들은 늘 귀여웠고 만져보고 싶었다. 고를 실제로 처음 만졌을 때, 상상했던 것보다 그 촉감은 더 부드럽고 따뜻했다. 살아 있으니까 어쩌면 당연했다. 다른 사람의 체취를 느끼고, 서로의 호흡이 섞이고 체온을 나누는 일이 아무렇지 않았던 시절이 있었다. 사람들은 누구나 그 시간을 그리워한다. 그런데 그것이 고양이 털처럼 이렇게 마냥 보드랍고 따뜻하기만 했을까.

*

벌써 온 거야?

거실로 나왔더니 현관문 앞에 지연 언니가 서 있었다. 커다란 배낭을 짊어지고 있는 언니는 지쳐 보였다.

언니는 나를 보고도 쓱 지나치더니 양이야, 하고 부르면서 오른쪽 방으로 들어갔다. 따라 들어가려는 순간 문이 닫혔다. 무언가 찢어지는 소리가 들려왔다. 사람이 내는 것 같지 않고, 그렇다고 고양이가 내는 것 같지도 않은 소리. 노크를 한 뒤 문을 열려고 했지만 열리지 않았다. 나는 호수에 가지 못했다고 얘기하려다 마룻바닥 상태부터 알려야겠다고 생각했다. 언니를 부르고 싶었지만, 말이 나오지 않았다. 가슴이 답답했다.

숨이 막힐 것 같은 느낌에 눈을 뜨자 명치 위에 고가 누워 있었다. 침대 시트가 땀으로 축축하게 젖었다. 에어컨을 서둘러 켰는데 작동하지 않았다. 꿈속에서 들은 무언가 찢어지는 듯한 소리가 들렸다. 거실로 나가자 비가 쏟아지고 있는 게 보였다. 집 안이 번쩍하더니 천둥이 쳤다. 따라 나왔던 고가 동굴 집으로 재빨리 숨었다.

*

비는 계속해서 내렸다. 휴대전화 긴급 알림이 연달아 울렸다. 언니의 아파트가 있는 도시는 집중폭우 지역으로 거론되었다. 호수가 범람할 수도 있다는 경고도 함께. 폭우가 내리는 가운데에서도 찜통더위는 계속됐다. 조금만 움직여도 땀이 쏟아졌다. 에어컨 AS센터에 전화를 걸었지만 수리 기사는 고장 신고가 밀려 언제 갈 수 있을지 모르겠다고 자신 없이 대답했다.

비가 들이쳐서 창문을 열어둘 수도 없었다. 블랭킷은 무릎까지 가릴 수 있는 길이에서 중단됐다. 칼림바 연주도 하지 않았고 미팅룸에도 들어가지 않았다. 침대에 누워 있기만 했다. 고가 때때로 가까이 다가와 원망 섞인 울음소리를 냈다. 습기를 머금어 눅눅해진 털이 닿는 것이 싫어 몇 번 밀어냈더니 아예 곁에 오질 않았다. 양이의 이름도 불러주지 않았다.

언니에게는 아무 연락이 없었다. 비가 조금이라도 잦아들면 아무래도 집에 가봐야 할 것 같다고, 언니가 올 때까지 기다리지 못할 것 같다고 썼다가 지우고는 짧게 묻고 말았다.

—언니, 지금 어디에 있어?

참을 수 없이 목이 말라 침대에서 몸을 일으키는데 눈앞이 하얘졌다. 어지럼증이 가라앉기를 기다리다 철분제를 먹는 것도 잊었다는 것을 깨달았다. 거실로 나와 간신히 정수기에서 물을 받아서 철분제를 삼켰다. 어디선가 역한 냄새가 풍겨왔다. 치우지 못하고 내버려 둔 고양이 화장실에서 나는 냄새였다. 비어 있는 밥그릇과 물그릇을 보고 서둘러 사료를 꺼내 그릇을 채워놓는데 평소와 달리 고가 달려오지 않았다. 블랭킷 안도 들춰보고 캣 타워와 동굴 집, 붙박이장과 침대 밑도 살펴보고 욕실도 열어보고 구석구석 살폈지만 보이지 않았다. 그러다 오른쪽 방문이 살짝 열려 있는 것을 발견했다.

"고, 혹시 방에 있어?"

앞으로 가까이 갔지만 아무 기척도 느껴지지 않았다. 망설이다가 방문을 활짝 열었다. 왼쪽 방과 크기도 구조도 같았다. 침대 하나가 놓여 있었고 화장대 대신 책상이 있었다. 책상 위에는 펼쳐진 책 한 권과 빈 머그잔, 그리고 작은 화분. 화분에는 마른 흙만이 담겨 있었다. 왼쪽 방과 달리 침구는 원색에 커다란 꽃무늬 문양으로 디자인이 화려했다. 침대 위에 이불이 봉분처럼 솟아 있었다. 방금 전까지 사람이 누워 있다가 빠져나간 것처럼. 접속이 불안정할 때 언니의 모습처럼 누군가 정지 버튼을 눌러 시간이 멈춘 듯했다.

침대 헤드 위에는 열두 개의 드림캐처가 일렬로 걸려 있었다. 실내장식이라기보다는 마치 점집의 부적 같았다. 선물한다고 했었는데 아직 전해주지 못한 걸까. 방장은 드림캐처의 그물은 거미줄처럼 성기게 떠야 한다고 했다. 나쁜 꿈이 그 사이에 걸리게 하고, 꾸고 싶은 꿈은 빠져나갈 수 있도록. 하지만 언니가 만든 드림캐처의 그물코는 그 어떤 꿈도 통과할 수 없을 만큼 틈 없이 촘촘했다. 언니는 꾸고 싶은 꿈이 있었던 게 아니라 더 이상 어떤 꿈도 꾸고 싶지 않았던 건지도 모른다.

봉분처럼 솟아 있는 이불 안쪽에서 고가 얼굴을 내밀었다. 미안해. 통할지 모르지만 사과부터 했다. 고는 이내 마음을 풀고 골골거리며 몸을 기대왔다. 나는 고의 머리를 쓰다듬어 주다 붙박이장을 활짝 열었다. 안에는 옷이 빽빽하게 가득 차 있었다. 지연 언니가 즐겨 입던 옷과는 다른 색깔과 디자인들. 나는 옷들 사이로 양이야, 하고 불렀다. 무언가 부스럭거리는 소리가 들리기를, 반짝이는 눈과 마주치기를 간절히 바라며. 그러나 아무 소리도 들려오지 않았다. 이번에는 바닥에 엎드려 침대 밑을 살폈다. 왼쪽 방과 마찬가지로 고양이 털과 먼지 뭉치가 굴러다녔다. 길고 커다란 상자 하나가 보였다. 그 상자는 퀸 사이즈인 침대 밑을 반쯤 차지하고 있었다.

소중한 물건은 상자에 넣어두는 법이다. 아니면 보고 싶지는 않지만 버릴 수 없는 물건을. 언니는 어떨지 몰라도 나는 그렇게 했다. 내 원룸을 차지하고 있는 상자들 안에 그런 것들이 수북하게 담겨 있다. 상자는 기대와 달리 쉽게 끌려 나왔다. 안은 텅 비어 있었다. 빈 상자만 보면 신나서 들어가던 고는 쳐다보기만 했다. 텅 빈 상자 안에 무언가 있다는 듯이.

"고, 이 방에는 누가 살았어?"

나는 번역기를 켜지 않고 물었다. 어차피 눈빛과 침묵, 음소거된 울음까지 번역해 주지는 못할 것이다. 지연 언니는 상자 속에 무엇을 넣으려고 했을까. 넣었다가 뺐을까. 아니면 버렸을까.

언니와 나는 매주 목요일 저녁 여덟 시에 만났다. 하지만 우리는 아직 만나지 못한 것 같았다. 아직은.

갑자기 눈앞이 캄캄해졌다. 정전이었다. 잠시 후 한꺼번에 많은 전력을 사용한 데다가 비도 많이 와서 누전이 됐다는 안내 방송이 나왔다. 기다려 달라고 했다. 휴대전화 진동음이 울렸다. 네모난 빛 안에 언니의 메시지.

―뒤로 걷고 있던 사람. 마주 보고 걸었다는 그 사람 뒷모습을 오늘 처음 봤어. 개울 앞에 쪼그리고 앉아 있었어. 꽃을 뜯어서 물에 흘려보내고 있더라. 시들지도 않은 아직 생생한 꽃들을. 멀쩡한 꽃들을 뜯으니까 뭐라고 해줄까 하고 가까이 다가갔지.

메시지를 읽는 사이 다음 문자가 도착했다.

—그런데 꽃을 뿌리는 걸 그만두더니 움켜쥔 두 주먹을 눈에 대고 가만히 있는 거야. 마르고, 굽은 등. 들썩이지도 않았어. 아무 소리도 내지 않았어. 그저 두 주먹을 눈에 대고 있었어. 그렇게 한참을 있다가 그 사람이 일어났어. 그리고 그 사람은 다시

　언니의 문자는 거기에서 끊겼다. 나는 기다렸다. 하지만 좀처럼 다음 문장이 이어지지 않았다. 네모난 빛마저 사라지자 집 안은 완전히 어둠에 잠겼다. 고의 색깔처럼 완벽하게 까맸다. 세찬 빗소리와 바람 소리만이 집 안을 가득 채웠다.

　벽에 등을 기대고 주저앉아 빈틈없이 까만 어둠을 얼마나 보고 있었을까. 빗소리가 점점 가늘어졌다. 어디선가 작은 발소리가 들린다. 물을 할짝거리는 소리에 이어 오도독 사료를 씹는 소리도. 고, 거기 있니? 몸을 일으켜 더듬더듬 손으로 벽을 짚으며 소리가 들리는 쪽으로 가다가 북두칠성을, 아니 여덟 개의 별을, 아니 이제는 열 개가 된 별을 발견한다. 열 개 모두 녹색으로 선명하게 빛나고 있다. 그중 국자 손잡이 끝에 위치한 두 개의 별이 움직인다. 내 앞으로 다가온다. 작은 발소리와 숨소리도 가까워진다. 손을 뻗는다. 익숙한 온기를 붙잡기 위해. 아무것도 잡히지 않는다. 다시 손을 내민다. 몇 번이고 헛손질해도 괜찮다. 다시 잡을 수 있다

면. 양이니? 어둠 속에서 기다리다, 또다시 부른다. 양이야.
몇 번이고 부를 수 있다. 분명 두 마리라고 했으니까.

* 소설에서 언급한 미술 작품은 박이소 작가의 「북두팔성」입니다.

●

귓
속
말

귓속말

2018년 중앙신인문학상 단편소설 부문 당선작

대수는 아침에 먹었던 떡의 출처가 궁금해진다. 냉동실 한구석에 자리 잡은, 야무지게 꽁꽁 묶어놓은 검은 비닐봉지. 그 안에 딱딱하게 굳은 인절미가 있었다. 차가운 인절미는 서로 붙어 잘 떨어지지 않았다. 봉지째로 전자레인지에 넣고 돌리자 말랑말랑해졌다. 몇 개는 형체가 사라진 채 봉지에 들러붙었다.

　선 채로 급하게 집어 먹어서인지 속이 지금까지 더부룩하다. 대수는 운전대 옆에 둔 생수통을 열어 물을 벌컥벌컥 마신다. 여전히 체기가 느껴져서 가슴 위쪽을 몇 번 주먹으로 친다. 룸미러에 얼굴을 비춰 보다 입가에 묻은 콩고물을 발견하고 옷소매로 쓱 문질러 털어낸다. 30분째 개시를 하지 못하고 빈 택시인 채로 텅 빈 거리를 빙빙 돌고 있다. 휴대전화 진동이 울린다. 대수는 망설이다 전화를 받는다.

"구청입니다. 이대수 씨, 왜 이리 통화가 안 돼요."

대수는 버릇처럼 보청기를 고쳐 끼고 더듬거리며 대답한다.

"죄송합니다. 운전 중이라."

"썸낭의 가족들과 연락이 됐어요. 생각보다 일이 빨리 처리될 것 같아요."

구청 직원의 목소리는 상기되어 있다. 하지만 대수는 식도에 인절미가 걸린 것처럼 말이 나오지 않는다.

"이대수 씨? 안 들리세요?"

대수가 대답이 없자 구청 직원이 재차 묻는다. 간신히 목구멍에서 쥐어짜듯 말을 꺼낸다.

"저, 썸낭의 여동생과도?"

"부모님과 통화했으니 여동생도 알겠죠. 혹시 전할 말이라도 있나요?"

구청 직원은 심드렁하게 대답하다 의아한 듯 묻는다.

"아니요. 없습니다. 없어요."

당황한 대수가 서둘러 통화를 마치려 하자 구청 직원이 다급히 대수를 부른다.

"귀찮으시겠지만 고인의 유품을 챙겨다 주세요."

구청 직원은 퇴근 전에 꼭 와달라고 덧붙인다. 앞쪽에서 손을 흔드는 손님이 보인다.

첫 손님은 홍대에서 내렸다. 여의도에서 홍대까지 5200원이 찍혔다. 오늘도 단거리 손님만 계속 태우면 사납금을 채우기 어려울 텐데. 대수는 머릿속이 복잡하다. 벌써 썸낭 때문에 이틀을 공쳤다. 첫날은 경황이 없었고, 둘째 날은 경찰서에 들러 몇 가지 진술을 더 해야 했다. 장거리 손님을 부산까지 데려다주긴 했지만, 서울까지 오는 손님을 찾으려고 욕심을 내다 빈 택시로 늦게 돌아왔다. 새벽 2시에야 집에 왔고, 늦잠을 자서 오늘 개시도 늦었다. 거기다 다시 집에 들러 유품을 가져와야 한다.

떡이 배 속에서 불고 있기라도 한 걸까. 속이 점점 더 불편해진다. 대수는 맞은편에 보이는 약국 앞에 차를 세운다. 활명수를 한 번에 들이켜고 거리를 바라본다. 내일 모레가 입춘이지만 라디오 뉴스에서 알려준 오늘 아침 기온은 영하 5도였다. 등골이 오싹해지는 찬바람을 맞으며 대수는 담배를 한 대 꺼내 문다. 입김과 담배 연기가 뒤섞여 거리는 뿌옇게 보인다. 도로 곳곳에는 녹지 않은 눈이 남아 있다. 한국에서 네 번째 겨울을 보낸다는 썸낭은 자신의 뺨을 가리키며 여기에 얼음이 붙어 있는 것처럼 춥다고 했다. 썸낭의 몸은 지금 꽁꽁 얼어 있다. 냉동실 속의 인절미처럼 딱딱해져서 어두컴컴하고 추운 방에 누워 있다.

사흘 전 아침, 작은 방에 미동 없이 엎드려 있는 썸낭을 발견하고 대수는 10여 분간의 고심 끝에 '우리 집에 살던 외국인이 갑자기 죽었다'는 문장을 만들었다. 112를 눌러야 하나 119를 눌러야 하나. 5분여간 더 고민한 끝에 119에 신고했다.

일은 신속하게 진행되었다. 구급대원들이 시신을 수습하고 나자 구청 직원과 경찰이 집으로 찾아왔다. 구청 직원은 몇 가지 간단한 질문을 한 뒤, 불법체류하던 외국인 노동자가 돌연사하는 일이 꽤 많다고 했다. 구청 직원은 더 명료한 문장을 만들어주었다. '방에 세 들었던 불법체류 외국인 노동자가 돌연사했다.' 눈물샘 부위를 손가락으로 꼭꼭 누르는 구청 직원은 피곤해 보였다.

"이 사람들, 특히 겨울을 넘기지 못하는 경우가 많더라고요."

사인은 심근경색이었다. 이불에서 몸이 반쯤 빠져나온 썸낭은 엎드려서 방문 앞에 오른팔을 뻗은 채 쓰러져 있었다. 한 뼘만 더 손을 뻗었어도 문을 두드릴 수 있는 거리였다. 구청 직원은 대수에게 꽤 괴로워했을 텐데 아무 소리도 듣지 못했냐고 물었다. 대수는 보청기를 가리켰다. 제가 귀가 잘 안 들려서. 더 이상의 추궁은 없었다. 대수는 썸낭과 같이 산 지 얼마나 됐냐는 질문에 얼마 안 됐다고 답하면서 속으로 달수를 헤아렸다. 5개월은 애매한 시간이었다. 반년이라고 부르기에는 짧았지만 그래도 두 계절을 함께한 정도의 시간이었다. 하지만 얼마 안 됐다고 말해야 썸낭의 죽음에서 한 발자국이라도 더 멀어질 수 있을 것 같았다. 월세를 받으셨죠? 구청 직원의 질문에 대수는 잠시 움찔했지만 대수롭지 않게 답했다. 현금으로 받았습니다. 구청 직원은 고개를 주억거리며 수첩에 받아 적었다. 썸낭은 시체를 넣는 검은 보디 백에 담겨졌다.

썸낭이 누워 있는 병원 시체 안치소의 하루 보관료는 10만 원이다. 오늘로 사흘째니까 총 30만 원, 오늘이 지나면 40만 원이 될 것이다. 무연고 시신은 일정 기간이 지나면 구청에서 한꺼번에 화장시킨다고 했다. 외국인인 경우 유족들이 시신을 수습하여 본국으로 운구해 가는 것이 가장 바람직한데, 가족들과 연락이 닿기도 어렵고 설사 연락이 돼도 비용이 부담스러워 본국으로 시신 인수하는 것을 포기하는 경우가 꽤 많은 모양이었다. 일 년 넘게 시신이 방치되는 경우도 있다며 구청 직원은 관자놀이를 지그시 눌렀다. 해당 구청에서 안치소 비용과 장례비를 일정 부분 내주고 화장시키는 경우도 있는데 지역에 따라 다르다고 했다.

구청 직원은 다행히도 우리 구청에서는 무연고 외국인 시신에 대한 예산을 책정해 놨다며 이것이 얼마나 인도적인지를 강조했다. 대수는 그 '우리'에 자신도 포함되는 건지 묻는 대신 다른 걸 물었다. "예산이 없는 경우에는요?" 독지가나 시민 단체의 도움을 바랄 수밖에 없다고 했다. 독지가라는 말이 나올 때 구청 직원이 아래위로 훑어보는 것 같은 기분이 든 건 대수의 착각이었을까. 시체 안치소 비용 중 구청의 지원금을 뺀 나머지 금액은 오롯이 병원 몫이 되니 구청이나 병원이나 가능하면 빨리 처리하고 싶어 한다고 했다. 예산이 초과되기 전에 얼른 가족을 찾아야죠. 구청 직원은 굳은 의지를 내비쳤다.

썸낭의 마을에서는 아파도 병원에 가지 않는다고 했다. 병원이 너무 멀어 웬만한 병은 참고 넘겼다고. 그래서 가끔 한국에 있는 의대에서 자원봉사를 오면 다른 동네 사람들까지 찾아와 아침부터 줄을 서서 진료를 받았단다. 대수의 집 바로 건너편에 이비인후과, 내과, 치과 등 온갖 병원이 모두 모여 있었지만 여전히 썸낭은 병원에 갈 수 없었다. 3년 취업 비자를 받아 체류하는 썸낭에게는 외국인 등록증이 없었으니까. 그런데 지금 썸낭은 버젓이 사흘째 병원에 누워 있다. 썸낭은 대수 집에서 한 달에 10만 원을 내고 살았다. 하루에 10만 원. 그동안 살았던 방 중 썸낭은 어쩌면 지금 가장 비싼 월세를 지불하고 있는 셈인지도 모른다.

5개월 전 썸낭을 집에 데려온 건 아들 영오였다. 추분은 며칠 전에 지났지만 여전히 날씨가 더워 대수는 벽장에 넣어둔 선풍기를 다시 꺼낼까 고민하고 있었다. 번호 키 눌리는 소리가 들렸지만 올 사람은 영오밖에 없었기에 선풍기를 마저 다 꺼내고서야 뒤늦게 돌아섰다. 영오 뒤에 낯선 사람이 서 있었다. 크고 검은 눈동자와 갈색 피부가 먼저 눈에 들어왔다. 노란 반소매 티셔츠는 옹송그린 어깨를 더 작아 보이게 했고, 갈색 피부도 더 도드라져 보이게 했다. 영오는 거래 업체인 공장에 갔다가 알게 된 사이라고 썸낭을 소개했다. 썸낭은 목례를 하며 웃었다.

"이 낡아빠진 집에 한 달에 10만 원이면 적은 건 아니죠. 용돈이라도 하세요."

영오는 남의 집을 보듯 두리번거리며 말했다. 스무 평이 채 안 되는 공간에 방은 달랑 두 개뿐이었다. "방이 어딨니?" 대수가 묻자 영오는 자신의 방을 가리켰다.

영오는 2년간 중국에 가서 사업을 할 생각이라고 했다. 분실되거나 버려진 휴대폰을 모아 팔 거라고 설명했다.

"일종의 재활용이라고 할 수 있죠."

"법을 어기는 일은 아니니?"

대수의 물음에 영오는 대꾸하지 않고 영업을 하듯 썸낭에 대한 정보를 줄줄 읊었다. 썸낭은 5년 전에 대학을 졸업했다. 등록금은 썸낭의 동네에서 포교 활동을 하고 있는 한국의 종교기관에서 지원을 받아 해결했다. 운이 좋았다고 했다. 그 나라도 대학 나와서 취직하기 어려운가 봐. 영오가 씩 웃었다. 썸낭은 자신의 고향에서 일자리를 구하는 것보다 한국에서 몇 년 돈을 모으는 것이 빠를 거라 생각했고 가족들도 썸낭의 결정을 반겼다. 취업 비자 만기인 3년이 지났지만 한국으로 올 때 브로커에게 준 돈이 아까워 2년만 더 일할 계획이었다. 썸낭은 영어도 잘해요. 그렇게 영오는 하고 싶은 말만 하고 자신의 짐을 챙겼다. 대수는 아내 말로는 그와 꼭 닮았다는 영오의 고요한 뒤통수를 말없이 바라봤다.

일 년 전, 암으로 아내가 죽은 뒤 영오와의 사이는 점점 더 멀어졌다. 영오는 일주일에 두세 번 정도 들어와 잠만 자고 갔고, 대수가 집에 있는 시간은 되도록 피했다. 대수는 영오가 무슨 일을 하는지 정확히 몰랐다. 어느 날 영오는 옥매트를 들고 나타났다가 사라지고는 한 달 만에 커다란 곰 인형과 수십 개의 작은 인형이 담긴 보따리를 끌고 들어왔다. 때로는 무좀약이나 발모제, 탈모 샴푸, 화장품을 들고 와 임상시험 중인 제품이라며 써보라고도 했다. 영오가 파는 물건은 크기가 점점 작아졌고 나중에는 무엇을 파는지 알 수 없게 됐다. 대수는 영오가 적어도 눈에 보이는 물건을 팔았으면 했다.

영오가 사라지자 썸낭과 대수는 어색하게 마주 앉았다. 말없이 웃기만 하던 썸낭은 선풍기 바람을 피하느라 몸을 조금씩 움직였다. 반소매 티셔츠 아래로 드러난 팔에는 소름이 오슬오슬 돋아 있었다. 대수는 선풍기를 껐다. "괜찮아요." 썸낭이 손사래를 치며 선명한 한국어로 말했다. 썸낭에게 바람이 가지 않도록 선풍기를 자신에게 고정시킨 대수는 긴장해서 보청기를 만지작거렸다.

콜이 들어온다. 담배를 비벼 끈 대수는 다시 운전대를 잡고 보청기를 고쳐 낀다. 마침 대수의 집 근처로 가는 손님이다. 이어폰을 낀 손님은 차에 타자마자 말없이 고개를 젖히고 눈을 감는다. 취객이 아니라면 기사가 굳이 말을 걸기 전에 먼저 얘기를 꺼내는 손님은 드물다. 대수에게는 다행한 일이었고 그 때문에 택시 일이 여태 했던 일 중에서 가장 마음에 들었다.

대수는 손님을 목적지에 내려놓고 집으로 향한다. 엘리베이터도 없는 5층짜리 낡은 연립 주택이다. 층마다 세 개의 문이 나란히 있는데 대수의 집은 2층 세 번째 문, 203호다. 10년 전 아내가 그동안 모은 돈과 대출을 합쳐 장만한 집이다. 다 갚으려면 아직 15년이 남아 있다. 번호 키를 누르려다 대수는 잠깐 멈춰 선다. 저 안에서 사람이 죽었다. 지난 이틀

간 하지 못한 생각에 자신도 모르게 흠칫 놀란다. 대수는 집이 범죄 현장이라도 되는 듯 선뜻 안으로 들어가지 못하고 문 앞을 서성인다. 문득 대수는 계단을 올라오다 현관문 앞에서 종종 멈췄던 썸낭의 발걸음 소리를 떠올린다.

썸낭은 평일이면 야간 근무를 마치고 밤 10시쯤 돌아왔다. 대수는 텔레비전을 보다가 썸낭의 발걸음 소리를 듣고 볼륨을 줄이고는 했다. 발걸음 소리는 문 앞까지 와서 뚝 끊어졌다. 10여 분이 흐른 뒤에 번호 키를 누르는 소리가 들렸다. 그때마다 썸낭은 무슨 생각을 했을까. 문고리 옆에 열쇠수리 스티커가 절반 정도 떨어진 채 붙어 있다. 대수는 자신도 모르게 손을 뻗어 남은 스티커를 긁어낸다. 혹시 썸낭이 떼어냈던 걸까. 거기까지 생각이 미치자 대수는 긁어내던 손을 멈춘다. 옆집 문이 덜컥 열리는 소리에 대수는 뒤도 돌아보지 않고 쫓기듯 안으로 들어간다.

현관문을 열자 바로 거실과 주방이 보인다. 좁은 거실을 사이에 두고 대수와 썸낭의 방이 마주하고 있는 구조다. 10년을 살아온 집인데 대수는 오늘따라 집이 낯설다. 어디선가 낮은 웃음소리가 들리는 것 같아 대수는 순간 오싹해진다. 다시 귀를 기울이니 윗집 아이가 뛰는 소리만 들린다. 대수는 보청기를 습관적으로 만지작거린다.

대수는 고등학생 때부터 보청기를 꼈다. 귀가 잘 안 들려서 불편하긴 했지만 좋은 점도 있었다. 듣지 못했다고 하면 책임에서 벗어날 수 있는 일이 많았다. 오히려 보청기를 낀 후 불편한 점이 늘었다. 대수에 대한 놀림, 선생님들 사이에 도는 소문 그리고 일찍 남편을 잃은 데다 변변치 않은 아들을 둔 어머니의 한숨. 차라리 듣지 않았으면 좋았을 소리들이 들려왔다. 그래서 대수는 지루한 수다나 대화에 참여하고 싶지 않은 자리에서는 보청기를 일부러 빼놓았다. 텔레비전 볼륨을 줄이듯 세상의 볼륨을 줄이는 거라고 생각했다.

졸업한 뒤 들어간 회사에서도 마찬가지였다. 그런데 보청기를 끼지 않아도 직장 동료였던 아내의 목소리만은 유독 크게 들렸다. '오늘 하늘 참 예쁘네요.' '커피가 떨어졌네요.' '결재 빨리 해주세요.' 아내의 목소리를 놓치고 싶지 않아 대수는 보청기를 빼놓지 않게 되었다. 사랑에 빠지면 그 사람의 목소리만 들린다더니 이런 게 사랑이라는 생각도 했다. 결혼한 뒤 알게 됐다. 아내는 목소리가 원래 큰 여자였다. 어느 순간 대수는 집에서 보청기를 빼버렸다.

돈 얘기를 꺼낼 때면 그 컸던 아내의 목소리가 작아졌다. 대수가 정리해고를 당했을 때, 친구에게 사기를 당했을 때, 영오가 대학에 입학할 때, 집을 구입할 때, 삶의 고비마다 돈이 필요한 순간에 아내는 대수의 귀에 대고 나직하게 속삭였다. 아내의 숨결에 귀가 간지러웠다.

"모아놓은 돈이 조금 있어."

경첩이 망가져 문이 항상 반쯤 열려 있는 장롱 밑에서, 3단 책꽂이 두 번째 칸 세 번째 책에서, 낡아서 푹 꺼진 소파 쿠션 밑에서 통장이 나왔다. 그때마다 대수는 보청기를 찾아 끼고 아내의 입술에 귀를 갖다 댔다.

"못 들었어. 다시 얘기해 줘."

아내는 대수가 보청기를 끼지 않았다는 걸 그제야 알고서 눈을 흘기곤 했다.

거실을 둘러보다 텔레비전 앞에 놓인 액자 속 아내와 눈이 마주친다. 앙코르와트 사원 앞에서 아내와 함께 찍은 사진이었다. 썸낭이 오고 며칠이 지났지만 인사 외에는 별 대화 없이 데면데면하게 지내던 어느 날이었다. 집 안을 둘러보던 썸낭은 그 사진을 가리키며 반가워했었다.

"우리 나라예요."

결혼 30주년 기념으로 아내와 유일하게 갔던 해외여행이었다. 베트남 하롱베이에서 사흘, 캄보디아에서 사흘을 보내는 일정이었다. 여행 경비는 아내의 화장대 두 번째 서랍 안에서 나왔다. 하롱베이는 꽤 괜찮았다. 배 위에서 갓 잡은 다금바리회를 먹을 수도 있었고, 취할 수도 있었으니까. 프놈펜에 있는 한 박물관과 킬링필드 방문 일정이 있던 날이었다. 박물관 안에는 사람들이 처형당하기 직전, 죽기 직전을 찍은 흑백사진들이 즐비하게 걸려 있었다. 무슨 죄를 지었는지, 왜 죽었는지 알 수 없었다. 대수는 가이드의 목소리가 마음에 들지 않아 내내 보청기를 빼고 다녔다. 영정 사진이랑 흙무덤이나 보자고 여기까지 온 거냐며 소리를 지르는 대수를 앞에 두고 아내는 쩔쩔맸다. 아내의 하얀 피부는 붉게 달아올랐고 이마에 송골송골 땀방울이 맺혔다.

　사진 속 아내는 브이 자를 하고 평온하게 웃고 있다. 대수는 썸낭의 방문을 연다. 방이 냉골이다. 썸낭이 죽은 후 대수는 자신의 방을 제외하고는 보일러를 잠가두었다. 한 사람이 누우면 꽉 차는 작은 방에 있는 가구라곤 영오가 쓰던 좌식 책상과 붙박이장이 전부다. 붙박이장 안에는 영오의 옷 몇 가지와 썸낭의 검은 잠바 한 벌이 걸려 있다. 썸낭의 옷이라고 하기에는 애매하다. 영오가 입고 다니다 촌스럽다며 던져버린 옷이었다. 대수가 헌 옷 수거함에 버리려는 것을 썸낭이 보더니 자기가 입어도 되겠느냐고 물었다. 썸낭이 한국에 온 뒤로 겨울이면 줄곧 입었다는 얇은 잠바보다는 나아 보여 내주었다. 썸낭은 몇 번이나 고개를 숙이며 고맙다고 했다.

　이 한 벌로 썸낭은 한국에서의 네 번째 겨울을 보냈다. 네 번째 겨울은 아직 끝나지 않았지만 썸낭에게는 이제 이 잠바가 필요 없다. 터진 옷소매의 솔기 사이로 하얀 솜이 삐죽 튀어나와 있다. 대수는 솜이 보이지 않게 안으로 밀어 넣는다. 옷깃과 소매 주변에 가루가 묻어 있다. 먼지인가 싶어 툭툭 털어내다 잠바가 바닥에 떨어진다. 널브러진 모양이 흡사 사흘 전 아침 팔을 문 앞에 뻗은 채 엎드려 있던 썸낭의 모습 같다. 오싹해진 대수는 검은 잠바를 접어 썸낭이 메고 왔던 배낭에 넣는다. 부피가 커서 잘 들어가지 않고 팔 하나가 비어져 나온다. 대수는 팔을 배낭 안에 깊숙이 욱여넣는다. 책상 위에는 썸낭이 틈틈이 공부하던 영어책과 한국어 교본 그리고 수첩이 놓여 있다. 이미 불룩한 배낭에 마저 쑤셔 넣고 지퍼를 닫는다.

책상 서랍 안에 넣어둔 휴대전화도 챙긴다. 검은색의 구형 폴더폰은 여기저기 긁히고 찍힌 데다 자판 글씨는 닳아서 잘 보이지 않았다. 썸낭은 최대한 저렴한 휴대전화를 구하고 있던 차에 영오를 만났다고 했다. 당시 영오는 비자가 만료된 외국인들에게 휴대전화를 개통해 주는 일을 하고 있었다. 썸낭에게 비싼 스마트폰을 팔려다 실패하고 중고 폴더폰 하나를 겨우 팔았다고 했다. 영오는 썸낭이 순해 보여도 지독한 면이 있다고 귀띔해 줬다. 조사를 끝낸 경찰은 통신사 기록에 따르면 썸낭이 누군가와 주고받은 문자들이 있었지만 대부분 캄보디아어거나 영어라고 했다. 그제야 대수는 썸낭의 전화번호를 물을 생각도, 자신의 번호를 알려줄 생각도 하지 못했다는 걸 알았다.

대수는 썸낭의 방을 한 번 더 둘러보고 조심스레 문을 닫는다. 식탁 위에는 검은 봉지가 펼쳐져 있고, 안에는 인절미가 딱딱하게 굳어 있다. 대수가 아침에 허겁지겁 먹다 남긴 것이었다. 대수는 봉지를 묶고 냉동실 문을 연다. 냉동실 안은 정체를 알 수 없는 검은 비닐봉지들로 꽉 차 있다. 아내가 죽은 뒤 냉동실은 대수와 영오가 먹다 남긴 음식들과 먹으려고 사두었다가 잊어버린 음식들로 가득 찬 쓰레기통이 되었다.

썸낭과 처음 밥을 같이 먹기로 한 날, 대수는 그 속에서 겨우겨우 삼겹살을 찾아냈다. 대수는 썸낭을 쳐다보며 "돼지고기 No?"라고 물었다. 썸낭과 비슷한 얼굴을 한 사람들이 사는 나라 중에 돼지고기를 먹으면 안 되는 곳도 있다고 들어서였다. 썸낭은 웃으며 쌈을 싸 먹는 시늉을 했다. 썸낭은 한국어를 곧잘 했지만 긴 대화를 나누는 데에는 한계가 있었다. 아무리 보청기를 끼고 귀를 한껏 기울여도 대화의 3분의 2는 공기 중으로 흩어져 버렸다.

대수는 그 와중에도 용케 캄보디아 공항에서 여권 출입국 심사를 하는 직원이 대놓고 1달러를 요구해 불쾌했던 기억을 전달했다. 썸낭은 얘기를 듣더니 웃었다. 자꾸 웃었다. 대수가 왜 웃냐고 물으니 자신의 나라에서는 미안하면 웃는다고 했다. 그래서 가끔 오해를 산다고. 뿌옇게 먼지가 피어오르던 흙길에서 만난 소와 닭마저 삐쩍 말라 있었던 썸낭의 조국. 마지막 관광 일정은 마사지였다. 열여덟 살 소년이 대수를 담당했다. 대수 손목의 반이나 될까. 그 가는 손목으로 해주는 마사지는 시원했지만 불편했다. 굳어 있던 어깨를 세게 누르자 대수는 저도 모르게 비명을 질렀다. 소년은 웃었다. 썸낭의 손목도 그 소년처럼 가늘었다. 썸낭은 계속 웃었다.

지난 5개월을 돌이켜 보면 그것이 둘이서 제대로 마주하고 먹은 처음이자 마지막 식사였다. 출퇴근 시간이 엇갈리기도 했고 밖에서 먹는 일이 많아 각자 알아서 끼니를 해결했다. 썸낭은 밥을 얻어먹는 것을 부끄러워하는 듯했고, 대수도 내심 부담스러웠는데 잘됐다 싶었다. 식사를 마친 썸낭은 작은방으로 들어가 눕자마자 코를 골았다. 코 고는 소리가 작은 집 안을 채웠다. 대수도 자리를 펴고 누워 보청기를 만지작거리면서 그 소리에 귀를 기울였다.

아내가 죽던 날, 중환자실로 급하게 옮기는 중에 아내가 대수를 손짓으로 불렀다. 대수는 허리를 굽혀 아내의 입에 귀를 가져다 댔을 때에야 자신이 보청기를 끼지 않았음을 깨달았다. 소리 없이 진동과 숨결만 대수의 볼과 귀에 닿았다. 아내에게서 고소한 냄새가 났다. 입 안이 까끌까끌해서 한 수저도 못 뜨겠다는 아내에게 옆 병상에서 참기름을 건넸다. 참기름 한 방울이 입맛을 당기게 한 걸까. 아내는 죽 한 그릇을 싹싹 비웠다. 귓속으로 파고드는 숨결이 간질간질해 목을 움츠리던 대수는 알겠다고 고개를 끄덕끄덕했다. 들리지 않는다고 큰 소리를 칠 수 있는 상황이 아니었다. 그래서 자꾸만 고개를 더 크게 끄덕였다. 아내가 희미하게 웃는 것 같았다.

뒤늦게 달려온 영오도 그 모습을 본 모양이었다. 영오는 아내와의 마지막 대화를 알고 싶어서 몇 번이나 끈질기게 물었지만 대수는 대답해 주지 않았다. 영오는 엄마가 목돈을 숨겨두었으며, 그것을 대수에게만 말했다고 믿고 있는 듯했다. 그 뒤로 영오는 청력이 나쁜 것도 아닌데 대수가 묻는 말에 대답하지 않았다. 이제 와 보청기를 끼지 않아서 엄마의 유언을 못 들었다고 고백하는 건 궁색하게 느껴졌다. 사실 장례를 치른 뒤 대수는 집 안 곳곳을 뒤져봤다. 화장대 서랍 안과 액자 뒤, 찬장 안은 물론 장롱 밑을 손으로 쓸어보고 심지어 베갯잇도 뜯어봤지만 아무것도 없었다. 나중에는 아내가 마지막으로 대수를 놀린 건지도 모른다는 생각도 들었다.

아내가 죽은 뒤로 보청기를 꼭 끼고 자기 시작했다. 그러자 그동안 들리지 않던 소리가 들려왔다. 물 떨어지는 소리, 풀벌레 우는 소리, 가끔 영오가 들어왔다가 나가는 소리, 시계 초침과 분침이 돌아가는 소리, 창밖에서 들리는 차 소리. 온갖 소리가 들려와도 대수는 세상의 볼륨을 줄이지 않았다. 그러나 아무리 귀를 기울여도 대수에게 말을 거는 소리는 들려오지 않았다. 썸낭의 코 고는 소리를 들으며, 아내의 귓속말을 생각하다가 대수는 오랜만에 푹 잠이 들었다.

위층 아이가 이제 지쳤는지 집 안이 고요하다. 대수는 속이 다시 거북해진다. 인절미가 담긴 비닐봉지를 묶어 냉동실 구석에 아무렇게나 처박는다. 식탁 위에 올려놓은 휴대전화가 요란하게 몸을 떤다. 구청 직원이다.

"가족들이 시신 인수를 포기하겠답니다."

뜻밖의 대답에 대수는 잠시 숨을 멈췄다.

"어째서……."

구청 직원은 한숨을 쉬었다.

"시체 안치소 비용에, 장례 비용에, 운구 비용에, 비행기값까지 엄두가 나질 않는 거죠. 무연고 시체들 중에 진짜 가족이 없는 경우가 얼마나 되겠어요."

썸낭은 구청 직원의 설명대로라면 본래는 독지가를 기다리며 방치될 처지지만 다행히 인도적인 예산이 마련되어 있어 빠른 장례 절차를 밟게 될 것이다. "안치소가 꽉 차 있어 시체 두 구를 포개어 넣어놓은 경우도 있어요." 대수는 구청 직원의 하소연을 말없이 듣는다. 냉동실에 욱여넣은 검은 비닐봉지들처럼 다른 시체들과 함께 좁은 안치소에 구겨지듯 들어가 있는 썸낭의 모습이 그려진다. 가족들이 시신 인수를 포기했다는 말을 듣고 마음 깊숙한 곳에 퍼지던 안도감을 떠올리며 대수는 침을 꿀꺽 삼킨다.

"상암동! 상암동!" 손을 흔들며 한 남자가 헐레벌떡 뛰어온다. 언제나 천천히 느리게 움직이던 썸낭도 저런 얼굴로 서두른 적이 있다. 썸낭이 늦잠을 잔 날이었다. 마침 일을 나가던 대수가 택시에 태워 썸낭을 일터 앞까지 데려다주기로 했다. 택시로 20분 정도 거리였다. 조수석에 앉은 썸낭이 대수의 택시 운전자격증을 유심히 들여다보더니 이, 대, 수, 라고 천천히 발음했다. 그동안은 대수가 굳이 이름을 말할 필요가 없었으니, 그제야 제대로 된 통성명을 하게 된 것이었다.

대수는 '썸낭'이 무슨 뜻이냐고 물었다. 썸낭은 캄보디아말로 행운이라고 했다. 자신의 동네만 해도 열 명이 같은 이름이라고 했다. 그렇게 행운이 필요한 아이들이 많으니 신도 골고루 운을 나눠주기는 어렵겠다는 생각이 들었다. 대수는 자신의 이름이 '대운'이라는 뜻을 가졌음을 기억해 냈다. 썸낭과 대수의 부모 모두 자식에게 물려줄 것이 없으니 운에 의지하며 살아가라고 이름을 그렇게 지어준 걸까.

대수는 어색한 침묵을 견디다 라디오를 틀었다. 썸낭이

라디오에서 나오는 음악을 듣더니 반색했다. 여동생이 좋아하는 노래라고 했다. 여동생 이야기가 나오자 썸낭의 목소리가 커졌다. 가족 중 유일하게 영어를 하는 이가 여동생인데 한국 아이돌을 좋아해서 한국어도 조금씩 배우고 있다는 말을 할 때 썸낭의 목소리는 더 높아졌다. 보육원에서 일하는 여동생이 집으로 돌아오는 시간이 저녁 6시여서, 썸낭이 두 시간의 시차에 맞춰 저녁 8시에 집에 전화한다는 사실도 알게 됐다. 여동생만은 자신처럼 대학에 보내고 싶어서 등록금으로 쓸 돈을 따로 부친다고 했다. 부모님이 알면 싫어하거든요. 썸낭은 웃었다. 미안함이 아닌 답답함을 감추는 웃음이었다. 캄보디아 대학의 한 학기 등록금은 80만 원 정도인데 이제 제법 모였다고, 여동생이 정말 하고 싶은 일은 한국어 교사라는 말도 했다.

썸낭은 노래에 귀를 기울이는가 싶더니 망설이다 말했다. 그 사람들은 배우지 못해서 그런 거예요. 공항 직원을 가리킨 말이었다. 대수가 했던 말이 마음에 걸렸던 모양이었다. 썸낭은 약간의 생활비와 월세를 제하고는 돈을 버는 대로 집에 부치고 있었다. 보증금으로 묶여 있는 돈으로 나중에 짧게 여행이라도 한 뒤에 돌아가고 싶다는 얘기도 했다. 돈 얘기가 나오자 썸낭의 목소리는 속삭이듯 낮아졌다. "보증금 싸서 감사해요." 대수는 깜짝 놀라 되물었다. "보증금?"

썸낭은 영오가 보증금이라며 300만 원의 돈을 받아갔다고
했다. 2년 뒤 썸낭이 한국을 떠날 때 돌려주는 거라는 설명
과 함께. 썸낭은 차에서 내리면서 인사를 꾸벅했다. "감사해
요." 썸낭이 다니는 작은 공장은 차가 들어갈 수 없는 시장
골목 끝에 있었다. 당황한 대수를 뒤로하고 썸낭은 골목 안
으로 서둘러 달려갔다. 대수는 한 대 얻어맞은 것처럼 멍해
졌다. 영오가 중국에서 사업을 시작할 거라며 돈이 필요하다
고 보태달라 했던 것이 떠올랐다. 몇 번 못 들은 척했더니 영
오는 더 이상 돈 얘기를 꺼내지 않았고 대수도 잊어버렸다.

그날 밤, 썸낭은 사장이 부친의 삼우제로 자리를 비워 아
무도 그의 지각에 대해 타박하지 않았다고 전했다. 쌈오제?
어설프게 발음하는 썸낭에게 대수는 삼우제가 무엇인지 설
명해 줬다. 삼일장이 끝나고 난 뒤 사흘 후에 온 가족이 산소
나 납골당을 찾아 망자의 영혼을 위로하는 날이라고. 그러
자 썸낭이 손가락 일곱 개를 펴 보였다. 캄보디아에서는 죽
은 사람이 7일째 되는 날에 비로소 자신이 죽었다는 것을 알
게 된다고 믿어서 그날 다시 장례식을 치른다고 했다.

오늘은 썸낭이 죽은 지 사흘째다. 아직 썸낭은 자신이 죽
었다는 사실을 모르고 있을지도 모른다. 등 뒤에서 시선이
느껴지는 것 같아 대수는 반사적으로 목을 움츠린다. 손님

을 내려주고 영오에게 전화를 건다. 신호만 갈 뿐 받지 않는다. 썸낭이 죽었다는 소식을 전했을 때 영오는 "그렇군요." 라고 짧게 답했다. 바쁘다고 나중에 얘기하자는 영오에게 대수는 보증금 얘기를 꺼내지 않았다. 그 얘기를 꺼냈다가는 영오가 영영 자신의 전화를 받지 않을까 봐 겁이 났다. 대수는 썸낭의 가족들이 시신 인수를 포기했다는 소식을 메시지로라도 전할까 하다 그만둔다.

벌써 오후 4시다. 대수는 일단 늦은 점심을 먹기로 한다. 기사 식당에 들러 5000원짜리 순대국밥을 주문한다.

"외국인 명의로 대포폰을 개통해 중국에 판 일당이 검거 됐습니다."

텔레비전에서 보도되는 뉴스를 본 대수의 가슴이 철렁 내려앉는다. 결국 국밥을 반쯤 남긴다. 정수기에서 물을 받아와 소화제 한 알을 삼키고 영오에게 다시 전화를 걸었지만 받지 않는다. 달달한 믹스 커피 한 잔을 뽑아와 의자에 앉는다. 썸낭의 배낭 안을 뒤적여 수첩을 꺼낸다. 한글과 영어, 그리고 아마도 썸낭의 나라 것임이 분명한, 의미를 알 수 없는 글자가 적혀 있다. 수첩을 획획 넘기다 한글로 무어라 쓰여 있는 장에서 대수는 멈춘다.

엄마, 아빠, 삼겹살, 여동생, 집주인, 착해요.

착하다는 건 누구한테 한 말이었을까. 영오일까. 대수일까.

다음 장에는 썸낭이 월급으로 받는 돈, 집으로 부치는 돈, 생활비 등등을 의미하는 숫자들이 어지럽게 적혀 있다. 그 중에 한글로 보증금이라고 적은 글자에는 동그라미가 쳐져 있다. 두 번 세 번 여러 번 힘주어 동그라미를 그린 듯 자국이 깊게 패어 있다. 대수는 머리끝이 쭈뼛해져 괜히 주위를 둘러본다. 썸낭은 죽기 몇 주 전 보증금을 돌려줄 수 있느냐고 대수에게 물었다. 계약기간을 다 채운 2년 후에나 돌려주는 거라고 대수는 말해주었다. 원래 우리나라 법이 그래, 라고 덧붙였다. 썸낭은 별말 없이 돌아섰다. 그 뒤로 대수는 최대한 집에 늦게 들어가거나 일찍 잠든 척했다. 방문 앞에서 서성거리는 썸낭의 발소리를 못 들은 척했다. 썸낭에게 지독한 구석이 있다고 영오가 흉보듯이 한 말을 떠올리며 최대한 썸낭의 얼굴을 보지 않으려고 애썼다.

수첩을 황급히 넘긴다. 다음 장에는 '눈'이라는 글자가 적혀 있다. 썸낭은 한국에 오고 나서 첫 겨울이 오기를 간절히 기다렸다고 했다. 사진으로, 영상으로만 봤던 아름다운 눈을 보고 싶어서였다. 그런데 막상 실제로 보니 너무 차가워서 무서웠다고 했다. 그 말을 하는 썸낭의 얼굴이 너무 추워 보여서 대수는 말없이 보일러 온도를 더 높였다.

대수는 한글을 찾아 수첩을 뒤적인다.

서울 넓다. 춥다. 썸낭은 춥다. 너무 춥다. 가난하다. 돈 없다.

대수는 어깨를 움츠린다. 소화제를 먹어도 소용이 없는지 정체 중인 도로에 서 있는 것처럼 가슴이 답답하다. 트림이라도 나오면 낫지 않을까 해서 끄윽 소리를 일부러 내보지만 소용없다.

썸낭은 수첩을 다 쓰지 못했다. 중간부터는 빈 종이였다. 대수는 수첩 한 장을 찢어 머릿속에서 복잡하게 오고 가는 숫자들을 썸낭처럼 적어본다. 오늘이 지나면 40만 원으로 불어날 시체 안치소 비용과 남아 있는 주택 대출금, 오늘 내야 하는 사납금, 그리고 영오가 써버렸을 보증금 300만 원. 그 숫자들을 가만히 바라보다 대수는 종이를 구겨버린다. 며칠 바쁘게 지내면, 모르는 척하면 이 숫자는 생각할 필요가 없는 숫자가 된다. 썸낭 때문에 허비한 이틀, 아니 오늘까지 사흘 벌이를 보충하려면 이럴 시간이 없다. 썸낭은 무연고 시체니까 구청에서, 정부에서 처리해 줄 거다. 결국 그게 다 내가 낸 세금으로 하는 일 아닌가. 오늘의 사납금이나 채워야 하는 게 맞다고 대수는 생각한다.

썸낭의 가방을 구청에 가져다주면 모든 것이 끝난다. 구청 직원은 대수의 빠른 일처리를 칭찬할 것이다. 수첩에서 보증금이 쓰여 있는 장을 뜯어낸다. 구겨서 주머니에 쑤셔넣는데 전화가 온다. 구청 직원은 가족들이 유품이라도 받길 원한다며 썸낭이 다니던 공장에도 유품이 남았는지 알아

봐 달라고 한다.

　대수는 썸낭을 내려줬던 시장의 좁은 골목에 택시를 세우고 안으로 걸어 들어간다. 문을 연 가게보다 닫은 가게가 더 많은 시장 거리를 지나 5분쯤 걸어가니 막다른 골목 끝에 있는 작은 공장이 보인다. 문은 닫혀 있다. 대수가 주변을 기웃거리며 서성이자 공장 옆 가게에서 주인이 나온다. 누구를 찾는지 묻더니 그 공장은 석 달 전에 문을 닫았다고 말해준다.

　썸낭은 매달 10일이면 방세를 꼬박꼬박 지불했다. 대수가 집을 나설 때마다 썸낭의 방은 늘 비어 있었다. 썸낭은 어디를 돌아다녔을까. 그 낡은 잠바를 입고 추운 겨울날 거리를 헤매고 다녔을까. 공장에서 점심과 저녁을 제공한다고 했는데 식사는 어떻게 해결했을까. 가만히 서 있는 대수를 지켜보다 가게 주인은 돌아서서 안으로 들어간다. 떡집이다. 콩고물을 묻힌 인절미가 포장된 채로 진열돼 있다. 기둥에는 '인절미 1킬로그램에 7천 원'이라고 적힌 종이가 붙어 있다. 그 옆에 매달려 있는 검은 비닐봉지 묶음이 바람에 나풀거린다.

　어디를 긁어야 시원해질지 몰라 등 여기저기를 긁어보다가 제대로 그 자리를 찾았을 때처럼 기억 하나가 선명하게 떠오른다. 썸낭은 가끔 검은 비닐봉지를 달랑거리며 들고 들어왔다. 고소한 냄새가 풍겼지만 대수에게 먹어보라고 권하지는 않았다. 한밤중에 가끔 전자레인지가 돌아가는 소리가 들렸다. 썸낭이 길게 늘어진 인절미를 소리 없이 꾸역꾸역 삼키는 모습이 떠올랐다. 입가에 묻은 콩고물을 옷소매로 쓱 닦아냈겠지. 남은 인절미는 다시 검은 비닐봉지에 담고 야무지게 묶어 냉동실에 넣어두었을 것이다.

다시 속이 거북해진다. 소화되지 않은 인절미가 위 속에 그대로 남아 있는 듯한 기분이다. 주머니에 있던 휴대전화가 부르르 몸을 떤다. '당분간 전화를 받을 수 없어요. 미팅 중. 문자로 연락해요.' 영오의 메시지다. 대수는 조금 안심이 된다. 아까 뉴스에 나온 사람들과는 다른 일을 하고 있는 거겠지.

영오는 다른 나라에서 휴대전화를 팔고 있고, 썸낭은 다른 나라의 시체 안치소에 누워 있다. "여기에서는 행복해질 수 없나 봐." 영오가 외국에서 공부를 하고 싶다고, 사업을 하고 싶다고 조를 때마다 아내는 말했다. 그때의 대수는 물어볼 생각도 하지 못했다. 지금에야 궁금해진다.

'여기에서 당신은 행복했어?'

퇴근 시간이 되자 차도가 꽉 막히기 시작한다. 도로 위의 차들은 좀처럼 속도를 내지 못한다. 트렁크에는 썸낭의 불룩한 배낭이 실려 있다. 대수는 빈 택시가 무겁게 느껴진다.

라디오에서 시보가 울린다. 조금 있으면 썸낭이 여동생과 전화 통화를 하던 시간이다. 썸낭의 작은 목소리도 여동생 앞에서는 커졌다. 대수 앞에서만 커졌던 아내의 목소리처럼. 썸낭이 일찍 돌아오는 날이면 여동생과 통화하는 소리를 방문 너머로 들을 수 있었다. 영어와 캄보디아어가 뒤섞여 알아들을 수 없었지만 나지막한 웃음소리가 집 안을 채웠다. 그 소리가 듣기 좋아 대수는 보청기 볼륨을 올리고 귀를 기울였다.

정체 중인 도로를 바라보다 대수는 보청기 볼륨을 끈다. 세상은 말이 없다. 다시 켠다. 세상이 한꺼번에 말하기 시작한다. 자동차 엔진 소리, 시각장애인을 위한 신호등 안내 소리, 사람들이 집으로 돌아가기 위해 서두르는 소리, 라디오에서 DJ가 떠드는 소리, 왁자한 웃음소리, 살아 있는 것들이 내는 소리가 귀에 쏟아지듯 들어온다. 대수는 다시 보청기를 끈다. 아무 소리도 들리지 않는다. 그런데 그 정적을 비집고 신음 소리가 귓속을 파고든다.

대수는 숨을 들이켜고 귀를 기울인다. 괴로워하며 냈을 신음 소리가, 보증금 얘기를 하기 위해 서성이던 발걸음 소리가, 딱딱한 인절미를 꺼내며 부스럭대는 비닐봉지 소리가, 빈 배 속에서 났을 소리가, 그리고 아내가 속삭이던 소리가.

대수가 듣지 못한 소리다. 그가 놓쳐버린 소리들이다. 더 자세히 들으려고 귀를 기울이는데 누군가가 차창을 두드린다.

어느새 신호가 바뀌어 앞을 막고 있던 차들이 모두 빠져나간 뒤였다. 요란한 클랙슨 소리에도 반응이 없자 뒤차 운전자가 달려와 창을 두드린 것이다. 뒤를 돌아보니 줄줄이 차들이 늘어서 있다. 대수가 황급히 차를 출발시키자 운전자들이 빠르게 추월해 지나가며 대수를 향해 찡그린 얼굴로 입을 벙긋거린다. 소리는 들리지 않았지만 대수는 그들의 입 모양으로 내용을 짐작하며 연신 고개를 숙인다.

보청기를 끼기 전에는 사람들의 입 모양과 표정, 그리고 상황을 종합해 그들이 하는 말을 짐작하곤 했다. 대수는 아내의 마지막 입 모양을 떠올린다. 도로 정체가 풀려 차들은 속도를 내기 시작한다. 여전히 대수의 체기는 가시질 않는다. 창문을 내리자 노점에서 만들어내는 고소한 냄새가 퍼진다. 라디오 DJ가 곧 입춘이어서 그런지 아침과는 달리 바람결이 유순해진 것 같다고 한다. 하지만 대수의 팔뚝에는 오슬오슬 소름이 돋는다.

대수는 생각나는 대로 입 모양을 따라 해본다. 대수가 입을 벌리자 입김이 허옇게 새어 나온다. 모두 마땅치 않다. 사실 무슨 말이었든 상관없다. 대수는 아내가 귓속말을 할 때면 뺨과 귓가를 간질이던 그 따뜻한 바람을 떠올려 본다.

구청 건물이 보인다. 대수는 구청 앞에 차를 세운다. 하지만 핸들을 꺾는다. 구청 주변을 한 바퀴 빙 돈 대수는 다시 제자리다. 대수는 다시 핸들을 꺾는다. 거리에는 검은 비닐봉지가 쓰레기와 함께 뒹굴다가 바람을 따라 고층 건물 사이로 날아간다. 앞 대로에서는 손님이 다급하게 손을 흔들며 택시를 부르고 있다. 대수는 그 어느 것도 보지 못한 채 구청 주변을 몇 번이고 빙빙 돌고 있다.

● 몰려오는 것들

몰려오는 것들

『창작과비평』 2022년 가을호

수경은 다리가 내려오기를 기다렸다. 섬으로 들어가는 입구는 도개교로 연결되어 있었다. 도개교는 본래 대형 선박이 아래로 지나갈 때를 대비한 것이지만 이 도개교의 목적은 달랐다. 언젠가 다가올 그때, 아무나 함부로 섬으로 들어오는 것을 막기 위해서다. 아침 일곱 시에 내려온 다리는 밤열 시가 되면 다시 올라갔다. 다리가 내려오는 데 소요되는 시간은 약 십 분. 다리가 완전히 내려오려면 아직 오 분 정도남았다.

　이른 아침인데도 차 안이 더웠다. 수경이 창을 내리자 후덥지근한 공기가 밀려들어 왔다. 앞 차량 운전자가 창밖으로 얼굴을 내밀더니 담배 연기를 내뿜었다. 수경은 창을 닫고 에어컨을 틀었다. 이제 삼월 초인데 벚꽃은 이미 졌다. 사람들은 반소매를 입고 다녔다. 하지만 이제 누구도 날씨가 미쳤다고 말하지 않았다.

미세먼지 없이 맑은 날이었다. 가시거리가 길어서 섬의 전경이 한눈에 들어왔다. 섬은 중절모처럼 생겼다. 실제 중절모를 닮았다기보다는 『어린 왕자』에 나오는 삽화와 흡사했다. 그래서 '코끼리를 삼킨 보아 뱀' 모양이라고 하는 이들도 있었다. 섬이 한창 언론에 오르내릴 때도 기자들은 섬의 지형을 모자나 코끼리, 뱀에 비유하는 부류로 각각 나뉘었다. 수경은 그때그때 기분이 내키는 대로 말하는 쪽이었다. 뱀은 어딘가 불길하지 않니. 아버지 노석은 가끔 못마땅한 듯 얘기했다. 중절모 챙의 양 끝 혹은 코끼리의 코와 꼬리, 그도 아니면 뱀의 꼬리와 머리 끝에서 넘실거리는 물에 시선이 닿자 수경은 고개를 돌렸다.

앞 차량 운전자가 꽁초를 던지고 출발했다. 뒤따라가는 수경의 차 뒤로 차량이 줄지어 따라갔다. 주말이어서 섬에 사는 부모를 찾는 이들이 더 많은 듯했다. 노석이 섬으로 이주한 것은 삼 년 전이었다. 수경은 일 년에 두세 번 정도 섬을 방문했다. 다리는 섬의 중턱과 이어져 있었다. 다리를 다 건너면 검문소에서 신분증과 방문할 주소를 확인했다.

"1단지, 1001호요."

수경이 대답하자 차단기가 올라갔다. 수경은 스타벅스에서 드라이브스루로 아이스아메리카노를 주문했다. 검문소

바로 옆에는 5층 규모의 복합쇼핑몰이 있었다. 지하에는 이마트가, 1층에는 스타벅스와 맥도날드, GS25 편의점이 들어서 있고, 층별로 중국집을 비롯한 갖가지 음식점은 물론 미용실, 약국, 헬스장, 수영장까지 있었다. 검문소와 복합쇼핑몰을 지나 나뉘는 두 갈래의 길 중 거의 모든 차량이 우측의 오르막길을 택했다. 아이스아메리카노를 받아 든 수경도 오른쪽 도로로 진입했다. 도로의 왼편은 상아색 담장으로 막혀 있었다. 마치 휴전선처럼 담장을 경계로 섬은 상층부와 하층부로 나뉘었다. 담장에는 그리스 신화에 나오는 신들이 부조되어 있었다. 도로 갓길에 차를 세워두고 포세이돈 앞에서 포즈를 취하고 있는 어느 가족을 수경은 빠른 속도로 스쳐 지나갔다. 유명한 조각가를 고용하려 했지만 여의찮아 구청장의 친척이 맡게 됐다더라고 노석은 설명했다. 그 사람도 꽤 실력이 뛰어난 작가야. 수경은 노석이 자신의 표정을 살피며 덧붙인 말을 떠올렸다.

나선형의 도로를 따라 위로 올라가던 수경은 휴대전화 긴급재난문자 알림음에 흠칫 놀랐다. 해수면이 또 1센티미터 상승했다는 문자였다. 지역별 해수면 상승 수치와 수몰 지역 피해 상황, 사망자와 실종자 수를 수경은 무심한 표정으로 확인했다. 십여 년 전 코로나 감염병 확진자 수를 알려주는 긴급 알림이 일상이었듯 사람들은 해수면이 상승하고 있다는 사실을 날씨 정보처럼 일상적으로 받아들이게 됐다.

이 섬은 본래 산이었다. 아직도 완전한 섬이라고는 할 수
없었다. 더 정확하게 얘기하면 섬이 되어가는 중이었다. 코로
나 감염병이 잠잠해질 무렵, 3·19 수몰사태가 일어났다. 며
칠 후면 십 주년이었다. 하룻밤 사이에 갑자기 많은 양의 빙
하가 녹으면서 세계 곳곳의 섬 수십만 개와 대륙 일부가 사
라졌다. 한반도도 국토의 3분의 1이 잠겼다.

노석의 집은 주택단지 입구에 있었다. 코끼리의 머리와
등, 즉 두 개의 봉우리가 시작되는 지점, 그러니까 섬의 상층
부에서 가장 낮은 곳에 위치했다. 높은 담과 유럽풍의 웅장
한 저택들, 그 성채와 같은 집들 사이에서 노석의 집은 가장
규모가 작았다. 낮은 돌담으로 둘러싸여 밖에서도 훤히 안
이 들여다보였다. 노석은 집에 없었다. 수경은 작은방에 짐
만 두고 다시 밖으로 나왔다. 앞 차량에서 내린 운전자가 옆
집으로 들어가고 있었다. 왜 아이들은 두고 혼자 왔냐고 의
아해하면서도 반갑게 맞이하는 소리가 들렸다. 다들 바빠서
요. 운전자의 무심한 대꾸가 이어졌다.

수경은 여느 때처럼 산책로를 따라 아래로 내려갔다. 담
장을 따라 동네를 한 바퀴 돌 생각이었다. 느린 걸음으로 두
시간 정도 걸릴 거였다. 노석은 담장 너머를 '저쪽'이라고

불렀다. 담장이 높아 저쪽은 보이지 않았다. 수몰사태처럼 급작스레 빙하가 녹는 일은 다시 발생하지 않았다. 그러나 해수면은 계속 조금씩 상승하고 있었다. 모두가 시한부 인생을 선고받은 셈이었지만 남은 시간은 각자 달랐다. 부호들은 산악지대의 땅을 사들였다. 바닷가 전망이 좋은 지역의 땅값은 떨어졌고 고도가 높은 지역은 올라갔다. 전문가들은 지역마다 향후 몇 년까지 안전할 것인지를 추정했고 그 정보를 공개하느냐 마느냐를 놓고 논쟁이 벌어졌다. 그러다 한 신문사가 단독으로 결과를 유출했다. 대부분의 지역이 백 년 이후를 보장할 수 없었다. 향후 오백 년은 안전한 몇몇 지역들이 공개되자 한동안 실시간 검색어에 오르내렸고, 땅값이 천정부지로 솟았다. 이 섬도 그중 하나였다. 원래 살던 주민 대부분은 땅을 팔고 이사했다. 100여 가구 정도 남았을 때, 새 땅 주인은 남은 주민들의 의사는 아랑곳하지 않고 공사를 진행해 정원이 딸린 고급 주택 500가구를 지어 분양했다. 그사이 보상을 받은 이들이 하나둘 이사를 더 나가면서 10가구 정도만 남게 되자 섬에서는 도로를 따라 담장을 세웠다. 남은 이들이 보이지 않게.

부조된 조각들 위에는 비둘기 떼가 웅크리고 앉아 있었다. 들개와 길고양이가 한동안 골칫거리였는데 대대적인 정비사업 이후 근방에서 본 일이 없었다. 하지만 비둘기는 쫓아내지 못했다. 이상하게도 쫓아낼수록 그 수는 자꾸 불어나기만 했다. 수경의 원룸이 있는 지역에도 새벽부터 거리를 배회하는 비둘기 떼가 많았다. 비둘기는 가끔 사람들을 향해 무작정 돌진하기도 했다. 아마도 배고픔을 참지 못한 탓일 거다. 이곳의 비둘기들은 상대적으로 느긋해 보였지만 수경은 비둘기가 날개를 푸드덕거릴 때마다 어깨를 움츠리며 걸었다.

한 시간쯤 걸어 도착한 곳은 독수리에게 간을 파먹히는 프로메테우스의 모습이 부조되어 있는 담장 앞이었다. 구청장의 친척이라는 조각가는 간이 있어야 할 자리에 구멍을 만들어놓았다. 어른 주먹이 들어갔다 나올 수 있는 정도의 크기였다. 구멍은 수경이 허리를 숙이면 눈높이가 맞는 위치에 있었다. 수경은 섬에 올 때마다 이곳을 찾았다. 그 구멍 안을 들여다보면 마치 휴전선 너머를 보는 듯한 기분이 들었다.

많은 이들이 반대하며 구멍을 메워달라고 했지만 조각가는 받아들이지 않았다. 그놈의 작가 정신은 무슨. 노석은 중얼거리다 슬쩍 수경의 눈치를 봤다. 수경은 소설을 썼다. 수몰사태가 일어나기 직전 소설집을 한 권 냈다. 이후에는 방송 원고, 에세이, 영화나 책 리뷰, 인터뷰 등 닥치는 대로 여러 가지 글을 쓰며 지냈다. 하지만 노석이 소개해 준 자서전 대필만은 응하지 않았다. 의뢰인은 누구보다 발 빠르게 이

산을 사들였던 부호였다. 이것저것 가리면 못 쓴다. 젊을 때는 닥치는 대로 해야지. 뭐든 주어진 대로 감사하며 살면 되는 거다. 노석의 말에도 수경은 관심을 보이지 않았다. 노석은 한숨 끝에 덧붙였다. 제 엄마 닮아서 고집은.

수경은 한숨을 쉬며 허리를 굽히고 구멍 안을 들여다봤다. 구멍을 통해 볼 수 있는 것은 손질하지 않아 우거진 수풀과 건물 일부였다. 어떤 용도인지는 알 수 없었다. 사람들이 지나가는 것은 한 번도 보지 못했다. 그래도 수경은 섬을 방문할 때마다 빠짐없이 이곳에 들러 저쪽을 쳐다보고는 했다.

수경은 잠시 허리를 펴고 자세를 고쳤다. 그때 아이가 훌쩍이는 소리가 들렸다. 수경은 숨을 죽였다. 울음소리가 잦아들었다고 느낀 순간 수경은 구멍에 눈을 갖다 댔다가 악, 하는 외마디 소리를 지르며 물러났다. 눈물이 글썽글썽한 검은 눈동자와 마주쳤기 때문이다. 놀란 것은 상대방도 마찬가지였다. 뒤로 물러났던 상대방이 풀을 밟으며 다시 구멍 앞으로 다가오는 소리가 들렸다. 수경도 천천히 구멍 가까이 다가갔다. 구멍을 통해 바라본 아이는 열 살 정도 되어 보였다. 수경은 최대한 다정하게 말했다.

"안녕."

아이는 대답이 없었다.

"왜 울고 있어?"

아이의 얼굴이 점점 일그러졌다. 한바탕 울 기세였다. 아차 싫었던 수경은 주머니를 뒤졌다. 밀크캐러멜 하나가 잡혔다. 수경은 구멍 안으로 캐러멜을 조심스럽게 들이밀었다. 아이는 울먹임을 멈췄다. 잠시 망설이던 아이는 구멍 안으로 손을 넣었다. 캐러멜을 재빨리 낚아채더니 후다닥 어딘가로 달려갔다. 또래 친구는 있는 걸까. 삶보다 죽음 쪽에 가까워진 사람들은 더 이상 새로운 생명의 탄생을 반기지 않았다. 구멍 앞을 벗어난 아이는 더 이상 보이지 않았지만 달려가는 소리가 들리지 않을 때까지 수경은 구멍 너머를 바라봤다.

집 앞으로 돌아오자 정원 안에서 서성거리고 있는 노석의 모습이 보였다. 잘 정돈된 잔디밭 한가운데에 원이 하나 그려져 있었다. 마치 교통사고가 일어난 사건 현장을 표시해두듯 하얀 페인트로. 주택단지 분양 당시 광고에서 특히 강조됐던 것은 마당에 묏자리를 확보할 수 있다는 점이었다. 입주자들 대부분이 노인으로, 죽음이 머지않은 사람들이었다. 자신들의 노후는 물론 사후까지 보장해 줄 집을 원했던 이들에게는 안성맞춤이었을 것이다. 그리고 노석은 입주민이 아니라 1단지 관리인으로 이곳에 왔다. 주된 업무는 무덤 관리였다.

노석은 뒷짐을 진 채 생각에 잠겨 그 원을 따라 돌고 있었다. 수경은 담 너머로 그 모습을 지켜봤다. 그때 오토바이가 요란한 소리를 내며 달려와 대문 앞에 멈추더니 음식을 담은 비닐봉지를 건넸다. 수경은 얼떨결에 받아 들었고 노석이 그제야 수경을 발견했다.

거실 탁자에 음식을 두고 마주 앉았다. 혼자서는 탕수육까지 시키기가 좀 그래. 노석의 말에 수경은 불편해졌다. 섬으로 들어와 같이 살자고 했던 노석의 제안을 거절했던 터라 그 말이 질책처럼 들렸기 때문이다. 수경은 TV를 틀고 옛날 예능 프로들을 방영하는 채널을 찾았다. 새로 제작하는 프로그램이 줄면서 재방영이 많아졌다. 화면 안에서 지금도 여전히 유명한 개그맨이 지금은 반쯤 사라진 섬에서 땀을 흘리며 돈까스를 튀겨내고 있었다. 다행히 노석은 대화를 이어가지 않고 화면에 시선을 고정했다.

노석은 본래 공무원이었다. 죽음의 등급을 정하고 그에 따른 보상과 묻힐 곳을 결정하는 일을 했다. 죽음도 공평하지 않아. 노석이 취하면 가끔 술주정처럼 하는 얘기였다. 은퇴했던 노석은 3·19 사태 이후 다시 일터로 복귀했다. 수몰 사고로 유해가 셀 수 없이 넘쳤기 때문이다. 땅의 면적이 줄어들면서 매장할 곳이 줄어들었다. 묘지도, 납골당도 부족했다. 퇴직한 이들을 중심으로 특별팀이 꾸려졌다. 공로가 있는 사람들의 묘지를 안전한 지역으로 이장해야 했다. 살아 있는 사람이 발을 딛고 설 땅도 부족해지는데 죽은 사람의 자리까지 있어야 하냐며 논쟁이 벌어졌다. 노석은 논쟁이 쓸데없다 여겼다. 재력만이 제대로 묻히기 위한 유일한 기준이 되었음을 깨달았기 때문이다. 특별팀이 해산된 이후 부호와 친분이 있던 고위직의 소개로 노석은 이 자리를 얻었다. 노석은 수경에게 운이 좋았다며 흥분한 목소리로 소식을 전했다.

거실을 둘러보면 노석이 근무시간 외에 무엇을 하며 시간을 보내는지 알 수 있었다. 최근에 재미를 붙인 취미는 분재인 모양이었다. 수경은 그 취미가 마땅치 않았다. 왜 굳이 넓은 땅에 뿌리 내릴 수 있는 식물을 데려다 좁은 화분에 심어놓고 인위적으로 꾸미는 걸까. 예전에 노석은 수석을 수집했다. 강이나 계곡에서 주워 온 돌을 윤이 나도록 닦은 뒤 형태에 맞는 나무 받침을 만들어주었다. 돌은 더 이상 바람과 물살에 닳아 형태가 변할 일이 없었고 흙먼지로 더럽혀지지도 않았다. 그 이전에는 박제에도 흥미를 가졌다. 노석은 창자가 사라진 부엉이의 빈 속에 솜과 방부제를 채워 넣고 눈이 있어야 할 자리에는 유리로 만든 의안을 끼워 넣었다. 부엉이는 더 이상 날 수 없었지만 부패하지 않았다. 수경은 노석이 가진 취미의 공통점을 어렴풋이 알 것 같았다. 낚시나

바둑처럼 시간을 흘려보내는 것이 아니라 시간을 붙잡아 두는 일이라는 것.

"미래는 생각하고 있는 거니?"

미래라니. 과거를 박제하듯 붙들어 놓고 사는 노석과 어울리지 않는 단어라고 생각했다. 노석은 자신이 생각해 놓은 수경의 미래를 얘기했다. 글은 어디서나 쓸 수 있을 거라고 했다.

"정말 할 생각 없는지 다시 한 번 물어보라던데."

부호의 자서전 의뢰를 얘기하는 거였다. 그 사람 정말 대단하지 않니. 백 년 후를 내다보는 사람이야. 노석의 말을 수경은 흘려들으려 애썼다. 수경은 백 년 후는커녕 십 년 후, 아니 바로 다음 주의 일도 계획하지 못했다. 수몰사태 이후 사람은 자신이 가진 것만큼만 미래를 생각할 수 있다는 것을 알게 됐다. 부호는 산을 사들였고, 어떤 이는 국가 지정 산림보호 지역의 보호 해제를 요청했다. 높은 타워를 짓거나 대형 선박을 제작하는 이도 있었다.

하지만 수경이 미래를 위해 한 일이라고는 고작 수영을 배우는 것이었다. 수경이 사는 원룸 건물은 다행히 백 년은 거뜬하다는 진단을 받았고 그걸로 충분하다고 여겼다. 하지만 집주인의 생각은 달랐다. 전세를 월세로 돌린 동시에 세를 턱없이 올렸다. 수경은 노석이 전해주는 숫자를 흘려들

으려 애썼다. 노석이 더 얘기하면 고개를 끄덕여 버릴 것만
같았다.

노석이 어느 순간 말을 멈췄다. 시선은 여전히 TV 화면에
고정되어 있었다. 식당에서 멀어진 카메라가 푸른 바다와
부서지는 파도, 하얀 모래사장, 우거진 숲과 오름 등 섬 곳곳
의 풍광을 담아냈다.

"이런 날 별거 있나. 핑계 삼아 우리끼리 밥이나 먹는 거지."

오늘은 어머니 연수의 기일이었다. TV 속의 섬은 노석이
퇴직 후 노후를 보내려고 마련한 집이 있던 곳이었다. 마침
바닷가 근처 전망 좋은 집이 헐값에 나왔었다.

"어쩐지 유난히 싸다 했다. 있는 놈들은 알았겠지."

이사한 직후 연수는 암 진단을 받았고 집에서 투병 생활
을 했다. 이 년째 되던 봄, 연수의 장례를 치렀다. 땀에 푹 젖
은 상복을 입고 수경은 이번 봄은 유달리 덥다고 생각했다.
장례식장 앞 벚나무에 만개한 벚꽃을 보고도 아직 삼월 초
인데 이르네, 라고만 생각했다. 수경은 알지 못했다. 이미 잃
은 어머니를 한 번 더 잃게 될 줄은.

연수는 해안가에 있는 묘지에 안장되었다. 산에 두려다가
바다를 좋아하던 연수를 위해 특별히 마련한 곳이었다. 발
인을 마치고 난 뒤, 집으로 돌아와 곤히 잠들었던 노석과 수
경은 집 안까지 밀려든 물에 놀라 잠에서 깼다. 아예 수몰된

다른 집들과 달리 다행히 발목 정도만 잠기는 정도였다. 상황을 수습하고 연수의 묘지로 달려갔을 때는 이미 수많은 관이 먼바다로 떠내려간 뒤였다. 해양경찰과 구조대가 동원되었다. 살아 있는 사람들을 우선 구해야 했기에 관에는 아무도 신경 쓰지 못했다. 떠내려간 관들 중 일부는 나중에 해안가로 다시 밀려왔다. 하지만 그중에 연수는 없었다.

기일이 되어도 찾아갈 곳이 없었다. 그렇다고 따로 제사를 지내지도 않았다. 연수의 기일이 되면 수경은 평소 반나절 잠깐 머물고 쫓기듯 돌아가던 것과 달리 노석의 집에서 하룻밤을 지내고 갔다. 연수의 관이 어디로 갔을지 몰라도 노석과 함께 있는 곳이 연수와 가장 가까운 곳이리라 여겼기 때문이다.

"이왕이면 아주 멀리서 떠다니고 있으면 좋겠다. 그놈의 바다, 맨날 노래를 불러댔으니."

화면에 시선을 고정한 채 노석이 중얼거렸다. 그러곤 수경을 바라보며 말했다.

"길어야 일 년이란다."

수경은 처음에는 제대로 알아듣지 못했다. 노석이 오늘따라 수경의 미래에 대해 더 집요하게 물어본 이유를 알 것 같았다. 탕수육은 절반 이상이 남았다.

뒤척이다 새벽녘에야 잠이 들었던 수경이 일어났을 때 노석은 이미 나가고 없었다. 시계를 확인하니 오전 열 시. 일요일인데도 노석은 1단지 일대를 순찰하듯 돌고 있을 것이다. 노석의 방문을 열고 들어가니 책상 위에 녹색 표지의 대학 노트가 보였다. 그날 걸은 걸음 수, 분재의 건강 상태, 우연히 발견한 수석에 대한 기쁨이 담겨 있었다. 수경은 노석의 별일 없는 일상을 들여다보고 있자니 안심이 됐다. 종양은 자라다 멈추기도 한다. 해수면도 더 이상 상승하지 않을 수 있다. 수경은 낙관하려 애쓰며 차를 몰고 집을 나섰다.

코끼리의 머리와 등, 두 개의 봉우리 사이에는 광장이 있었다. 광장 가운데에는 분수대가 있었다. 아직 물줄기가 솟지 않아 잠잠했다. 분수대를 중심으로 절도 있고, 교회와 성당도 있었다. 수경은 성당 앞에 차를 세웠다. 어릴 때 수경은 연수를 따라 성당에 가고는 했다. 고등학교에 진학하면서는 가지 않았고 연수도 강요하지 않았다. 그래도 연수의 기일에는 수경 혼자 성당을 찾았다. 연수가 믿었던 신에게 기도라도 해야 하는 게 아닐까, 하는 생각 때문이었다. 하지만 수경은 미사 내내 멍하니 앉아 있었다.

언젠가 어린 수경의 이마에 사제가 재를 묻혀주며 읊조렸던 말을 떠올렸다. "흙에서 왔으니 흙으로 돌아갈 것을 생각하십시오." 이마를 만지자 회색 재가 묻어났다. 손을 비벼

털었다. 재가 먼지처럼 흩어졌다. 바다 위를 둥둥 떠다니고 있을, 어쩌면 깊이 가라앉았을지도 모를 연수도 흙으로 돌아갈 수 있을까. 수경은 연수를 위해 어떤 기도를 해야 할지 몰랐다. 암으로 투병하던 연수의 마지막은 고통스러웠다. 그래서 항암 치료를 받지 않겠다는 노석의 뜻을 이해할 수 있었다. 그렇다면 노석을 위해서라도 기도하는 것이 마땅하지 않을까. 불가능하다고 생각하면서 완전한 쾌유를 비는 것은 기만이었다. 노석의 곁에서 지내면서 노석이 걱정하지 않을 만한 미래를 계획하는 것이 현실적일 것이다.

평화를 빕니다.

옆 사람이 고개를 숙이며 인사를 건넸다. 수경도 따라 급히 고개를 숙였다. 다른 사람들도 연신 고개를 숙이며 서로의 평화를 빌어줬다. 수경도 평화를 원했다. 하지만 이 사람들이 원하는 평화와 같을지는 몰랐다. 수경은 결국 아무것도 빌지 못하고 성당을 나왔다.

그사이 분수대는 시원한 물줄기를 내뿜고 있었다. 3·19 사태 이후 바다와 강은 예전과 달라졌다. 오수가 흘러들어 악취가 진동했고 때론 짐승과 사람의 사체가 뒤섞여 떠다녔다. 이제 사람들은 강가와 바닷가로 놀러 가지 않았다. 되도록 물에서 멀리 떨어져 살려고 애썼고 물을 외면했다. 하얗게 부서지는 물방울이 정오의 햇빛에 빛났다. 물줄기는 하늘로 춤추듯 치솟았다. 그 투명함이 불편해 수경은 서둘러 그곳에서 멀어졌다.

결국 수경이 향한 곳은 프로메테우스가 부조된 담장 구멍 앞이었다. 수경은 허리를 굽히고 구멍 안을 들여다봤다. 바닥에 책이 널려 있는 것이 보였다. 한 여자가 포쇄 중이었다. 쌓여 있는 책을 집어 바닥에 하나하나 펼쳐놓고 있었다. 여자가 구부렸던 허리를 폈다. 수경은 눈이 마주칠까 봐 한걸음 물러서다가 나뭇가지를 밟고 말았다.

"당신이죠? 캐러멜."

명랑한 목소리가 들려왔다. 수경은 구멍으로 가까이 다가갔다. 연한 갈색 눈동자. 짙은 쌍꺼풀과 긴 속눈썹. 눈가에 옅은 주름이 있었지만 나이를 가늠하기 어려웠다. 수경이 대답하기 전에 여자는 빠르게 설명했다.

"엄마예요."

그리고 덧붙였다.

"요즘은 쉽게 눅눅해져서. 여기가 해가 제일 잘 들어요. 서점을 하고 있거든요."

수경은 자신도 모르게 반문했다.

"서점이요?"

여자의 웃음소리가 들렸다. 눈도 웃고 있었다. 예상했다는 듯.

"다른 사람들도 그렇게 물어요. 서점을 하고 있다면 매번 그런 목소리와 어조로. 사실은, 요새 누가 책을 읽는다고요? 먹고는 살아요? 하고 묻고 싶은 거겠죠. 3·19 이후로는 아마도 제정신이냐고 물어보고 싶은 걸 참는 것 같고."

수경은 그런 뜻은 아니라고 대답해야 한다는 것을 알았지만 입을 떼지 못했다. 여자가 이어 말했다.

"어느 시대에도 서점이 돈을 벌었다는 이야기를 듣지는 못했으니 억울한 것도 없어요."

물에 젖으면 가장 쓸모없어질 물건 중 하나였다. 눅눅해지지 않도록 햇볕에 한 장 한 장 정성스레 책을 말리는 여자를 보고 있자니 수경은 심경이 복잡해졌다. 무슨 말이든 해야 했다.

"저도 뭐라고 할 말은 없어요. 소설을 쓰고 있거든요."

수경은 그 말을 해놓고 이내 후회했다.

"요즘은 쓰지 않아요."

다급하게 덧붙였으나 여자가 감탄사와 함께 말했다.

"글을 쓰시는군요."

여자는 구멍에서 멀어져 다시 허리를 구부리고 책을 펼치며 말했다.

"도시에 있다가 변두리로 밀려났죠. 그러다 이곳을 찾았고. 그 난리 통이 있기 전에요. 그땐 **그쪽**들이 여기까지 탐낼 줄은 몰랐거든요."

우리가 '저쪽'이라고 부른다면 담 너머의 사람들은 우리를 '그쪽'이라고 부르는 걸까.

수경은 무심코 우리라고 지칭한 스스로에게 놀랐다. 그쪽들. 여자도 수경을 당연히 그 안에 포함시킨 것이다. 여자는 책을 내려놓고는 구멍 앞으로 성큼성큼 다가왔다. 수경은 여자의 기세에 조금 뒤로 물러섰다.

"지금이라도 써요. 당신은 우리보다는 남은 시간이 많잖아요. 재밌는 얘기 하나 더 해줄게요."

수경은 가까이 다가갔다. 마치 면회를 하듯이 동그란 구멍으로 서로를 바라봤다. 여자의 눈동자에 수경의 얼굴이 비쳐 보일 정도로 가까웠다.

"남편은 그림을 그려요."

여자가 웃었고 수경도 웃었다. 참을 수 없었다. 그러다 수경은 혼자만 웃고 있음을 깨달았다.

"그러니 이제 그러지 말아요."

여자의 말투에서 웃음기가 사라졌다. 수경은 무슨 말인지 되묻지도 못하고 여자가 이어서 말할 때까지 가만히 있었다.

"그쪽에 살고 있잖아요. 이쪽을 구경하면서 시간을 보내지 말라고요. 캐러멜로 달래질 수 있는 슬픔도 아니라고요."

여자는 주머니를 뒤적여 캐러멜을 꺼내더니 구멍으로 던져 넣었다. 수경은 여자가 사라진 뒤에도 허리를 구부리고 발치에 떨어진 캐러멜을 바라보았다.

집 앞에 트랙터가 여러 대 서 있었다. 노석은 트랙터 기사들을 모아놓고 이야기를 나누는 중이었다. 주민들도 나와 있었다. 대문 앞에서 팔짱을 끼고 쳐다보거나 삼삼오오 모여 수군거리고 있었다. 어떤 사람은 벌겋게 상기된 얼굴로 소리를 질렀다. 수경이 다가오자 노석이 상황을 설명했다.

"오늘이 발인이어서 땅을 팠는데 다른 유해가 나왔단다. 이장하지 않고 팔아버린 거야, 봉분만 없애고. 양심도 없지. 그래서 원하는 집에 한해서 다 파헤쳐 보기로 했다."

노석은 트랙터 기사들에게 몇 군데 표시를 해둔 마을 지도를 건넸다. 파헤쳐 보고 유해가 발견되면 연락을 달라고 한 뒤 기사들을 보냈다. 노석은 관리인들에게 지급된 하늘색 티셔츠 위에 조끼를 걸치고 있었다. 마당 안으로 들어서자마자 노석은 조끼부터 벗었다. 등이 땀으로 흠뻑 젖어 있었다. 노석은 마당에 표시된 원 주위를 서성거렸다. 그 아래에 무엇이 있을지 상상하는 노석의 복잡한 심경을 수경은 짐작할 수 있었다. 원 주위를 돌고 있던 노석이 갑자기 걸음을 멈췄다. 정원 한구석을 지그시 노려봤다. 그러더니 성큼

성큼 걸어가서 수풀 사이에 웅크리고 있던 아이를 끌고 나
왔다. 놀라서 바라보고 있던 수경은 이내 캐러멜을 줬던 아
이, 서점 여자의 딸임을 알아챘다. 아이는 손을 뒤로 하고 있
었다.

"뭘 감춘 거냐?"

노석이 다그치자 아이가 울기 시작했다.

"제가 아는 아이예요."

수경은 대체 어디서 어떻게 왔냐며 몰아붙이는 노석을 제
지했다. 아이와 눈높이를 맞춘 뒤 말했다.

"캐러멜 이모야."

아이는 울음을 멈추고 수경을 바라봤다. 이윽고 감췄던
것을 내밀었다. 죽은 비둘기가 투명한 락앤락 통에 담겨 있
었다. 수경은 많이 놀랐지만 티를 내지 않았다.

"묻어주고 싶어요."

수경은 아이가 이 집을 택한 이유가 궁금했다.

"왜 하필 여기에다?"

"여기는 물에 잠기지 않을 것 같아서요."

수경은 락앤락 통을 끌어안고 있는 아이를 바라보다가 노
석을 돌아봤다. 노석은 말도 안 된다는 듯이 손을 내저었다.
수경이 부탁하듯 말했다.

"아주 조금 차지하는 거잖아요."

"그렇게 조금, 조금 하다가는 끝이 없다. 태워버려라. 고작 새잖니."

노석은 못마땅해했다. 수경은 말없이 노석을 바라봤다. 어차피 죽었잖아. 어머니의 관을 찾아다닐 때 누군가 그렇게 말했다.

"두두는…… 물을…… 무서워해요."

아이가 작은 목소리로, 하지만 또박또박 힘주어 말했다. 비둘기의 몸은 하얀 가제 손수건으로 감싸여 있었다. 노석은 생각에 잠긴 듯 침묵했다. 수경은 노석이 무엇을 떠올리고 있는지 알 것 같았다. 노석이 입을 열었다.

"가능한 한 눈에 띄지 않게 해라. 봉분도 만들지 말고. 벌레나 꼬이지 말아야 할 텐데."

최대한 구석에 있는 나무 밑으로 합의를 했다. 노석이 트랙터 기사의 전화를 받고 나가자 아이는 안심한 듯 숨을 내쉬었다. 수경은 물었다.

"너 이름은 뭐야?"

"가온이요."

"왜 이 통에 담았어?"

"물이 새지 않는대요."

수경과 노석은 연수의 관을 오동나무로 할지 향나무로 할지 한참 고민했었다. 결국 가격이 저렴한 쪽을 택했다. 노석은 어젯밤에도 술에 취해 중얼거렸다.

"오동나무여서 다행이야. 물에 강하다고 했으니까."

수경은 모종삽을 가져와 구덩이를 팠다. 비둘기를 묻고 흙을 덮으려다 주위를 둘러봤다. 노석의 분재에서 싱싱한 잎을 떼다가 아이 손에 쥐여주었다. 아이는 락앤락 통 위에 잎사귀를 올려놓더니 두 손을 모으고 고개를 숙였다. 그런 뒤엔 확인하듯 수경에게 물었다.

"여기는 잠기지 않는 거죠?"

"아마도……."

수경은 자신 없는 목소리로 대답한 뒤 흙을 덮었다. 뭐라도 표시는 해두어야겠다 싶어서 주위를 둘러보다가, 나뭇가지를 꺾어 작은 십자가를 만들어 세워두었다.

"이건 임시야. 나중에 비석 같은 걸 만들어주자."

가온은 고개를 끄덕였다.

"이제 집으로 데려다줄게."

"엄마가 일하는 데로 가야 해요."

"서점으로 가면 되니?"

"맥도날드요."

수경은 의아해하며 되물었다.

"서점은 어떡하고?"

가온은 수경이 엉뚱한 말이라도 한 것처럼 웃으며 대답

했다.

"서점에는 손님이 없잖아요."

수경은 가온을 차에 태우고 안전띠를 매주다 물었다.

"너는 안 무섭니?"

"뭐가요?"

"물."

"수영을 잘해서 괜찮아요."

수경은 피식 웃으며 가온이 듣지 못할 작은 목소리로 내가 너랑 수준이 비슷한가 보다, 라고 중얼거렸다.

검문소 앞에 도착하니 맥도날드 유니폼을 입은 서점 여자가 서 있었다. 여자가 이쪽을 보더니 놀라서 달려와 가온을 끌어안았다. 가온이 여자의 귀에 대고 속삭이는 모습을 보다가 시동을 걸려는데 여자가 다가왔다. 창을 내리자 여자는 머뭇거리다 말했다.

"언제든 와요. 서점에. 보여주고 싶은 게 있어요."

수경은 갈 생각이 없었지만 고개를 끄덕이며 시동을 걸었다.

"오늘은 육지로 돌아가야 해요."

여자는 한 번 더 말했다.

"언제든 와요."

수경은 곧 차를 출발시켰다. 백미러로 여자와 가온의 뒷모습을 지켜봤다.

수경은 집으로 가던 도중 차를 산책로 입구에 세워두고 구멍 쪽으로 걸어갔다. 여느 때처럼 구멍 안을 들여다봤다. 수경에게 여자가 보여주고 싶다고 한 것은 무엇이었을까. 아무도 지나가지 않았다. 최대한 가까이 다가갔지만 구멍으로 보이는 일부만으로는 저쪽의 모습을 알 수 없었다. 구멍 안쪽을 노려보던 수경은 주변을 두리번거리다 작은 돌멩이를 주워 들었다. 구멍 안으로, 저쪽을 향해 힘껏 던졌다. 담장 위에 앉아 있던 비둘기 떼가 일제히 날아올랐다.

집으로 돌아오니 트랙터가 단지 안 곳곳을 파헤치고 있었다. 노석의 마당에도 원이 있던 자리를 포함해 여러 개의 구덩이가 생겼다. 노석은 보이지 않았다. 쌓여 있는 흙더미들을 바라보다 수경은 비둘기가 묻힌 곳으로 다가갔다. 여기도 안전하지 않네. 수경은 한숨을 쉬고는 표시해 둔 작은 십자가를 치워버렸다. 짐을 챙겨 나온 수경은 노석에게 메시지를 남겼다.

—다음 달에 올게요.

건강이나 미래에 대한 말을 덧붙이려다 그만뒀다. 차에 올라 시동을 거는데 옆집에서 흥분한 소리가 들려왔다. 전날 보았던 앞 차량 운전자였다.

"팔 수 있을 때 팔자고요. 지금 당장 먹고살 게 없는데 죽은 다음까지 생각할 여유가 어디 있어요."

운전자는 소리를 지르며 대문을 닫고 나오다 수경과 눈이 마주치자 겸연쩍은 듯 고개를 돌리더니 담배를 꺼내 물었다. 수경은 도망치듯 서둘러 차를 몰았다.

수경은 검문소 앞에서 차단기가 올라가기를 기다렸다. 아직 오후 여섯 시였다. 망설이던 수경은 편의점에 들러 가온이 좋아할 법한 과자와 음료수를 샀다. 맥도날드로 가 여자를 찾았으나 보이지 않았다. 퇴근했다고 다른 직원이 알려주었다. 수경은 다시 차를 몰았다. 한 번도 가보지 않은 왼쪽 도로, 내리막길로 향했다. 검문소를 지키고 있던 경찰은 의아해하면서 당부했다.

"밤 열 시가 되기 전에는 나오셔야 합니다. 위험할 수도 있어요."

도로가 제대로 닦여 있지 않은 탓에 차가 덜컹거렸다. 담장의 뒷면은 그저 석회질 덩어리였다. 일부러 뭉개놓은 듯 울퉁불퉁하고 거친 회색 벽. 그 어떤 신도 없었다. 보이지 않는다고 성의 없이 해놓고는 작가 정신은 무슨. 수경은 노석처럼 중얼거리다 씁쓸하게 웃었다. 서점 여자를 떠올렸다. 수경과 대화하는 동안 여자는 이 벽을 보고 있었을 것이다.

주변에 보이는 것이라고는 회색빛 담장과 무성한 풀들, 빽빽하게 자라 있는 나무들뿐이었다. 서점을 찾으려니 막막했다. 우선 구멍부터 찾아야 했다. 그 구멍을 찾으면 어디쯤인지 알 수 있을 것 같아 담장 옆 도로를 따라 운전했다. 차가 다니기 어려울 정도로 길이 좁아지자 수경은 차에서 내려 걷기로 했다. 그러다 작은 오솔길을 발견해 걸어 들어갔다.

우거진 수풀 사이로 흙더미들이 보였다. 가까이 다가가 보니 여러 개의 봉분이었다. 아직 떼를 입히지 않았다. 벌건 흙무덤들. 마르지 않은 흙을 보고 이제 막 누군가를 묻었음을 알 수 있었다. 푸드덕거리는 소리에 수경이 놀라 고개를 들어보니 비둘기들이 담장에 나란히 앉아 있었다. 지는 해를 등지고 있어 마치 박쥐 떼 같아 보였다. 수경은 뒷걸음질쳤다.

무덤 옆쪽으로 건물들이 보였다. 반가운 마음에 가까이 다가갔다. 통창 유리가 깨져 있고 문도 부서져 있었다. 건물 안에는 땅 매매 문구와 전화번호가 쓰인 광고지, 엉킨 전깃줄, 더러운 옷가지만 함부로 굴러다니고 있어 건물의 원래 용도를 알기 어려웠다. 그 옆은 슈퍼마켓이었다. 불이 꺼진 냉장고 안은 텅 비어 있고 선반 위로 찌그러진 통조림과 빈 과자 봉지가 보였다. 유리문에는 '가맥'이라는 글자가 붙어 있었다. 앞마당에 파라솔이 달린 둥근 테이블과, 다리 하나가 없는 의자가 기우뚱하게 서 있었다. 테이블 아래 떨어져 있는 맥주잔에는 흙이 반쯤 담겨 있었다. 더 걸어가자 낮은 돌담으로 둘러싸인 붉은 벽돌집이 나타났다. 화단 안에는 제멋대로 풀이 자라 있었다. 그리고, 작동을 멈춘 스프링클러와 바퀴가 빠진 세발자전거와 비어 있는 개집.

수경은 다른 때보다 날이 빨리 어두워졌다고 느꼈다. 군데군데 가로등이 있었지만 다 깨져서 사위가 어두컴컴했다. 휴대전화 불빛에 의지해 돌아갈 길을 찾아 두리번거리고 있는데 앞쪽에서 노란 불빛이 깜박거렸다. 서둘러 다가간 건물 앞에는 작은 입간판이 세워져 있었다.

영원서점.

흰 바탕에 검은 글씨로 직접 적어 넣은 듯했다. 살짝 오른쪽으로 기울어져 있는 글자는 군데군데 페인트가 벗겨져 있었다. 나무를 다듬고 못질하고 하얀 페인트로 칠한 뒤 잘 마르길 기다렸겠지. 수경은 한 글자 한 글자 힘주어 적었을 여자의 모습을 떠올렸다.

서점 앞에는 마당과 같은 터가 있었고, 아직 연기가 남아 있는 모닥불을 중심으로 캠핑 의자 몇 개가 둥글게 원을 그리듯 놓여 있었다. 그 옆에는 비닐봉지와 포장 용기가 쌓여 작은 둔덕을 이뤘다. 방금까지 사람들이 이곳에 모여 식사를 했던 흔적이었다.

저기요. 수경은 작은 목소리로 불렀다. 인기척이 없자 다시 목소리를 높였다.

"저기요."

아무도 대답하지 않았다. 수경은 망설이다 서점 안으로 들어갔다. 선반 위에 비둘기 사진이 보였다. 아마 두두일 것이다. 그 앞에는 깃털이 놓여 있고, 반쯤 남은 초가 타고 있었다. 벽면에 달린 메모판에는 서점을 방문한 이들과 찍은 폴라로이드 사진 여러 장을 압핀으로 고정해 놨다. 유심히 바라보다 가온을 사이에 두고 나란히 서 있는 여자와 남자를 발견했다.

책장에 꽂혀 있는 책들을 살펴보다 가운데 놓인 매대로 다가갔다. 낯익은 표지. 수경의 첫 소설집 초판이었다. 표지 앞에는 노란 포스트잇이 붙어 있었다. 초록색 펜으로 또박또박 적어놓은 문장. 여자가 적은 듯한데 추천사인지 감상인지 알 수 없었다.

완전한 고요와 평화라니. 지금까지 읽은 소설 속 인물 중 가장 욕망이 크다. 그 평화와 고요를 쟁취하기 위해 얼마나 고단한 싸움을 해야 할까.

수경은 소설집을 낸 뒤 수십 번의 검색 끝에 간신히 찾아낸 리뷰 두 개를 떠올렸다. 인물들이 욕망이 없어 이야기에 힘이 없다, 맥이 빠진다는 평가였다. 그 뒤로는 리뷰를 찾아

보지 않았다.

서점 옆에는 아틀리에가 있었다. 이젤과, 어지럽게 놓인 붓과 물감, 완성한 그림과 완성하지 못한 그림이 뒤섞여 있었다. 영원히 팔리지 않을 책들이 있는 서점과 영원히 완성되지 않을 그림들이 있는 아틀리에 앞에서 수경은 불가능한 세계를 바라는 자신의 소설 속 인물들을 떠올렸다. 여자의 말대로 인물들은 완전한 고요와 평화를 원했다. 다만 싸우지 않고 얻길 바랐다. 그들은 자신을 빼닮았다. 수경은 그런 생각을 하고 있었다. 그런 생각이나 하고 있구나. 자조하듯 중얼거렸다. 그만 발을 빼야 한다. 너무 많이 와버렸다. 이곳에선 깜박하는 사이에 바로 발밑까지 물이 차오를지도 모른다. 이제 발길을 돌려야 했다.

그때 아래쪽 길에서 웅성거리는 소리가 들렸다. 수경은 위로 올라가는 길을 바라봤다. 그리고 손에 들고 있는 자신의 소설집을 바라봤다. 수경은 결심한 듯 돌아서서 아래로 내려갔다. 아래로. 더 아래로. 소리가 들리는 쪽으로. 비릿한 냄새로 물과 가까워졌음을 알 수 있었다. 휴대전화 불빛을 비춰도 수면과 지면의 경계가 구분되지 않을 만큼 어두웠다. 이끼가 덮여 있는 바위는 미끄러웠다. 물가 쪽에서 환한 불빛이 보였다. 수경은 발끝에 힘을 주어 한 발 한 발 다가갔다.

"동풍이야, 뱀 꼬리 끝 쪽으로 가자. 이런 날은 더 많이 몰려오잖아."

웅성거리는 소리가 가까워졌다. 암호 같은 말을 들으며 수경은 그들 곁으로 가까이 다가갔다. 바위 뒤에 몸을 숨기고 그들을 바라봤다. 랜턴으로 불빛을 밝히고 있는 이는 서점 여자였다. 서점 여자의 남편으로 짐작되는 이와 나머지 사람들은 그물을 던질 준비를 하고 있었다. 수경은 벌건 흙무덤을 떠올렸다. 수경은 그 무덤의 주인들이 누구인지 알 것 같았다. 그쪽에서 파헤치고 있을 때 이곳에서는 묻고 있었다. 양쪽의 욕망은 닮은 듯 다르다.

이렇게 아래까지 내려온 것도, 물을 정면으로 들여다보는 일도 얼마 만인지. 검은 물결이 바위에 부딪히자 포말이 일었다. 이곳을 바다라고 불러도 될까. 오랜만에 듣는 파도 소리였다. 수경은 눈을 감았다. 눈을 감고 들으면 숲에서 나뭇잎들이 부딪히며 내는 소리와 파도 소리가 닮았다고 연수가 가르쳐줬었다.

"오고 있어. 보여?"

여자가 외치는 말에 수경은 눈을 떴다. 여자는 저쪽을 가리키고 있었다.

수경의 눈에는 아직 아무것도 보이지 않았다. 하지만 수경은 지금이 몰려오고 있는 것들을 외면하지 않고 바라볼 시간이라는 것을 알았다. 여기까지 오는 동안 침식당하지

않고 갉아 먹히지 않기를 바라면서. 되도록 온전한 모습이
기를. 수경은 두 손을 모으고 기다렸다.

슬픔을 실현하는 이야기

소유정(문학평론가)

1. 상실의 자리로부터

정선임의 소설은 상실의 자리로부터 시작된다. 이 책에
수록된 여덟 편의 소설은 가족 또는 가까운 이의 죽음(「우리
가 우리였던」, 「얼음이 떨어지던 밤」, 「귓속말」, 「몰려오는 것들」)이나
지켜야만 하는 사회에서의 자리(「구부린 마음」, 「얼음이 떨어지
던 밤」), 혹은 한 사람의 고유한 생애(「요카타」, 「무슨 말인지 알
죠」)와 같이 다양한 상황에서의 상실을 가시화한다. 그렇다
면 상실 이후에 남은 이들은 어떠한가? 롤랑 바르트가 죽은
어머니를 애도하며 자신은 슬픔 속에 있는 것이 아니라, 슬
픔을 실현하고 있다고 말한 것처럼 정선임의 인물들은 상실
속에 그저 젖어만 있는 것이 아니다. 그들은 보다 능동적으
로 슬픔을 실현하기를 택하며 상실의 자리에 선다. 또한 상

실을 경험하며 어느 한 부분이 탈각된 '나'를 마주하고, 해체되는 자기동일성 속에서 자신만의 방법으로 고유한 '나'를 찾고자 한다. 이 느리고도 착실한 움직임이 담겨 있는 여덟 편의 소설을 함께 읽어보자.

소설집의 문을 여는 「요카타」의 주인공 연화는 100세에 가깝게 살았지만 사실 태어나서 단 한 번도 고유한 '나'로서의 삶을 살아본 적이 없는 인물이다. 1919년 3월 1일이라는 주민등록상의 출생일이나 '서연화'라는 이름은 "본래 언니 것"(21쪽)으로, 언니의 죽음 이후 그대로 물려받은 것이기 때문이다. 3·1운동 100주년을 맞아 여성의 날 특집으로 라디오 생방송 인터뷰를 하게 된 연화는 미리 전달받은 질문지에 알맞은 답변을 고르며 자신의 삶을 반추한다. 아버지가 일하던 염전의 주인이었던 일본인과의 첫 번째 결혼, 나가사키에 있는 본처를 만나고 온다며 남편이 아이를 데리고 떠난 후 원자폭탄이 투하되어 둘을 다시는 만날 수 없게 된 것, 두 번째 결혼을 하였으나 아이를 낳지 못한다는 이유로 후처를 두고 바람난 남편, 해방 후 발발한 전쟁으로 아버지와 이산가족이 된 것까지. 하지만 이 모든 것은 "방송에서 원하는 평범한 여성의 삶"(25쪽)과 거리가 멀었으므로 연화는 "보기 좋은 부분만 남도록 다듬어"(29쪽) 들려주기로 한다. 라디오 생방송 인터뷰 당일, 연화는 "지금은 볼 수 없지만 제일 보고 싶은 사람"(35쪽)이 있냐는 진행자의 물음에 "네 살 터울인 여동생"(36쪽)이 있다고 답하며 이름도 갖지 못하고 죽은 것과 다름없던 자신의 존재를 증언한다. 그동안 스스로에게 외우는 주문처럼 중얼거리던 '요카타'라는 말 뒤에 감춰온 슬픔과 서러움, 매일의 고단함 같은 감정들이 한꺼번에 밀려오는 순간이다. 자신만이 아는 존재의 증언 이후 연화는 "눈꺼풀 안쪽"에서 더듬거렸던 "누군가의 뒷모습, 걸어가는 그림자"가 식도 올리지 않은 채 일본인 남편의 방으로 밀어 넣어진 그날, 멀리 도망가지 못하고 "흑점"(27쪽)처럼 남은 어린 자신이라는 걸 비로소 깨닫는다. 이렇듯 단한 번도 고유한 '나'로서 살아보지 못했던 연화의 삶은 100년이라는 시간을 넘어 지금 이 자리에서 '나' 자신의 기억으로 다시 쓰인다.

표제작 「고양이는 사라지지 않는다」는 어떤가. 「요카타」가 타인의 삶으로 대체되었던 인물이 자신의 고유한 개별성을 찾는 과정을 보여주었다면 이 소설에는 고유한 '나'로서 자기동일성의 혼란을 겪는 이들이 등장한다. 비대면 뜨개모임으로 서로를 알게 된 지연과 연지는 멤버들이 각자의 사정으로 모두 이탈한 후에도 단둘이 남아 모임을 지속한다. 그러던 중 한 달 동안 여행을 떠나기로 한 지연을 대신해 연지가 그의 고양이, '고'와 '양이'를 돌보기 위해 지연의 집에 머물기로 한다. 연지를 위해 방 하나를 비워주고 냉장고에 반찬을 채워놓은 것이나 당부의 말이 적힌 쪽지 등에서 지연의 다정함이 느껴지지만, 실제적인 만남 없이 비대면으로 지속되는 이들의 관계는 어딘가 의심스럽게 보인다. 하지만 오히려 지연과 연지의 개별성은 비대면 상태여야만 성립될 수 있다는 점에서 흥미롭다. 타인과 대면하게 되는 세계에서 연지는 옆집 여자, 정수기 관리원, 심지어 1년 동안 뜨개 모임을 같이 해왔던 방장 현규에게마저 지연으로 혼동된다. 이것이 단순히 연지가 지연의 일부였던 배경(공간) 안으로 들어왔기 때문일까? 구체적인 설명이 없음에도 최근 연지가 보낸 몇 년이 엄마에게는 "그냥 버린 시간"(208쪽)으로 치부되었고, "좁은 원룸 안에 발 디딜 자리도 없이 가득 쌓인 상자들"이 존재한다는 상황으로 미루어 볼 때 연지는 이미 자기동일성을 상실한 상태와 같기에 지연과 혼동될 수 있었던 것이다. 지연의 집으로 왔을 때부터 어쩌면 연지가 바란 건 자신의 회복을 위한 적극적인 움직임보다 안온한 풍경 속에 있는 듯한 지연이 되는 것이었을지도 모를 일이다. 그렇다면 지연은 정말로 안온한 상태인가?

지연의 사정이 낱낱이 서술되어 있지는 않으나 그 역시도 연지와 크게 다르지 않았다. "뭔가를 찾고 싶은 사람들이 간다"(203쪽)는 산티아고 순례길로 여행을 떠났다는 점, 집 안에서는 좀처럼 모습을 드러내지 않는 양이와 비슷한 생김새를 한 고양이가 3년 전 실종되었다는 SNS 게시물 등을 볼 때 지연에게도 "보이지 않는 누수"(213쪽)와 같은 징후가 감지되기 때문이다. 이처럼 두 사람은 양면에 놓인 듯 닮아 있는 인물들이다. 이들이 다름의 차이를 가질 수 있는 건 오직 대면하지 않은 상태일 때에만 가능하며 인물의 자기동일성 역시도 비대면 상태일 때 획득할 수 있다. 어둠 속의 빛나는 눈을 바라보며 양이의 이름을 "몇 번이고 부를 수 있다"(226쪽)는 의지는 이러한 자기동일성의 확인을 통해 다시금 되새겨진다. 블랑쇼의 말처럼 어떤 존재는 상실을 통해서만 혹은 결핍되어 있을 때에만 존재가 가능한 것이므로. 여기에 '없음'으로 존재를 증명하는 이들 역시 비대면 만남이 자연스러운 이 시대에는 충분히 유효해 보인다.

2. 떠나온 자리, 지켜야 하는 자리, 응시하는 자리

어떠한 환경의 변화에도 달라짐 없는 '나'를 뜻하는 것이 자기동일성이라고 하지만 이를 유지하는 일은 결코 쉽지 않다. 가령 다섯 번의 이직(「구부린 마음」)과 정규직 전환(「얼음이 떨어지던 밤」)과 같은 현실적인 문제들, 또는 우리 모두 지난 몇 년 간 경험한 바 있는 전 세계적인 재난 상황(「몰려오는 것들」)에 관해서라면 더더욱 말이다. 지금 언급한 세 편의 소설에서는 내외적인 상황으로 인해 어쩔 수 없이 탈각되고 침식되지만, 자신의 자리를 지키기 위해 부단히 노력하는 이들의 모습을 찾을 수 있었다.

먼저 「구부린 마음」이다. 오후 반차를 내고 퇴근 중이던 '나'는 길게 늘어선 줄의 한가운데에서 잠깐 자리를 맡아달라는 여자의 부탁을 받고 얼떨결에 그 자리에 선다. 거절할 수도 있었던 부탁에 응하고 만 것은 그 여자가 고등학교 시절 같은 반 친구였던 애리와 닮았기 때문이었다. 읽은 흔적이 가득한 시집 하나를 맡기고 떠난 여자를 기다리던 '나'는 "여기는 내 자리가 아니"(159쪽)라며 부정하지만, 줄을 이탈하지도 못한 채 계속해서 그 자리에 서 있다. 마침내 스스로 찾은 답은 "어느 자리든 한번 벗어나면 다시 그 자리를 되찾기는 어렵다"(176쪽)는 것이었는데, 이는 화자가 10년 동안의 직장 생활을 통해 체득한 바이기도 하다. 지난 삶에서 '나'의 자리는 어땠나. 고등학교 3학년, 애리의 투신과 자퇴로 공석이 생겨 간신히 특별반의 자리를 지킬 수 있었고, 다섯 번의 이직 동안 지키고 싶었고 동시에 떠나고 싶었던, 결국엔 떠나온 자리들이 있었다. 그리고 악착같이 지켜야 하는 지금의 자리가 있다. "처음으로 연봉이 올랐고, 대리라는 직함을" 준, "나 자신이 능력 있고 인정받고 있다고" 느끼게 했던 것이 지금의 자리였다. 그러나 "언니는 오래오래 변하지 않았으면 좋겠어"(176쪽)라는 팀장의 말이 곧 "자리에 그대로 있으라는 경고"(177쪽)임을 알게 된 건 한 달 전쯤의 일이었다. "한껏 수그렸던 고개를 빳빳이 들고, 팀장의 의견에 반하는 주장을 몇 번"(176쪽)을 내세우는 것으로 온전히 누렸던 달콤함을 박탈당한 것 또한 그 무렵이었다. "폭언도, 성추행도 없었고, 구조조정이나 임금 삭감"도 없었지만 하루에 한 번, 팀장이 내미는 카드를 받아들고 "아메리카노 다섯 잔과 달콤한 케이크 다섯 조각을"(181쪽) 사 와야 하는 교묘한 방식의 괴롭힘은 '나'를 다시 구부리고, 수그리게 만든다.

그런데 지금, 언제 올지 모를 여자를 기다리며 목적도 알 수 없는 줄 서기를 하는 게 '나'에게 "이상한 위안"(185쪽)을 주는 건 왜일까. 이탈하지 않고 이 자리에 있을 이유가 분명하다는 것, 그것은 자리 주인으로서의 존재 의미를 스스로 찾기 위해서라기보단 "고작 그것밖에" 안 되지만 "허리를 펴고 고개를 꼿꼿이"(186쪽) 세울 수 있는 일이어서이기 때문이다. "그 자리를 벗어나고 싶어 하면서도 지키려고 애썼던 흔적"(185쪽)처럼 이 소설이 남긴 슬픔과, 떠나 온 자리에 남겨진 이들을 향한 위안에 이루 말할 수 없는 감정이 드는 건 나뿐만이 아닐 것이다.

　지금의 시대에서 자기동일성을 확립할 수 있는 조건은 「구부린 마음」의 화자가 보여주었듯 '내 자리'의 유지가 아닐까. 「얼음이 떨어지던 밤」의 현우 역시 "밀려나지 않을 자리, 변하지 않는 자리"(149쪽)를 갈망하며 분투하는 인물이다. 그는 10년 동안 프리랜서 PD로 일하며 정규직 전환을 목전에 두었으나 함께 일하던 정규직 동료들의 극심한 반대로 인해 전환에 실패한다. 현우와 함께 전환을 기다리던 대부분의 동료들은 노조를 꾸려 시위를 했지만, 현우는 그들과 같은 편에 서지 않고 다른 삶을 살아보겠노라 다짐하며 7년차 연인 지원과 함께 제주로 내려간다. 여행을 다닐 적 좋아하던 마을에서 적당한 집을 골라 계약하고 카페 개업을 준비하던 두 사람은 그 집의 두 가지 단점과 맞닥뜨린다. 하나는 공항에서 멀리 떨어진 위치였으나 이는 제2공항이 들어선다면 해결될 문제였다. 진짜 걸림돌은 담 안쪽에 놓인 "두 개의 봉분"(123쪽)이었다. 그렇지만 만일 무연고자의 무덤일 경우 "형식적인 요식 행위"(125쪽)로 연고자를 찾는다는 공고를 내고, 3개월 뒤 공동묘지로 이장을 진행하면 된다는 업자의 말에 현우와 지원은 공고 후 살림살이를 갖추며

영업 준비를 시작한다.

그런데 공고 마감일을 하루 앞둔 오늘, 무덤 때문에 찾아왔다는 이는 예견된 평온한 일상 속에 침입한 불청객과 다름 아니다. 게다가 그가 지원에게는 죽은 아버지, 현우에게는 함께 오랫동안 일했던 죽은 선배 작가와 닮게 느껴진다는 점은 매우 의미심장하다. "성별도 나이도 국적도 쉽게 가늠이 가지 않는 이목구비"(119쪽)는 모든 죽은 이의 얼굴을 하고 있고, "마치 자신이 지금 무덤에 있는 사람인 것처럼"(146쪽) 계속해서 묘한 말을 남기는 모습은 심상치 않아 보인다. 끝내 이장 의사가 없음을 밝힘으로써 그는 현우와 지원의 행복한 미래를 방해하고 위협하는 존재인 듯 여겨진다. 그러나 이 섬의 입장에서 '침입자'는 정작 현우와 지원이 아니었던가. "밀려나지 않을 자리, 변하지 않는 자리"(149쪽)의 주인에게 "웃돈"(141쪽)을 얹어주겠다며 떠나라고 설득하고, 지역 내 갈등이나 부동산 투기 등을 야기할 수 있으니 제2공항 신설은 반대해야 마땅하다고 생각하면서도, 카페의 번영을 위해서는 찬성으로 스르륵 기울어지는 양가적인 마음을 가지고 있으니 말이다.

한편 훼손하여 쟁취하고자 하는 현우의 마음은 지원에게 있어서 일방적이다. "명의로 된 집을 갖고, 혼인신고를 하고, 아이를 낳아 출생신고를 해서 존재를 증명해 줄 문서"(149쪽)

를 갖는 것 중 어느 것도 지원의 뜻이 담긴 건 없었으므로. 타인의 죽음 이후 누군가는 새로운 생명을 더 강하게 원하지만, 누군가는 완전한 포기를 선언할 수도 있다는 걸 현우는 미처 알지 못했다. 이처럼 동상이몽인 두 사람의 미래에 닥친 "불길한 예감"(151쪽)은 툭, 툭 얼음이 떨어지는 소리, 그리고 정적으로 이어지며 소설의 긴장감을 한껏 고취시킨다.

「구부린 마음」과 「얼음이 떨어지던 밤」의 화자들로 하여금 자기동일성을 확립하게 하는 것이 자리의 유지였다면, 「몰려오는 것들」의 수경에게는 "작가 정신"이다. 수경의 아버지가 타박하곤 하는 그 작가 정신이란, 재난 이후에 소설뿐 아닌 여러 가지 글을 쓰며 살아왔지만 많은 돈을 준대도 부호의 "자서전 대필"(266쪽)만은 하지 않겠다는 수경의 신념이다. 전 세계적인 수몰 사태로 인해 국토의 3분의 1 이상이 잠긴 근미래를 배경으로 하는 이 소설은 지금의 기후 위기가 지속된다면 일어날 법한 재난이라는 점에서 충분한 개연성을 확보하고 있다. 이에 핍진함을 더하는 것은 주거 계급화가 더 심화된다는 사실이다. 물에 잠길 일이 없는 고지대의 고급 주택단지와 그렇지 않은 저지대는 갈림길과 차단기, 그리고 높은 담장으로 구분될 만큼 이 소설에서 주거 계급화는 지금의 아파트 계급론보다 더욱 극단적인 형태로 나타난다.

수경은 아버지 노석이 고지대에서 관리인으로 지내고 있음에도 그와 함께 살지 않는다. 당분간은 괜찮다는 진단을 받았을 뿐인 건물에서 생활하며 어머니의 기일에나 이곳을 찾는다. 이는 계급이 만연한 사회에서 중도를 지키려는 수경의 의지다. 노석은 수경에게 "미래는 생각하고 있는 거니?"와 같은 말을 자주 하지만 재난이 일상이 된 현실에서 수경에게 미래란 "자신이 가진 것만큼만"(271쪽) 생각할 수 있는 것이다. 그런데 어머니가 죽고, 노석의 생도 일 년 남짓밖에 남지 않았다는 소식을 들은 지금, 수경은 어떤 미래를 그려야 할지 더욱이 확신이 들지 않는다. 그런 와중에 자꾸만 '저쪽'을 건너볼 수 있는 구멍 앞에 서는 건 왜일까. 그곳엔 '요즘'에도 서점을 하는 여자가 있고, 그림을 그리는 남자가 있기 때문일까. 구멍 앞을 서성이다 서점 여자와 몇 번 마주친 이후 그의 초대로 수경은 마침내 '저쪽'으로 넘어간다. 그리고 아무도 없는 서점에서 자신의 소설집과, 그 위에 붙어 있는 포스트잇을 발견한다. 거기엔 과거 그 책에 달렸던 대부분의 리뷰들과는 다른 평이 적혀 있었다. "완전한 고요와 평화라니. 지금까지 읽은 소설 속 인물 중 가장 욕망이 크다. 그 평화와 고요를 쟁취하기 위해 얼마나 고단한 싸움을 해야 할까."(288쪽)

남겨진 메모를 통해 수경은 '완전한 고요와 평화'를 갖는 것은 싸우지 않고서 불가능하다는 것을 비로소 깨닫는다. 이 섬의 거주민이 아닌 수경이지만 '이쪽'에 서서 '저쪽'을 바라볼 때에는 '이쪽'에 속한 사람과 다름 아니라는 것, 그리고 구멍을 들여다보는 것만으로는 '저쪽'의 삶을 모두 이해할 수 없다는 사실을 알게 된다. 정말로 '완전한 고요와 평화'를 바라기 위해서는 그간 중도를 지킨다는 이유로 수경이 외면해 왔던 것들을, 더 나쁜 쪽을 정확하게 응시해야 한다는 것을 그는 이제 안다. 그것이 진정으로 자신이 가져야 할 정신이라는 것도. 그렇기에 아직은 눈에 보이지 않지만 분명하게 "몰려오고 있는 것들"(290쪽)을 고요히 바라보는 소설의 마지막 장면은 인상적일 수밖에 없다. 더 낮은 쪽에 있는 이들이 "되도록 온전한 모습이기를"(291쪽) 바라는 마음에 영원이 깃들기를, 바라고 바라는 마음으로 같은 쪽을 바라본다.

3. '우리'라는 공동체

「얼음이 떨어지던 밤」과 「귓속말」의 인물들은 가족 또는 가까운 이들의 죽음으로 인한 상실을 겪은 이들이다. 한편으로 그와 대립되는 키워드가 공존하는데, 그것이 바로 '무연고(無緣故)'다. 앞서 살펴보았듯 「얼음이 떨어지던 밤」에서 현우와 지원의 집 담장 안에는 "무연고자 묘지"(119쪽)가 놓여 있고, 「귓속말」에서 대수의 집에 세 들어 살던 캄보디아인 썸낭은 죽음 이후 "무연고 시신"(233쪽)으로 분류된다. 이들은 사전적 정의로는 어떤 혈통이나 정분 또는 법률상으로 맺어진 관계가 없다고 판단된 자들이나, 사실 인물들의 가장 가까이에 있던 존재라는 점을 주목하게 된다. 동시에 어떤 관계는 혈통이나 정분, 법률만으로 설명되지 않는다는 걸 다시금 실감하는 바이다. 어쩌면 무연고라는 명명은 관계를 무화시키고 존재를 지워내는 가장 손쉬운 방법이 아닐까.

다시, 관계에 대한 정의를 혈통과 법률 따위로만 규정할 수 있다면, 「우리가 우리였던」의 고모와 은재, 고양이 치자를 한데 묶을 수 있는 적당한 단어는 존재하지 않는다. 이들은 가족, 부부, 연인, 친구와 같이 타인과의 관계를 규정하는 단어 중 어느 하나에도 귀속되지 않고, 그저 '우리'라는 공동체로서 유효하다. 소설은 고모의 1주기를 맞이하여 주인공 수아와 예비 신랑 연호, 그리고 고모의 동거인이었던 은재가 같이 묘지로 향하는 것에서부터 시작된다. 은재를 1년 만에 만나게 되어서 수아는 그가 조금 어색했으나, 불편함의 진짜 이유는 여전히 은재가 고모의 아파트에 살고 있다는 사실이었다. 고모가 남긴 "유언 대용 신탁증서"가 은재에게는 고모의 아파트에서 일정 기간 동안 더 머무를 수 있게 해주는 명분이었지만, 수아의 가족들이 볼 때 법, 즉 "혈연과 법적으로 연결된 가족"(97쪽)보다 우위에 있는 것은 없었다. 고모가 폐암으로 죽기까지 두 사람과 고양이 한 마리는 10년을 같이 살아왔음에도 어떠한 단어나 법으로 규정되지 않았다. 그들은 오히려 그 규정을 거부한 것에 가까웠다. 가족이나 부부라기엔 혈연과 결혼으로 묶여 있지 않았고, 연인이나 친구라기엔 그들은 정서적으로 더 긴밀한 관계였다. 결혼과 출산, 육아로 엮이지 않은 하나의 공동체로서 그들은 견고했다.

하지만 이들의 삶을 누구보다 잘 알고 있던 수아에게도 은재를 더 이상 용인할 수 없는 이유가 있었다. 고모의 아파트는 곧 연호와의 신혼집이 될 예정이었기 때문이다. 고모를 만나러 가는 길, 가방 안에 은밀히 담긴 건 청첩장과 퇴거 명령이 담긴 내용증명이다. 은재를 밀어내는 것이 결국 법과 제도에 의해 증명된 서류라는 현실 앞에서 수아가 주저하는 까닭은 그가 두 사람의 생활을 가까이서 보아온 유일한 사람이라서가 아닐까. 그들을 "무엇이라고 부를 수 있는 관계인지"(94쪽)만이 중요할 뿐, 고모가 선택한 삶의 형태는 수아의 가족들에게 전혀 의미 있는 것이 아니었다. 가족에게서 느낄 수 없던 이해와 안락이 고모의 집에는, 그들 사이에는 존재한다는 사실을 아는 건 오직 수아뿐이었다. 그러나 즐거운 시간을 보내고 집으로 돌아갈 때면 "마치 마법이 풀리기라도 한 것처럼 허탈한 기분"(108쪽)이 들었던 건 왜일까. 그들을 힐끔거렸던 이웃들의 시선, 어떤 관계인지를 가늠하는 달갑지 않은 시선을 떠올릴 때면 수아는 어김없이 보이지 않는 현실의 벽 앞에 마주서곤 했다.

가족이라는 이름으로 행해진 폭력은 고모가 폐암 말기 진단을 받은 뒤에도 계속되었다. 치료를 받지 않고 집으로 돌아가고 싶다는 고모의 의사는 "혈육으로 할 수 있는 의무를 다하"(110쪽)겠다는 아버지에 의해 묵살되고, 은재와 치자 없는 "일방적인 시간"(111쪽)이 임종까지, 그리고 그 이후로도 이어졌다. 그렇기에 지금, 일 년이 지나서야 고모의 석실 앞에 죽은 치자의 골분을 묻으며 늦은 장례를 치르는 은재의 손길은 더없이 슬프다. "여기 있다는 걸 우리가 알고 있으니까. 괜찮아."(113쪽) 이 말에서 '우리'가 누구인지를 더 들어보는 일 또한 소중하다. 그것은 이제 특별한 기대 없이 정상 가족을 이루며 살아갈 수아에게도 마찬가지일 것이다. "우리가 우리였던 날들을" 떠올리는 "잠시"(114쪽)의 시간으로 어떤 하루를 살아갈 힘을 얻을지도 모를 일이니 말이다.

가족 공동체 안에서 마땅한 역할 수행을 강요받았던 이가 수아의 고모뿐일까. 「무슨 말인지 알죠」에는 율리아의 두 할머니가 등장한다. 한 명은 이 소설의 화자인 안나다. 임종을 앞두고 간신히 청각만을 유지한 채 들려오는 목소리에 귀 기울이던 안나는 오래전 실종된 또 한 명의 안나를 떠올린다. 그는 바로 안나의 사돈이자 율리아의 또 다른 할머니, 미영이다.

　다섯 살 율리아의 표현을 빌리자면 안나는 "할머니 같은 할머니"(68쪽)였다. 그는 손주들 입에 맛있는 음식이 들어가는 걸 가장 큰 기쁨으로 여기며 율리아가 원한다면 기꺼이 '할머니 같은 할머니'가 되어주고 싶어 한다. 반면 미영은 어떤가. 그는 우리가 흔히 떠올릴 수 있는 전형적인—가족 공동체 안에서 규범적 역할로서의—할머니와는 거리가 멀다. 사돈에게 시답지 않은 농담을 던지거나 "우리 동갑이죠?"(50쪽) 하며 말을 놓고, 손녀가 어떤 음식을 좋아하는지엔 관심이 없고 그저 미제 초콜릿을 쥐여줄 뿐이다. 기도를 할 때도 마찬가지였다. 가족의 평화가 아니라 "나의 안녕과 건강"(66쪽)을 바란다는 점에서 미영은 안나와 정반대의 인물이었다. 그렇기에 할머니로서의 역할, 시어머니로서의 역할에는 도통 관심이 없는 미영을 두고 안나는 내심 철이 없다고 생각했던 것도 사실이었다.

그런데 갑작스레 단둘이 떠난 하루 동안의 서울 나들이는 안나로 하여금 미영에게 가졌던 날 선 마음을 조금이나마 덜어낼 수 있는 계기가 된다. 미영이 가진 작은 방 하나만큼의 자유를 통해 죽은 아들이 바랐던 자유를 떠올릴 수 있었기 때문이다. 그전까지 안나에게 자유란 단순한 것이었다. 백지 위에 새로운 그림을 그리는 것이 아니라 "주어진 그림을 내게 주어진 색으로 다르게 색칠하는 것", 그마저도 "24색이면 충분"(66쪽)하다고 여겼던 것이 안나가 생각하는 자유이자 지금까지의 삶이었다. 아내답게, 엄마답게, 할머니답게 주어진 역할을 가장 알맞은 색들로 착실히 채워 나가지 않았나. 이런 안나에게 "자유, 혁명, 시대의 어둠, 죽음, 해방"(55쪽) 등의 단어에 허기를 느끼는 아들은 좀처럼 이해할 수 없는 존재였다. 그러나 미영과의 나들이로 안나는 아들이 바랐던 자유를 다시금 헤아리고, "아들이 믿고 충성하길 바랐던 사람"(69쪽) 앞에서 작은 돌멩이 하나를 쥐어보기까지 한다. 비록 던지지는 못했을지언정 쥐어보는 것만으로도, 누군가 곁에 함께 울어준다는 것만으로도 단단히 맺힌 울분과 처절한 마음을 나눌 수 있었기에 유의미하다.

죽음에 가까워진 지금, 목소리가 들려주는 이야기를 따라 그날의 나들이와 미영을, 자신이 누린 적 없는 자유를 되짚던 안나는 이제야 긍정한다. "내가 가진 24색만으로는 부족"했다는 것을, "48색을 가졌다 해도 부족할 거라는 것을"(77쪽). 또한 기억으로 고백한다. 서울 나들이로부터 얼마 되지 않아 자신의 의사와는 관계없이 아들의 집으로 모셔지고, "원망만 남아 있는 늙은이"(71쪽)로 시들어가던 미영을 자유롭게 만든 이가 바로 자신이었다고 말이다. 자꾸만 미영을 떠올리게 되는 건 그와 닮아가는 율리아 때문이기도 했다. 미영이 가졌던 작은 방 하나만큼의 자유보다 더 큰 것을 위해 싸우는 율리아. 어쩌면 율리아가 바라는 자유는 그 옛날, 안나의 아들이 염원하던 그것과 비슷한지도 모른다. 그들이 바라는 자유는 "자신이 믿어왔던 일에 배신"(52쪽) 당하지 않고 믿음을 유지할 수 있는 세상 안에서 살아가는 것일 테다. 이는 아직도 많은 이들에게 인정받지 못하고 이해되지 않을 것이지만, 그럼에도 불구하고 더 나은 쪽을 향해 끊임없이 목소리를 내고 뜻을 굽히지 않는 사람들이 있다는 걸 안나는 끝에 다다라서야 다행으로 여길 수 있게 되었다. 조금은 편안해진 마음으로 안나는 이제 또 다른 안나에게 마지막 인사를 건넨다. 미영이 입버릇처럼 묻던 '무슨 말인지 알죠?' 하는 말에 뒤늦게 답하듯, 이 세상 어딘가에 아직 살아 있다면 "당신이 마음을 표현할 수 있는 단어들"(77쪽)을 가득 쥐고 살아가길 바라며.

4. 믿음의 증표를 쥐어보며

　여덟 편의 소설은 상실의 자리를 그리고 있지만 결코 황폐하지 않았다. 그 자리를 살아가는 인물과 그들의 삶을 그리는 작가의 시선이 항상 그 너머를 바라보고 있기 때문이었다. 정선임의 소설에는 무엇을 잃었든 정확하게 슬퍼하고 다음으로 갈 수 있다는 의지가 있다. 한발 더 나아가, 정선임은 이 의지를 소설만의 것으로 남겨두지 않았다. 우리가 우리였던 시간과 존재한다는 믿음이 있기에 가능한 부름, 맞잡은 두 손과 따뜻한 바람, 응시하는 눈, 고작 그것뿐이지만 고개를 들게 만드는 것, 그리고 다행이었지, 하는 중얼거림까지. 읽는 이에게도 믿음의 증표를 하나 둘, 여러 번 나눠주었으니 말이다. 소설이 건네는 증표를 기꺼이 받아들이며 나역시 정선임의 소설에 대한 믿음을 약속한다. 그러니 함께 증표를 나눈 당신에게도 묻고 싶다. 굳이 덧붙이지 않아도,

　무슨 말인지 알죠
　그 말의 끝이 마침표인지, 물음표인지 헷갈리지 않고.(78쪽)

길을 걷다가 힘없이 주저앉은 적이 있다. 입춘을 며칠 앞
두고 있었고 쌀쌀했다. 넘어진 것도 아니고 배가 고파서도
아니었다. 누군가가 떠올라서였는데 쪼그리고 앉아 조금 울
기까지 했다. 집으로 돌아가지도 못하고 거리에서 빙빙 돌
고 있는 「귓속말」의 대수 때문이었다. 내가 쓴 이야기에 걸
려 넘어진 것처럼 아팠고 추운 곳에 홀로 남겨둔 썸낭에게
많이 미안했다. 아무에게도 그 일을 말하지 못했다. 어이없
어하면서 정신 차리라고, 철이 없다고 할까 봐. 꽤 오랜 시간
같은 이유로 소설을 쓰고 있음을 고백하지 못했다. 이제는
고백해도 괜찮을까. 소설을 다른 일보다 우선순위에 두게
된 것이 바로 그 순간부터였다고.

"주인공이 네 아빠를 닮았구나."

엄마는 처음으로 발표했던 소설을 읽고 말씀하셨다. 이 책을 읽고 나면 뭐라고 얘기하실까. 어린 시절부터 엄마가, 할머니가 반복해 들려줬던 이야기들이 소설이 되어 있는 것을 발견해 내실 수 있을까. 소설 제목으로도 쓴 "무슨 말인지 알죠?"는 두서없이 늘어놓고 중간중간 확인하는 엄마의 말버릇이다. 소설도 그런 것 같다. 아는 단어를 총동원하고 몇 번씩 고쳐 써도 제대로 말하지 못한, 아니 제대로 말하는 것이 어쩌면 불가능한 마음이라는 것을 상대방이 알아주길 간절히 바라는 것. 소설을 읽은 당신이 무슨 말인지 알죠, 하며 끄덕여 주기를 바라는 일.

목차를 정하고 나니 가장 오래전에 쓴 소설과 가장 최근에 쓴 소설이 나란히 놓이게 됐다. 2017년 봄에 초고를 썼던 「귓속말」과 2022년 가을에 완성한 「몰려오는 것들」. 임고운 편집자님은 이 둘이 닮아 있어서 가까이 두었다고 이유를 설명해 주셔서 신기했다. 5년 남짓한 시간 사이에 많은 일이 있었고 세상은 이전과 달라졌다. 대수가 어디로도 가지 못하고 빙빙 돌고 있듯 나도 제자리에 멈춰버린 것 같던 시간이 있었다. 나란히 읽고 나니 이제 수경처럼 발끝에 힘을 주고 정면을 응시하며 한발 한발 나아가고 있다는 기분이 든다. 다음에는 좀 더 용감해지고 싶다. 어수선하게 흩어진 단어들이 제자리를 찾게 하고 적확한 표현이 되도록 섬세하게 살펴주신 편집자님들과 소설 속 인물들에게 집을 마련해 준 다산북스 관계자들께 감사드린다. 겨울을 앞두고 모두 한집에 모일 수 있어 다행이다. 특히 미발표작이 있는 세 개의 방에는 무슨 말인지 안다고 고개를 끄덕여 주는 이들이 더 많이 찾아주기를 바란다.

무슨 말인지 다 안다고, 알 것 같다고 오래전부터 고개를 끄덕여 준 고마운 사람들이 있다. 이야기의 탄생부터 지켜본 문우들 실, 효, 경, 은, 얀, 영과 영. 서로의 글을 응원하며 앞으로도 같이 나아가고 싶다. 뒤늦게 다니고 있는 대학원에서 훌륭한 동기들과 선배들, 존경하는 교수님들을 만날 수 있었던 행운에 감사드린다. 내 소설을 기다려 준 친구들에게도 신뢰할 수 있는 우정으로 갚아나가겠다. 부모님과 조카 용이, 오빠와 언니에게도 생각보다 더 많이 사랑하는 것 같다고 이 기회에 말해둔다. 매일 밤 책을 읽어야 잠이 온다는 외할머니 머리맡에 너무 늦지 않게 내 소설도 한 권 놓아드릴 수 있게 되어 기쁘다. 할머니가 재밌게 읽으셨다는 해리 포터보다 많이 지루할 것 같아 걱정이지만 그래서 더 잘 주무실 수 있다면 좋은 일이다.

추천사를 써주신 심윤경, 조해진, 한유주 작가님은 내가 여러 번 읽었고 사랑했던 이야기를 쓰신 분들이다. 데뷔하고 나서 2년 반 만에 두 번째 소설을 발표할 수 있었다. 어쩌면 소설을 계속 쓰는 것이 어려울지도 모른다는 생각이 들 무렵, 첫 리뷰를 써주셨던 소유정 평론가님이 해설을 선뜻 맡아주셨다. 이 분들의 글이 첫 소설집에 함께 담기다니 영광이다. 소중하게 간직하겠다.

이 책에 실린 여덟 편의 소설은 모두 아버지가 돌아가신 후에 완성했다. 그리고 그중 반은 고양이 꺼실이가 무지개다리를 건넌 이후에 완성했다. 아빠의 이야기를 뒤늦게 궁금해했던 것처럼 집 안 곳곳에 남아 있는 고양이 털을 발견하면 주워 담는다. 내가 하는 일이 고양이 털을 주워 담는 것처럼 무용하고, 이미 너무 늦었고 실패가 예정되어 있는 일처럼 느껴질 때가 있다. 보이지 않아도 곁에 있다고, 누구도, 무엇도, 아무것도 사라지는 일은 없다고 대답 없는 이름을 부르며 우기는 일인지도 모른다는 생각에 힘이 빠지기도 한다.

"소설가는 오래오래 생각하고, 뒤돌아보고, 기억하고, 슬퍼하는 사람이라고 생각합니다." 많은 사람들 앞에서 떨리는 목소리로 (인정하기 싫지만 거의 울먹이면서) 얘기한 적이 있다. 친구가 동영상으로 남겨주었는데 다시 보는 일은 영영

없겠지만 그 말을 할 때의 마음은 종종 뒤돌아볼 것이다. 이미 잃어버렸다 해도 잃지 않았다고 미련하게 믿으며, 잃어버리는 일이 예정되어 있다 하더라도 잃지 않으려고 고군분투하는 이야기를 오래도록 쓰고 싶다. 계속 쓰겠다. 다시 쓰겠다. 애쓰겠다.

어디에 있든 한 사람도, 한 마리도 춥지 않았으면 좋겠다.

2022년 11월

정선임

정선임의 소설들은 우리 주변의 낯설고 잊힌 존재들과, 그들 곁에서 엉거주춤한 우리 모습을 동요 없이, 지그시 바라본다. 알고 보면 대단치도 않은 것들을 우리는 낯설어한다. 늙음, 가난, 이주민, 소수자 같은 존재들이 실제로 우리 주변에 드문 것도 아닌데, 한사코 놀라고 못 본 체 황급히 시선을 돌리려 한다. 아마 구석기시대부터 이어진 백만 년의 시간 어디쯤에서 그렇게 배웠을 것이다. 오래 바라보는 시선이야말로 가장 근원적인 사랑과 연대의 방식이다. 우리에게 머무는 그의 시선을, 그 눈길에 묻은 온기를 사랑한다. 그 시선의 존재만으로 우리의 삶은 남루한 그대로인 채로 어떤 품격에 다다르는데, 아마도 그것은 가장 오래된 문학의 힘을 보여주는 지점일 것이다.

_심윤경(소설가)

가끔 생각한다. 소설은 결국 쓸쓸한 사람들의 쓸쓸한 이야기가 아닐까, 라고. 정선임의 첫 소설집 『고양이는 사라지지 않는다』를 읽는 동안 그 생각은 한층 더 짙어졌다. 정선임 소설 속 인물들은 단정하고 차분하지만 돌아서 있을 때의 얼굴은 너무도 쓸쓸해서 꼭 안아주고만 싶었다. 문장으로 표현되지 않았다면 모르고 스쳐 지나갔을 얼굴들……. 그럼에도 그의 소설을 따라 읽으며 '요카타(다행이다)'라고 수시로 중얼거리곤 했던 건 그 쓸쓸한 얼굴이 결국 애틋하게 다정한 얼굴로 뒤바뀌는 마법 같은 순간이 있어서였다. 아름다운 소설들을 읽으면 늘 그렇듯 마음이 아프면서도 웃게 된다. 웃으며 슬퍼진다. 정선임 소설이 조심스럽게 펼쳐 보이는 이 '요카타'의 세계로 최대한 많은 독자들을 초대하고 싶다. 소설이라는 장(場)에서 함께 웃고 싶어서. 함께 있는 힘껏 쓸쓸해지고 싶어서.

_조해진(소설가)

정선임의 인물들은 다정하면서도 서늘하다. 이 책을 읽다
보면 인사말이라도 한마디 건네면 조금 웃거나, 두 눈을
둥그렇게 뜨고 돌아보거나, 태연히 맞받아칠 것 같은 얼굴
들이 떠오른다. 한 번도 본 적 없지만 언젠가 어디선가 지
나쳤던 듯한 인물들. 이들이 별일 아니라고 말하는 사람
특유의 우아한 태도로 언뜻 내보이는 서늘한 구석은 삶이
이어져 왔으며 또 계속되고 있다는 증거다. 보이지 않지만
사라지지도 않는 그것이 이 인물들을 놀랍도록 살아 있게
한다. 그래서 우리는 어느새 연화와 율리아를, 은재와 썸낭
을, 대수와 지연을 만나고 있다. 어쩌면 비대면으로. 그러
나 대단히 긴밀하게.

_한유주(소설가)

고양이는 사라지지 않는다

초판 1쇄 인쇄 2022년 11월 16일
초판 1쇄 발행 2022년 11월 24일

지은이 정선임
펴낸이 김선식

경영총괄 김은영

책임편집 임고운 **디자인** 박수연
콘텐츠사업6팀장 임경섭 **콘텐츠사업6팀** 박수연, 한나래, 정다움, 임고운
편집관리팀 조세현, 백설희 **저작권팀** 한승빈, 김재원, 이슬
마케팅본부장 권장규 **마케팅3팀** 권오권, 배한진
미디어홍보본부장 정명찬 **홍보팀** 안지혜, 김민정, 오수미, 송현석
뉴미디어팀 허지호, 박지수, 임유나, 홍수경, 김화정 **디자인파트** 김은지, 이소영
재무관리팀 하미선, 윤이경, 김재경, 안혜선, 이보람 **인사총무팀** 강미숙, 김혜진
제작관리팀 박상민, 최완규, 이지우, 김소영, 김진경, 양지환
물류관리팀 김형기, 김선진, 한유현, 민주홍, 전태환, 전태연, 양문현, 최창우

펴낸곳 다산북스 **출판등록** 2005년 12월 23일 제313-2005-00277호
주소 경기도 파주시 회동길 490
전화 02-704-1724 **팩스** 02-703-2219
이메일 dasanbooks@dasan.group
홈페이지 www.dasan.group **블로그** blog.naver.com/dasan_books
용지 한솔피엔에스 **인쇄 · 제본** 갑우문화사 **코팅 및 후가공** 평창피앤지

ISBN 979-11-306-9513-6 (03810)

다산북스(DASANBOOKS)는 독자 여러분의 책에 관한 아이디어와 원고 투고를 기쁜 마음으로 기다리고 있습니다.
책 출간을 원하는 아이디어가 있으신 분은 다산북스 홈페이지 '투고원고'란으로 간단한 개요와 취지, 연락처 등을 보내주세요.
머뭇거리지 말고 문을 두드리세요.